Un pacte avec le cheikh

*

Amoureuse d'un pompier

SUSAN CARLISLE

Un pacte avec le cheikh

Traduction française de
MARIE-JOSÉ LAMORLETTE

Blanche

HARLEQUIN

Collection : Blanche

Titre original :
THE SHEIKH DOC'S MARRIAGE BARGAIN

HARPERCOLLINS FRANCE
83-85, boulevard Vincent-Auriol, 75646 PARIS CEDEX 13
Service Lectrices — Tél. : 01 45 82 47 47

www.harlequin.fr

ISBN 978-2-2804-1467-8 — ISSN 0223-5056

1.

Le pouls battant la chamade, le Dr Laurel Martin plaça soigneusement le tube à essai dans le support. Elle était peut-être sur le point de faire la découverte capitale à laquelle elle avait consacré sa carrière. Le processus pour bloquer la mutation du gène IX dans le chromosome X. S'il pouvait être appliqué pendant la grossesse, des milliers de vies en seraient changées, et dans certains cas sauvées. La clé consistait à découvrir ce maillon essentiel.

Pour y parvenir, il fallait que ses recherches soient financées, or l'argent était difficile à réunir. On lui avait déjà signifié que ses fonds touchaient à leur fin. Néanmoins, elle gardait espoir. Elle avait fait une nouvelle demande de financement pour laquelle elle attendait la réponse d'un jour à l'autre.

Avec l'étude de l'hémophilie, elle avait trouvé sa vocation. À la faculté de médecine, elle avait vite constaté que les relations avec les malades et leurs proches la mettaient mal à l'aise. Elle n'aimait pas leur apprendre de mauvaises nouvelles. Sa nature introvertie ne lui facilitait pas la tâche. La recherche était son cocon.

Un coup frappé à la vitre de son laboratoire attira son attention. Elle remonta ses lunettes sur son nez. Stewart, le directeur du labo, se tenait de l'autre côté ; de taille moyenne, il était dominé par un grand homme mince debout près de lui.

Oh ! là, là ! Le cœur de Laurel bondit, puis se calma, et elle regarda fixement le superbe étranger. Elle n'avait plus eu ce genre de réaction depuis des années, depuis la première fois où elle avait vu son ex-petit ami, Larry, un joueur de football américain de l'équipe universitaire. Elle avait appris à ses dépens que la beauté physique n'est pas toujours le signe d'une bonne personne.

L'homme qui se tenait à côté de Stewart semblait originaire du Moyen-Orient, sa peau avait une chaude teinte de cannelle, comme s'il passait beaucoup de temps au soleil. Son port fier lui conférait un air d'autorité, il semblait conscient de sa place dans le monde et n'avoir pas de mal à la défendre. Sur ses larges épaules, sa veste de costume était du même noir que ses cheveux et que sa barbe — une barbe méticuleusement taillée qui dénotait l'opulence et le pouvoir. Son regard se riva au sien.

À la surprise de Laurel, ses yeux n'étaient pas d'un noir d'encre mais d'un brun mordoré. L'un de ses sourcils bien dessinés se releva légèrement, comme s'il était conscient de l'effet qu'il produisait sur les femmes.

Son regard la transperça, elle se sentait comme un échantillon sous un microscope. Plus grave encore, c'était le genre d'homme qui l'avait toujours attirée alors qu'eux ne remarquaient jamais sa personnalité de petite souris trop sérieuse à l'intelligence remarquable. Ils ne voyaient que la grande blonde à la poitrine avantageuse, aux longues jambes et au rire charmeur qui se tenait derrière elle. Laurel se fondait dans le papier peint, et ces hommes-là ne voyaient que les lustres étincelants.

Sans doute considéraient-ils qu'elle ne méritait pas leur intérêt. La seule fois où l'un d'eux avait fait attention à elle, elle en était sortie traumatisée. Larry l'avait tellement blessée qu'elle s'était juré d'éviter les hommes et se tenait à ce vœu depuis dix ans. Elle s'était absorbée dans son travail au point d'avoir très peu de vie par ailleurs. Elle se reprit. Quel rapport avec l'homme qui lui faisait face ?

Stewart lui fit signe de sortir du labo, ce qui détourna son attention de l'étranger qui la subjuguait. Elle vérifia une nouvelle fois ses tubes à essai et les éloigna du bord de la table avant de repousser son fauteuil de bureau. En sortant, elle remplaça ses lunettes de travail par ses lunettes ordinaires. Puis elle ôta son masque, sa blouse et ses gants, restant en jean et en T-shirt.

Quand elle eut enfilé sa tenue de laboratoire amidonnée, elle s'assura que son chignon tenait bien et jeta un coup d'œil par-dessus son épaule. Le regard intense de l'étranger était toujours fixé sur elle. Une onde de chaleur la traversa, la déconcertant plus encore. Que voyait-il ? Qu'en pensait-il ?

Elle écarta la réponse probable et passa avec une calme compétence dans le laboratoire principal. Ce fut seulement lorsqu'elle atteignit les deux hommes qu'elle remarqua les deux grands gaillards postés derrière le visiteur. Comment ne les avait-elle pas vus ? Elle avait été trop absorbée par sa réaction à l'étranger, sans doute. Ils étaient plus costauds, avaient des épaules plus carrées et un visage encore plus menaçant, si c'était possible. Les mains nouées devant eux, les jambes écartées, ils semblaient prêts à passer à l'action. Qui étaient ces gens et que lui voulaient-ils ?

Les mains de Laurel tremblaient, elle les glissa dans les poches de sa blouse. Avait-elle fait quelque chose de mal ? Elle plissa les paupières et, soulagée de détourner les yeux des trois autres, adressa un regard interrogateur à Stewart.

Son directeur prit la parole d'une voix légèrement altérée :

— Laurel, voici le prince Tariq al-Marktum, il aimerait vous parler.

Un prince ? Que pouvait bien lui vouloir un prince ? À elle, « une souris de laboratoire », comme disaient ses frères et sa sœur.

— À quel sujet ? demanda-t-elle abruptement sous le coup de la surprise.

— Je serai heureux de vous le dire en privé, répondit le prince Tariq d'une voix grave et douce comme du velours, mais tendue comme un fil d'acier.

Cet accent sexy donna envie à Laurel de l'entendre davantage.

— Stewart, de quoi s'agit-il ? demanda-t-elle, alarmée.

— Je vais laisser le prince s'expliquer. Si nous allions dans mon bureau ?

Il tourna les talons en direction des portes battantes qui séparaient le laboratoire des locaux administratifs. Le prince se mit de côté pour laisser passer Laurel. Avec une conscience très aiguë de lui et de ses gardes du corps, elle avança d'un pas raide. Arrivé devant les portes, il s'avança pour lui en tenir une ouverte. Laurel lui lança un bref coup d'œil. Son regard indéchiffrable ne révélait rien. Elle n'aurait pas aimé avoir affaire à lui tous les jours ! Comment deviner ce qu'il pensait ? Ressentait ?

Tandis qu'ils remontaient le couloir dallé, elle entendait ses sabots en plastique résonner sur le sol, mais il n'y avait aucun bruit derrière elle. Comment des hommes de cette taille se mouvaient-ils avec une telle discrétion ? Cette pensée ne la rassura pas.

Stewart ouvrit la porte de son bureau avec son badge. Elle entra, s'attendant à ce qu'il la suive, au lieu de quoi le prince Tariq la rejoignit et referma derrière lui. L'espace déjà réduit parut se rétrécir sous l'effet de sa présence imposante. Elle lui fit face, enfonçant les mains dans ses poches, se préparant à la confrontation.

— Je vous en prie, docteur Martin, asseyez-vous, dit le prince en indiquant les chaises devant le bureau.

— Non, merci. Je dois retourner dès que possible au laboratoire.

Elle voulait se retrouver au plus vite en sécurité.

— Que puis-je faire pour vous ? demanda-t-elle pour hâter les choses.

— Asseyez-vous, s'il vous plaît.

Le ton du prince ne lui laissait pas le choix.

Toujours hésitante, elle prit une chaise et, à sa surprise, il prit l'autre. Avec l'impression qu'il allait lui donner des ordres, elle croisa les mains sur ses genoux et attendit qu'il parle.

— Docteur Martin, j'aimerais que vous veniez avec moi à Zentar.

— Quoi ? fit-elle en bondissant de son siège.

Avait-il perdu l'esprit ? Pourquoi Stewart avait-il laissé ce fou entrer dans leur laboratoire ?

Le prince leva une main.

— Écoutez-moi un instant. S'il vous plaît.

Laurel se rassit, plus sous l'effet du choc que pour lui obéir. Elle lança un coup d'œil à la porte.

— Vous n'avez rien à craindre, je vous assure. Ce que je

voulais dire, c'est que j'aimerais vous offrir un poste. Et la chance de poursuivre vos recherches.

Elle secoua la tête, en pleine confusion. Elle avait déjà une place pour cela, et était tout près d'une découverte clé. Sa famille n'habitait pas loin. Elle avait une vie installée, sûre, et ne tenait pas du tout à partir travailler ailleurs. Où se trouvait Zentar, d'ailleurs ? Elle n'avait aucune intention d'aller où que ce fût avec un étranger.

— Merci, mais j'ai déjà un poste ici.

— À ce que je sais, vous êtes la meilleure chercheuse dans le domaine de l'hémophilie. Je suis le ministre de la Santé de Zentar. J'ai fait construire un laboratoire de pointe, et mon intention est que mon pays devienne leader dans la recherche d'un traitement contre cette maladie.

Vraiment. Voilà qui est intéressant. Malgré elle, cela piqua sa curiosité.

— J'ai pris des renseignements sur vous, vous avez les recommandations les plus éminentes.

— Merci. Moi, en revanche, je n'ai aucune idée de qui vous êtes.

Pourquoi le prince d'un royaume dont elle n'avait jamais entendu parler s'intéressait-il autant à l'hémophilie ?

— J'apprécie la confiance que vous m'accordez, dit-elle, mais je suis heureuse ici.

Elle n'était pas aventureuse. L'idée de vivre ne fût-ce que dans un autre État que le Michigan la terrifiait. À plus forte raison dans un pays du bout du monde.

— Je ne sais même pas où se trouve Zentar.

Enfin, elle perçut une certaine émotion dans ces yeux sombres et pénétrants. Était-ce de la fierté ?

— C'est une île de la mer d'Arabie. Nous avons de magnifiques plages de sable blanc et d'impressionnantes montagnes. Nous sommes un pays petit mais indépendant, riche et progressiste sous maints aspects. Mon frère, le roi, s'est donné du mal pour qu'il en soit ainsi. Toutefois, nous restons très traditionnels dans d'autres domaines.

Un homme parlerait-il un jour d'elle avec une telle admiration ? Elle repoussa cette idée aussi ridicule que choquante.

— Ça paraît superbe, mais j'ai mon travail ici.

Il se pencha vers elle.

— Je peux vous offrir tout ce que vous désirez : le meilleur équipement, les meilleurs assistants et un financement inépuisable.

— Mais pourquoi moi ? Pourquoi l'hémophilie ?

Il marqua une pause, et détourna les yeux si longtemps qu'elle se sentit mal à l'aise.

— J'ai mes raisons.

Elle commença à se lever. Le prince se tourna vers elle avec une expression toujours sombre.

— L'hémophilie est un problème dans mon pays.

— Je vois.

Il la transperça du regard.

— Je n'en suis pas sûr. Chez nous, le nombre d'enfants qui naissent avec la maladie s'accroît. En tant que ministre de la Santé, je dois découvrir pourquoi. Vous pouvez m'aider.

Il s'était apparemment imaginé qu'elle accepterait sans discuter, mais ce n'était pas le cas. Rien que l'idée de monter dans un avion la faisait frémir. Elle ne pouvait pas prendre sa vie sous son bras pour aller s'installer du jour au lendemain dans un pays lointain, et elle ne le ferait pas.

— Je ne peux pas venir.

— Quelque chose vous retient-il ici ? demanda-t-il, les sourcils froncés.

— Non.

— Alors pourquoi ? demanda-t-il, insistant, l'observant avec intensité.

— Je ne prends pas l'avion.

Son examen silencieux dura un peu trop longtemps.

— Jamais ?

— Jamais.

— Vous prendriez mon avion privé. Vous auriez droit à tous les luxes. Tout ce que je demande, c'est que vous veniez voir notre laboratoire. Ensuite, vous pourrez décider.

Qu'il eût une si haute idée d'elle et de ses compétences était plaisant, mais aller à Zentar ne l'intéressait pas. Elle n'était pas quelqu'un d'audacieux. Son travail, sa vie, son équilibre étaient ici, à Chicago. Elle se leva et lui aussi.

— Merci de la proposition, mais je ne peux pas accepter. Je ne devrais vraiment pas vous faire perdre plus de temps. Si vous voulez bien m'excuser, il faut que je regagne mon laboratoire, maintenant.

Le prince pinça les lèvres ; ses yeux étaient de nouveau dénués de toute émotion. Elle venait de repousser un homme visiblement habitué à avoir ce qu'il voulait. Elle dut faire appel à beaucoup de volonté, mais, empiétant sur son espace personnel, elle passa entre les chaises. Un effluve de son after-shave citronné lui chatouilla le nez et un frisson la parcourut tandis qu'elle se hâtait vers la porte. Son corps réagissait-il à la proximité séduisante du prince ou à l'irritation qui émanait de lui ? Comment savoir ?

— Docteur Martin.

Elle se retourna.

— Je mets un point d'honneur à obtenir ce que je veux, dit-il d'une voix basse et posée.

Ce soir-là, dans sa suite d'hôtel, Tariq se servit un doigt de bourbon. Il était perplexe. Quand son entretien avec le Dr Martin était-il parti de travers ? Elle s'était montrée intelligente, mais surtout extrêmement franche, une qualité qu'il appréciait. Autour de lui, rares étaient ceux qui disaient ce qu'ils pensaient. La jeune femme l'avait impressionné par son côté direct. Plus encore même, elle avait osé refuser son offre !

À sa vive contrariété, il avait également été captivé par son timide regard vert. Derrière ses lunettes cerclées de métal, ses yeux étaient grands et clairs, comme s'ils n'avaient jamais caché le moindre secret. Pour le reste, elle était assez insignifiante. Il était à la fois irrité et déconcerté. Dans son monde, personne d'autre que le roi ne lui disait « non » ; pourtant, une femme médecin qui n'avait rien d'attirant et passait sa vie enfermée dans un laboratoire vitré l'avait fait. Il n'en revenait pas. Qu'est-ce qui avait dérapé dans la rencontre qu'il avait si soigneusement préparée ? Pire, pourquoi l'expression troublée qu'il avait aperçue dans ses yeux avant qu'elle sorte du laboratoire le perturbait-elle encore ?

S'adossant à son fauteuil, il étendit les jambes et croisa les chevilles, faisant tourner l'alcool ambré dans son verre. Il avait rempli sa tâche. De fait, il avait même personnellement appelé quelques centres de recherches pour vérifier qu'elle était bien la personne sur laquelle concentrer ses efforts. Il ne lui était jamais venu à l'idée qu'elle refuserait sa proposition. Quel chercheur ne désirerait pas diriger son propre laboratoire et bénéficier de tout le financement nécessaire ? Un fait important lui avait manifestement échappé à propos du Dr Martin. Il n'avait pas de plan B, mais d'ici la fin de la soirée, il en aurait un. Il voulait avoir le Dr Martin à Zentar et il l'aurait.

Après la mort de son frère cadet dans un accident, il avait assumé ses responsabilités auprès de sa belle-sœur et de son neveu Roji. Il aurait donné n'importe quoi pour que Roji puisse grandir avec son père. C'était impossible, mais il avait décidé qu'aucun autre membre de sa famille n'aurait à subir ce que le petit garçon endurait. Les futurs membres de la famille royale ne seraient pas hémophiles. Le remède était à portée de main et il avait édifié un laboratoire pour le trouver. Il avait désormais besoin de la bonne personne pour le diriger, et c'était le Dr Martin.

Il ne placerait jamais une épouse et un enfant dans la situation de Zara et Roji. Même s'il était le seul homme de la famille à ne pas posséder le gène mal formé, il refusait de courir le risque de fonder une famille. Il ne le méritait pas, lui dont les proches devaient affronter la maladie. En tant que médecin, il savait que l'hémophilie était censée se transmettre par les femmes. S'il choisissait une épouse atteinte ? Il vivait déjà avec assez de culpabilité.

Enfant, il avait vu souffrir ses frères, qui devaient recevoir des intraveineuses d'hémostatique après un choc ou une blessure. Hélas, cela n'avait pas aidé Rashid pour l'hémorragie qui avait suivi l'accident. Malgré son prestigieux diplôme de Harvard, Tariq n'avait pas réussi à le sauver. Ce poids s'alourdissait de jour en jour.

Des avancées médicales étaient faites, mais pas assez

vite. Roji recevait désormais une dose d'hémostatique tous les trois jours, à titre prophylactique. Or un jeune garçon aurait dû pouvoir courir et jouer sans souci. C'était ce que Tariq voulait pour sa famille et les autres malades. Pour cela, il avait besoin du Dr Martin — qui n'était pas intéressée par son offre. Il devait trouver un moyen de la convaincre, lui faire une proposition qu'elle ne pourrait pas refuser. En outre, il n'acceptait pas qu'on lui dise « non » quand il avait pris une décision.

Il fallait qu'il passe quelques appels téléphoniques. Le Dr Martin devait bien désirer quelque chose assez ardemment pour qu'il puisse s'en servir et la persuader de venir à Zentar.

Deux jours plus tard, Laurel décrocha le téléphone du laboratoire à la deuxième sonnerie.

— Laurel, quand vous pourrez vous libérer, il faut que je vous voie dans mon bureau, dit Stewart.

Le prince était-il de retour ? Elle n'avait guère pensé à autre chose depuis sa visite. Pour une raison quelconque, il l'avait obsédée. Elle ne le reverrait sans doute jamais, mais il avait produit un effet marquant sur elle.

— D'accord, je serai là dans une dizaine de minutes.

Ce laps de temps écoulé, elle frappa légèrement à la porte du bureau de Stewart, et entra. Depuis qu'elle avait intégré le laboratoire, cinq ans plus tôt, ils avaient une relation forte et amicale. Plus âgé qu'elle, il l'avait toujours laissée faire son travail librement, ce qu'elle appréciait.

— Que se passe-t-il ? demanda-t-elle, à la fois soulagée et déçue que le prince ne soit pas là.

Elle prit la même chaise que lors de son entretien avec lui. Cette fois, l'atmosphère du bureau était moins étouffante. Stewart ne dégageait pas la même puissance que l'altesse royale de Zentar.

— Ce ne sont pas de bonnes nouvelles, j'en ai peur. Les fonds ont été refusés.

Le cœur de Laurel sombra et ses attentes le suivirent.

— Votre travail ici était un complément. Je suis désolé, vous ne pouvez pas continuer.

Il y avait de la sympathie dans chacun des mots de Stewart.

Elle avait le souffle coupé. Son cœur papillonnait. L'œuvre de sa vie s'écroulait. Qu'allait-elle faire ? Elle était incapable de dire un mot, comme si on l'avait frappée en pleine poitrine. Elle grogna. Elle était à deux doigts d'une découverte capitale.

— Pourquoi, Stewart ? Je suis sur le point d'aboutir. Mes recherches sont essentielles.

Les yeux emplis de compassion, il hocha la tête d'un air compréhensif.

— Je sais. Mais le travail des autres chercheurs est tout aussi important. L'argent est toujours un problème pour la recherche, vous le savez.

— N'y a-t-il pas d'autre moyen ?

Il devait y en avoir un. Des vies étaient en jeu.

— Je ne peux pas arrêter maintenant. Je suis trop près d'une solution.

— Je déteste le dire, mais cela ne se produira pas dans ce laboratoire.

Il se tut. Elle se pencha vers lui.

— Ce n'est pas juste ! Et les gens que j'essaie de sauver ?

— J'aimerais pouvoir vous dire qu'il existe une autre issue, mais je ne ferais que vous donner de faux espoirs. Peut-être devriez-vous considérer l'offre du prince, finalement. À ce que j'ai compris, elle était impressionnante. Il n'est peut-être pas trop tard.

Le visage de Laurel exprima toute l'incrédulité du monde. Elle ne pouvait pas faire ça ! Partir pour un pays étranger avec un inconnu ! Alors qu'elle ne connaissait personne là-bas.

Elle se pencha de nouveau en avant et saisit le bord du bureau.

— Ne pouvez-vous vraiment rien tenter ?

— Dans l'immédiat, non. Pour éviter de vous perdre, le mieux que je puisse faire est de vous mettre sur un autre projet.

Un tel revirement ne pouvait pas se produire ! La panique enfla en elle. Il y avait quelque chose de suspect. Le prince apparaissait, et elle apprenait tout de suite après qu'elle n'avait pas de financement. Or il avait établi clairement qu'il obtenait toujours ce qu'il voulait. Non, il n'avait pas autant d'influence, elle devait se raisonner. Elle dévisagea néanmoins Stewart.

— Le prince n'a rien à voir avec ça, n'est-ce pas ? demanda-t-elle, les paupières plissées.

— Pas que je sache, même si je suis sûr qu'il connaît des membres du comité. Pour ce qui est de son offre, la plupart des chercheurs seraient heureux de se voir offrir une telle opportunité, vous savez.

— Je ne veux pas partir. Je ne sais rien de Zentar ni du prince Tariq. Et je suis casanière.

— Peut-être est-il temps que vous sortiez de votre bulle. Pensez à ce que vous pourriez faire avec tout cet argent. Une chance pareille n'arrive qu'une fois dans la vie.

Présenté ainsi, persister dans son refus semblait absurde. Si seulement ce n'était pas si loin ! Et si elle n'était pas aussi troublée par le prince ! Elle devait rester sur ses gardes avec lui et surtout ne pas répéter ses erreurs.

— Les choses me plaisent comme elles sont.

— Je sais, mais peut-être est-ce le moment de changer. Pour vous, de quitter votre laboratoire et de vivre un peu. Ce pourrait être une chance en or. Quelquefois, le changement a du bon.

Stewart s'exprimait comme la figure paternelle pour qui elle le tenait en privé.

— Je n'ai pas envie d'aventure ni de changement. Je veux trouver un remède pour les hémophiles, c'est tout.

Stewart la regarda par-dessus le rebord de ses lunettes.

— Vous vous rendez compte que c'est justement la possibilité que le prince vous offre ? Vous pourriez y aller le temps de recevoir les fonds pour poursuivre vos recherches ici.

Pouvait-elle le faire ? Abandonner sa zone de confort ? Elle l'avait fait une fois, à l'université, et en gardait des traces. Néanmoins elle était si près de trouver, il ne lui fallait plus que quelques mois pour découvrir la clé de ce gène défectueux. Avec l'offre du prince, cela pourrait arriver encore plus tôt. On ne lui laissait vraiment guère le choix. Elle regarda longuement Stewart.

— Savez-vous comment contacter le prince ? demanda-t-elle finalement avec un soupir résigné.

Tariq s'attendait à l'appel du Dr Martin. Il avait appris la veille au soir qu'elle ne recevrait pas son financement. Il n'avait pas agi directement pour qu'elle le perde, mais il ne pouvait pas dire qu'il n'était pas satisfait. Il avait simplement fait savoir qu'elle pouvait être financée ailleurs, afin que personne d'autre n'intervienne et qu'elle soit obligée de se tourner vers lui.

— Monsieur al-Marktum… Euh… Prince, ici le Dr Laurel Martin.

— Oui.

Elle paraissait à bout de souffle.

— Je… Euh… Je me demandais si vous cherchiez toujours quelqu'un pour superviser votre laboratoire.

— Oui.

Il attendit.

— Je pourrais être intéressée, finalement. Et j'aimerais vous rencontrer pour en discuter.

Elle parlait vite, comme pour ne pas s'arrêter en route.

— Je prends mon avion demain matin de bonne heure, nous devons donc en parler ce soir.

— Alors il faudra que cela convienne, j'imagine.

Elle semblait incertaine. Reconsidérait-elle la chose ? Il ne pouvait pas le lui permettre. Il s'adossa à son fauteuil.

— Je suis au Chicago Hotel. Montez dans la suite présidentielle, nous ne serons pas dérangés.

Il y eut un silence.

— Cela vous contrarie ? Je proposerais bien le bar, mais à mon avis il sera bruyant, et je ne connais pas assez bien les lieux pour suggérer un autre endroit. Mon secrétaire est avec moi, vous serez dûment chaperonnée.

— Je n'ai pas besoin d'un chaperon. Je serai heureuse de vous rencontrer.

Il sourit légèrement de l'effort qu'elle avait dû fournir.

— Si vous le dites.

— Je vous verrai dans une heure.

— Je vous attends avec plaisir, docteur Martin.

À l'heure pile, un garde du corps introduisit Laurel dans la suite. Tariq apprécia sa ponctualité. L'accueillant à la porte, il l'escorta jusqu'à l'un des deux canapés au centre de la pièce. Elle était toute menue, pas grande avec de longues jambes comme les femmes qu'il trouvait d'ordinaire attirantes. Il se reprit. Il s'agissait d'un entretien d'affaires, il avait besoin d'elle pour diriger son laboratoire, point final. La couleur de ses yeux ou la longueur de ses jambes n'importaient pas.

— Puis-je vous offrir à boire ?

— Non, merci, ça va.

Elle disposa son grand sac devant elle comme un bouclier.

— Asseyez-vous, je vous prie.

Elle hocha timidement la tête, puis prit place près de l'accoudoir du canapé. S'il criait « hou ! », elle partirait en courant. Aucune importance. Ce qui comptait, c'étaient ses compétences. Il s'assit face à elle et croisa sa cheville sur son genou.

— Ainsi, vous souhaitez reparler de mon offre de travail.

— Euh… Je voulais savoir si vous accepteriez un compromis par rapport à ce poste.

— Je vous écoute.

Il l'observa. Ses cheveux étaient toujours tirés en arrière et ses lunettes avaient glissé sur le bout de son nez. Elle portait des vêtements banals et gardait son sac noir en travers de sa poitrine. Aucun bijou. Elle semblait s'habiller pour ne pas être remarquée. Cette femme ne sortait-elle de son trou que pour aller travailler au laboratoire ?

— J'ai perdu mon financement. Je me demandais si vous envisageriez de mettre des fonds dans mon laboratoire, ici, sachant que votre pays aurait la priorité sur mes découvertes.

Il la fixait, et secoua la tête avant même qu'elle ait fini de parler.

— Cela n'ira pas. Je veux quelqu'un qui travaille dans mon pays. Avec mes gens.

Elle répondit d'une voix tendue, désespérée.

— Mais je ne peux pas !

— Pourquoi ? Je vous procurerai un logement. Un chauffeur. Tout le confort.

Il se pencha en avant et l'étudia avec attention. Elle avait des yeux intéressants, avec de petites paillettes dorées.

— Je ne peux pas m'envoler comme cela pour un endroit que je ne connais pas.

— Nous avons déjà eu cette discussion. Je vous offre une chance de continuer vos recherches. Je ne pense pas que vous serez déçue par le laboratoire que j'ai installé. N'aimeriez-vous pas poursuivre vos travaux ?

Elle resserra les bras autour de son sac.

— Si. C'est important. Je suis très proche d'un résultat.

Elle plissa les paupières. Savait-il où elle en était exactement ? Abandonner maintenant était impossible pour elle, et il semblait en être conscient.

— Pourquoi demandez-vous cela ?

— C'est vous qui êtes venue me dire que vous aviez besoin de fonds pour continuer.

— Je ne peux pas m'arrêter, c'est vrai. Je touche de trop près à une avancée capitale. Je trouverai un financement ailleurs, puisque vous ne voulez pas me le fournir.

— Je suis désolé, je ne le peux pas. Mes fonds appartiennent à mon peuple. Je n'en ai pas à donner à un laboratoire étranger.

Il devait être riche. Après tout, il était prince. Elle tenta le tout pour le tout.

— Vous n'avez pas d'argent personnel qui pourrait être utilisé ?

— Non. Je l'ai investi dans le laboratoire. Venez à Zentar.

Elle lui lança un regard noir, paniquée. Pourquoi ne comprenait-il pas ?

— C'est impossible pour moi. Je vous l'ai déjà expliqué.

— Je n'ai entendu que des prétextes. J'ai ce dont vous avez besoin, un laboratoire où travailler, et je vous l'offre. Je ne vois pas où est le problème. Peut-être n'êtes-vous pas aussi concernée par l'hémophilie que vous le dites.

Il n'aurait pas pu la blesser davantage s'il l'avait giflée. Il était allé trop loin. Elle se leva d'un bond et dit d'une voix basse et sifflante :

— Comment osez-vous ?

Son regard resta ferme.

— J'ose parce que j'ai besoin de vous pour diriger mon laboratoire et que c'est la seule solution. Il y a un travail important à réaliser.

Laurel avait été sur le point de sortir de ses gonds. L'idée d'aller à l'autre bout du monde la terrifiait. Que diraient ses parents, ses frères et sa sœur, si elle allait vivre à Zentar ? Elle ne pouvait pas leur faire ça. Mais le prince ne lui laissait pas le choix. Elle poussa un gros soupir.

— Nous sommes d'accord sur la nécessité de poursuivre mes recherches. Puisque vous ne voulez pas céder, j'irai à Zentar et je mettrai votre laboratoire sur pied. En échange, vous vous assurerez que je peux étudier des familles avec deux générations d'hémophiles. Je ne vous promets rien d'autre.

— Parfait.

Le sourire de Tariq lui rappela celui d'un guerrier conquérant.

— Je vais repousser mon retour d'un jour pour que vous puissiez mettre vos affaires en ordre.

Elle le regarda, bouche bée.

— Un jour ?

Il remit son pied par terre.

— Désolé, mais c'est tout ce que je peux faire.

Elle pinça les lèvres et fixa un point au-delà de lui. Elle avait tant de choses à régler avant son départ !

— Mon secrétaire peut vous aider pour tout ce qui sera nécessaire.

Elle battit des cils.

— Je n'aurai pas le temps de voir ma famille.

— Croyez bien que je le regrette. Quand le laboratoire sera opérationnel, vous pourrez revenir pour une visite.

Au moins, il paraissait sincère. Redressant les épaules, elle s'avança au bord du canapé.

— Eh bien, si je veux être prête à partir, il faut que je rentre chez moi. J'ai beaucoup à faire.

Tariq la suivit jusqu'à la porte.

— Il y a juste un autre détail.
Elle le regarda.
— Oui ?
— Vous devrez m'épouser.

2.

— Quoi ? Vous êtes complètement fou ?

Laurel n'en revenait pas. Il était absolument hors de question qu'elle épouse Tariq ! Elle faisait déjà un gros effort en se rendant à Zentar. Épouser un homme qu'elle ne connaissait pas n'était pas envisageable une seconde.

— Comment cela, je dois vous épouser ?

— Notre pays est encore attaché à ses valeurs traditionnelles. Les gens s'attendent à ce qu'une femme seule soit sous la responsabilité d'un homme. Si votre nom n'est pas associé à celui d'un époux, personne ne répondra à vos questions. Nos règles sociales n'ont pas changé aussi vite que le reste.

— Ce doit être une plaisanterie !

Il lui lança un regard franc.

— Je vous assure que non.

— Vous n'avez aucune envie de m'épouser, j'en suis sûre.

Comment la conversation avait-elle pris ce tournant ?

— C'est vrai. Je ne projetais pas de me marier. Jamais.

— Alors pourquoi m'épouseriez-vous ?

— Parce que je sais que votre travail est important, et aussi car c'est ce qui doit être fait pour que vous veniez à Zentar.

— Vous êtes disposé à sacrifier votre vie privée ?

— Si nécessaire.

Cet homme était incroyable. Elle l'observa avec attention.

— Si j'accepte, ce sera un mariage blanc, bien entendu ?

L'idée de nouer un quelconque lien avec le prince la faisait frémir. Elle était tellement dépassée ! Une fois déjà par le passé elle s'était trouvée à la merci d'un homme, et elle s'était juré de ne plus jamais s'y laisser prendre. Le destin pouvait-il frapper deux fois de la même façon ?

— Je n'attendrais rien d'autre de vous que votre travail de scientifique.

À l'en croire, conclure un vrai mariage ne lui avait même pas traversé l'esprit. Or Laurel n'était pas sûre d'apprécier d'être rejetée aussi facilement. La profonde attirance qu'elle éprouvait pour lui n'était visiblement pas partagée. Ce qui, en vérité, aurait dû la réjouir.

— Peut-être pourrions-nous simplement prétendre être mariés, sans l'être ?

— Non. Si les médias le découvraient, mon peuple se sentirait dupé.

— Ils préfèrent un mariage blanc ?

— Ma vie privée est mon affaire. Ils n'ont pas besoin de savoir.

Elle ne pouvait pas faire cela à sa famille.

— Puis-je au moins dire ce qu'il en est à mes proches ? Ce sont des gens de confiance.

— Non. Les médias pourraient les questionner. Je ne veux pas qu'ils aient à mentir, qu'on devine à leurs visages une réalité autre que la version de notre ministre de la Communication.

La poitrine de Laurel se contracta à la pensée de son père et de sa mère.

— Mes parents vont être tellement blessés…

— Vous leur expliquerez en temps voulu.

À son ton de voix, il était plus guidé par la détermination que par la compassion. Et elle connaissait ses parents, ils ne comprendraient jamais. Peut-être pourrait-elle s'éclipser et être de retour avant qu'ils n'apprennent ce qui se passait ? Elle pourrait simplement leur dire qu'elle s'absentait un certain temps pour son travail.

— Qu'est-ce que *votre* famille va penser lorsque vous rentrerez au pays avec une Américaine dont ils n'ont jamais entendu parler ?

— Le roi sait qui vous êtes. Aux autres, je dirai que je vous ai choisie comme épouse et ce sera tout.

Il parlait en homme qui ne rendait compte de ses actions à personne.

— Vous présentez votre peuple comme très traditionaliste. Les gens vont m'accepter sans poser de questions ?

— Je n'ai pas dit qu'il n'y aurait pas de questions. Elles seront nombreuses, j'en ai peur. Mais au final cela ne changera pas ma décision.

— Que je vienne avec vous est si important ?

— Oui. Sommes-nous d'accord ?

Elle pinça les lèvres, puis acquiesça à contrecœur.

— Alors je vais faire les démarches, dit-il. Nous nous marierons dès notre arrivée à Zentar.

Deux jours plus tard, dans un avion de luxe, Laurel se cramponnait aux accoudoirs et gardait les paupières délibérément closes. Pour la millième fois, elle s'interrogea sur sa santé mentale : elle laissait derrière elle tout ce qu'elle avait toujours connu pour partir dans un lointain royaume du Moyen-Orient, travailler pour un homme qu'elle connaissait à peine dans un laboratoire qu'elle n'avait jamais vu. Pour couronner le tout, elle allait l'épouser. Où était passée sa vie heureuse et organisée ?

— Nous avons décollé, maintenant, dit le prince assis face à elle, et manifestement amusé. Vous pouvez ouvrir les yeux.

— Je ne préfère pas.

— Vous comptez passer les dix prochaines heures les yeux fermés ?

— Peut-être.

C'était un comportement puéril, mais elle s'en moquait. Il posa une seconde sa main sur la sienne. Un frisson de trouble la parcourut.

— La vue de Chicago est splendide, ne la manquez pas.

Elle entrouvrit un œil et croisa le regard du prince.

— Regardez par là, dit-il.

Il désigna le hublot avec assez d'autorité pour qu'elle n'ose pas lui désobéir. Les paupières plissées, elle se pencha vers la vitre.

Ses doigts restèrent agrippés aux accoudoirs en cuir. Ce luxe augmentait sa terreur. Elle avait passé la dernière demi-heure dans un état semi-comateux. Lentement, elle ouvrit les yeux jusqu'à avoir une vision nette, puis regarda à l'extérieur.

Il avait raison. La vue était stupéfiante. À la verticale de l'avion, le bleu étincelant du lac Michigan. Sur ses rives, les gratte-ciel de Chicago qui scintillaient sous le soleil d'après-midi. Elle pouvait distinguer le fleuve qui traversait le centre de la ville. Elle n'avait jamais rien vu de semblable. Elle en eut le souffle coupé — en bien.

Elle jeta un coup d'œil au prince.

— Vous n'êtes pas contente d'avoir saisi cette chance ?

Ses yeux bruns ne cillèrent pas. Parlait-il de regarder par le hublot, ou d'autre chose ?

— Si.

Il regarda sa main crispée.

— Pensez-vous pouvoir lâcher mon siège ? J'ai peur que vous ne le réduisiez en poussière.

Elle s'empressa de nouer ses mains sur ses genoux.

— Je plaisantais, vous savez, dit-il d'un ton sec.

Non, elle ne le savait pas. Elle n'avait aucune idée de ce qu'il prenait pour de l'humour. Ils étaient de complets étrangers l'un pour l'autre. Il regardait par le hublot, lui aussi. Penser qu'il tentait de plaisanter avec elle lui donnait le tournis. La plupart du temps, il paraissait bien trop sérieux. Elle avait noté quelques changements dans son expression inflexible, mais ils étaient rares. Il avait généralement l'air de porter le poids du monde sur ses épaules. En tant que ministre de la Santé, il devait avoir d'énormes responsabilités.

— Prince Tariq, vous vous moquez de moi ?

— Non, docteur Martin, j'essaie de vous détendre l'esprit.

— Je dois vous remercier, je suppose.

Se préoccupait-il vraiment d'elle à ce point ?

— Essayez de vous laisser aller contre le dossier de votre siège et de vous relaxer, Laurel.

Elle aimait trop entendre son prénom sur ses lèvres. Son accent donnait un petit côté exotique et coquin à un prénom qu'elle trouvait auparavant banal et mièvre.

— À propos, vous pouvez m'appeler Tariq quand nous sommes en privé. Je sais qu'on a plein la bouche de mon titre. Voulez-vous boire quelque chose ? Des amuse-bouches pour calmer votre estomac, peut-être ?

Il avait même deviné cela ?

— Oui, ce serait agréable.

Elle qui ne buvait que peu d'alcool n'allait certainement pas commencer maintenant, à dix mille pieds au-dessus du sol et avec un homme qui produisait un tel effet sur elle. Tariq leva un doigt et le steward s'approcha.

— Le Dr Martin va prendre…

— Un Canada Dry, s'il vous plaît.

— La même chose pour moi. Apportez-nous aussi des crackers, je vous prie.

Le steward acquiesça et repartit aussi silencieusement qu'il était arrivé. S'étant un peu détendue, Laurel contempla l'intérieur de l'avion. Il était décoré en gris clair avec des rideaux d'un gris plus foncé aux hublots. Sous ses doigts, le cuir était ultrafin. Elle regarda un siège vide de l'autre côté de la travée. Sur l'appuie-tête figurait ce qui était sans doute l'emblème de Zentar : un blason bleu orné d'un dragon jaune. Elle n'avait pas vraiment d'élément de comparaison, mais cet avion faisait sûrement partie des plus luxueux.

Vivre en permanence dans un monde pareil était inimaginable. Ce luxe la perturbait. Elle n'avait pas été élevée pour un tel style de vie. Elle n'était pas dans son élément. *Que faisait-elle ici ?*

Le steward revint. Au lieu de la cannette de soda attendue, il apporta un plateau en argent avec deux verres en cristal et une assiette en porcelaine pour les crackers. Il déplia une tablette dissimulée dans le bras du fauteuil, étala une serviette dessus pour y poser l'assiette et le verre de Laurel, avant de faire la même chose pour le prince. Puis il repartit sans bruit.

Se sentirait-elle jamais moins à sa place ? Elle jeta un coup d'œil à Tariq. Il avait ouvert son ordinateur portable.

— Le dîner sera servi dans deux heures, dit-il sans lever les yeux. Sentez-vous libre d'explorer l'avion. Il y a une chambre à coucher au fond, si vous souhaitez vous reposer. J'ai du travail, il va falloir que vous vous occupiez toute seule.

Il la congédiait. Il avait obtenu ce qu'il voulait en la faisant venir à Zentar, et n'éprouvait apparemment plus le besoin de la choyer. Avec un soupir, elle ferma les yeux. C'était aussi bien, de toute façon.

Tariq. S'habituerait-elle un jour à l'appeler ainsi ?

Les précédentes vingt-quatre heures avaient été un tourbillon d'activité. Nasser, le chauffeur de Tariq, l'avait reconduite chez elle après l'entretien avec le prince. Elle avait expliqué par téléphone à ses parents où elle allait, mais avait diplomatiquement évité de parler du mariage. Elle détestait leur mentir par omission, mais n'avait pas trouvé de meilleure solution. Ils avaient paru déconcertés, soucieux et légèrement excités pour elle. Elle leur avait assuré qu'ils se parleraient régulièrement par webcam. Ses frères et sa sœur s'étaient montrés plus enthousiastes, demandant tous s'ils pourraient lui rendre visite, en particulier si le prince leur envoyait l'avion privé. Mais il était hors de question qu'elle lui demande cela.

Elle avait passé le reste de la journée à faire ses bagages ou au téléphone pour régler des affaires. Tariq avait insisté pour que son secrétaire s'occupe des aspects professionnels de son départ, lui laissant la gestion des questions personnelles. Oppressée par le manque de temps, elle avait accepté. Une fois de plus, il avait obtenu ce qu'il voulait.

L'hiver à Chicago pouvait être d'un froid cinglant, et elle partait pour un climat aride et brûlant. Elle avait mis dans sa vieille valise les quelques vêtements adaptés qu'elle possédait. Elle n'avait pas l'intention de rester longtemps, aussi ferait-elle avec ce qu'elle avait. Et, elle devait l'admettre, le vent glacial du Middle-West ne lui manquerait pas.

Quand, juste après midi, Nasser s'était rangé le long du trottoir devant son appartement, elle l'attendait avec deux valises et un carton de livres. Tel un voyageur partant pour une grande aventure, elle avait regardé son immeuble diminuer à travers la vitre arrière.

Quelque temps plus tard, une grande main chaude lui secoua l'épaule pour la réveiller. Elle se redressa en sursaut. Elle avait dormi. Anxieuse comme elle l'était de voler et troublée par la présence de Tariq, elle n'aurait pas pensé trouver le sommeil.

— Oh ! Quoi ?

— Le dîner sera servi quand vous serez prête, répondit Tariq, debout sur sa droite. La salle de bains est au bout du couloir si vous en avez besoin.

Il s'éloigna et elle le suivit des yeux. Il sortit son téléphone portable et prit place à une table élégamment dressée, à côté de laquelle le steward se tenait, silencieux et attentif. Même haut dans les airs, Tariq mangeait bien. Avait-il jamais goûté à un hamburger ?

Elle découvrit une salle de bains deux fois plus grande que celle de ses parents, et tout aussi luxueuse que le reste de l'avion, avec de la robinetterie dorée et des serviettes moelleuses. Puis elle revint dans la cabine et s'assit face à Tariq.

Le steward les servit avec efficacité. Elle sourit, amusée et surprise, car la nourriture était plus simple que sophistiquée. Un filet de poulet, des pommes de terre sautées et des brocolis à la vapeur, avec un petit pain. Mais c'était délicieux et nourrissant. N'ayant pas mangé de la journée, elle se restaura avec appétit.

Tariq était un charmant compagnon de table. Il entretint une conversation légère, relatant ce qu'il avait fait et vu à Chicago, lui demandant comment elle préférait y occuper son temps. Lorsqu'il eut terminé son assiette, il s'adossa à sa chaise. Le corps de Laurel s'échauffa sous son regard perçant.

— Alors, avez-vous pu tout mettre en ordre avant de partir ?

— Oui. J'ai dû passer de nombreux appels et demander à mes voisins de s'occuper de mes plantes.

Elle se tamponna la bouche de sa serviette amidonnée.

— Vous avez arrangé les choses avec vos parents ?

— Oui.

Il la regarda avec attention.

— Parlez-moi d'eux.

À son vif étonnement, il semblait vraiment s'y intéresser. Elle ne s'était pas attendue à cet aspect-là de sa personnalité. Elle s'éclaircit la voix.

— Ils vivent à une heure de Chicago. Mon père travaille dans une usine et ma mère est institutrice. Ils sont très heureux ensemble. J'ai deux frères et une sœur. J'aurais aimé avoir le temps de les voir. Ils vont me manquer.

— Vous les aimez visiblement beaucoup. Je suis désolé de ne pas avoir pu vous laisser un délai plus long. Si vous aviez accepté le poste quand je vous l'ai demandé la première fois, vous auriez pu leur dire au revoir.

Les remontrances avaient remplacé le charme. Il avait raison, mais elle n'appréciait pas qu'il le souligne.

— Vous tenez à ce que nous nous disputions ?

Il eut un petit sourire en biais.

— Non. Je constate. Comment votre famille prend-elle votre départ ?

— C'est peu de dire que mes parents ont été surpris. Et soucieux, mais peut-être contents pour moi, au fond. Ils me disent depuis des années que je devrais sortir davantage.

Pourquoi avouait-elle cela à cet homme sombre et solennel ? C'était la dernière personne à qui se confier.

— Je regrette vraiment que vous n'ayez pas pu prendre congé d'eux. La famille est importante.

Elle baissa le menton et le regarda, les paupières plissées.

— Merci, mais je ne compte pas m'absenter longtemps.

Son expression ne changea pas et il ne répondit pas. Que pensait-il ? Elle ramena son attention sur son assiette.

— Mes frères et ma sœur sont jaloux, ils voulaient tous venir avec moi.

Elle s'adossa à sa chaise pendant que le steward desservait.

— À propos de ce mariage, êtes-vous sûr qu'il n'y a pas d'autre solution ?

Sa question plana le temps que le serveur place devant eux un gâteau au chocolat qui avait l'air succulent.

— Absolument.

Le steward parti, elle murmura :

— Désolée.

— Il est loyal, il sait que rien de ce qu'il voit ou entend ne doit être répété. Mais vous devriez être prudente dans vos paroles.

Elle prit sa fourchette et se concentra sur le dessert.

— Je le serai.

— Bien.

Il la dévisagea un instant de son regard indéchiffrable. Puis il battit des cils.

— Avez-vous dû renoncer à d'autres engagements pour venir à Zentar ?

— C'est maintenant que vous le demandez ?

— Je voudrais simplement m'assurer qu'aucun homme ne se manifesterait sans être annoncé pour causer des problèmes.

— Vous n'avez pas à vous inquiéter, cela n'arrivera pas.

Et elle ne lui dirait pas pourquoi.

— Tant mieux. Je suppose que vous vivez exclusivement pour votre travail.

C'était peut-être vrai, mais elle n'aima pas le lui entendre dire. Il pensait qu'elle n'avait pas de vie personnelle ? Son attitude lui rappelait par trop la période où, alors qu'elle était enfant, tout le monde se moquait d'elle parce qu'elle lisait en permanence. Elle lui lança de nouveau un regard noir.

— À mon avis, nous sommes deux.

— En effet.

Il entama son gâteau. Il semblait prendre cela comme un compliment.

— J'ai donc quelque chose en commun avec un prince ! fit-elle du ton le plus cynique possible.

Il sourit et elle en eut le souffle coupé. Ce sourire lui était adressé et la faisait se sentir spéciale, toute chaude et fondante à l'intérieur.

— On dirait.

Elle pourrait bien apprendre à apprécier cette facette décontractée de son caractère.

— Vous savez, je me suis demandé où j'allais vivre. Il faudra peut-être que je loue une voiture ? Pourrai-je me rendre au laboratoire à pied ?

— Vous serez mon épouse. Vous vivrez au palais, dans mes appartements.

Vivre avec lui ? Au palais ? Elle n'y avait pas pensé. Elle ne serait pas à sa place. Elle détonnerait parmi la famille royale. Elle n'était pas comme eux.

— On ne peut pas prendre d'autres dispositions ?

— Pas si vous êtes ma femme. Mes appartements disposent de nombreuses pièces. Vous ne serez pas dérangée. Nasser ou l'un des autres chauffeurs seront toujours disponibles pour vous conduire à la clinique et vous en ramener.

— Aurai-je besoin d'une escorte ?

Elle ignorait quels dangers pourraient la menacer.

— Non.

Il parut presque blessé.

— Zentar est un pays très sûr. Vous pourrez vous habiller à l'occidentale, mais prenez garde au soleil. Il peut être très fort, un chapeau et des lunettes noires sont conseillés pour sortir. En milieu de journée, il faudra couvrir votre peau claire.

Qu'il ait remarqué un détail aussi personnel que sa peau fit un drôle d'effet à Laurel. Comme si elle comptait un peu pour lui. Ce qui était à exclure.

— Je pense que vous aurez tout ce qu'il faut au laboratoire, qui sera entièrement sous votre direction. J'ai déjà engagé six assistants hautement qualifiés.

— Bon, dit-elle de mauvais gré.

Elle voulait faire de la recherche, pas faire de la gestion de personnel.

— Le laboratoire se trouve dans le même bâtiment que notre clinique publique, qui ouvrira cinq jours par semaine et sera certainement très fréquentée. Quiconque présentant un cas d'hémophilie sera automatiquement adressé au laboratoire pour des tests.

— Vous devez savoir que je ne suis pas une meneuse d'équipe. C'est en partie pour cela que j'ai choisi la recherche. Je ne sais pas donner des ordres.

Il lui jeta un coup d'œil.

— Voilà qui est difficile à croire. Vous n'avez eu aucun mal à me dire clairement ce qui vous convenait ou pas.

Elle se pencha en avant.

— Même vous, vous devez admettre que la situation est hors du commun. Ou bien avez-vous l'habitude de demander des femmes en mariage ?

— Non. Vous êtes la première. Et je pense que vous serez bien au laboratoire.

Sur ce, il se plongea dans l'écran de son téléphone.

— Devoir dire à des gens ce qu'ils doivent faire ne m'intéresse pas, je n'aime pas ce genre de responsabilités, insista-t-elle.

— Vous ne devriez pas avoir de problèmes. Ce sont des professionnels qui connaissent leur métier. Si vous rencontrez une difficulté, vous m'en ferez part.

— Vous pouvez y compter, fit-elle comme pour elle. Mes recherches ont la priorité.

Il la regarda.

— C'est bien ce que j'espère.

— Y a-t-il autre chose que vous attendez de moi ?

Il l'étudia un peu trop longtemps, sans ciller. Elle remua dans son fauteuil. Pensait-il à son travail, ou au fait qu'ils seraient mari et femme ? Une fois de plus, elle souhaita avoir une idée de ce qui se passait dans sa tête.

— Non. J'attends simplement que vous fassiez ce pour quoi vous venez, rien d'autre.

Il se leva.

— Il reste sept heures de vol. Sentez-vous libre d'utiliser la salle de bains et la chambre à coucher. Le steward vous réveillera une heure avant l'arrivée. Il y a un téléviseur dans la chambre. Si vous voulez suivre notre vol, mettez-vous sur le canal 3. Maintenant, si vous voulez bien m'excuser, j'ai une affaire à régler.

Sur ces mots, il se dirigea vers un espace bureau à l'avant de l'avion.

Dès le début, Laurel avait été mal à l'aise avec ce poste et ce mariage de façade. Cette conversation avec Tariq n'avait pas arrangé les choses. Elle se sentait mal. *Tariq.* Elle n'avait pas à appeler un prince par son prénom. Toute cette situation était surréaliste. Une douche et un peu de lecture calmeraient-elles sa nervosité ? La nuit était tombée depuis un moment.

Elle trouva son petit sac à côté de la porte de la salle de bains. Le steward avait dû le mettre là. Après une douche brûlante dans la pièce spacieuse, elle s'habilla et traversa le couloir pour rejoindre la chambre.

Elle ferma la porte à clé, puis essaya le lit comme Boucles d'Or, s'asseyant dessus et le faisant rebondir. Penser qu'elle allait dormir dans le lit du prince Tariq al-Marktum la perturbait un peu. Combien d'autres l'avaient fait ? Ce n'était pas son affaire. Elle avait besoin de repos si elle voulait avoir l'esprit clair lorsqu'ils atterriraient.

Curieuse de savoir où elle était dans le monde, elle alluma le poste de télévision. Découvrir qu'elle se trouvait au-dessus de l'océan ne la rassura pas et elle s'empressa de changer de chaîne. Ne trouvant rien d'intéressant à voir, elle éteignit et se glissa entre les draps. Où le prince dormirait-il ?

Elle passa une main sur l'étoffe soyeuse. Qu'est-ce que ce serait de dormir tout le temps dans un tel luxe ? Avec Tariq, même ? Elle frémit. D'où lui venait cette idée tordue ?

Laurel fut réveillée par un coup frappé à la porte et le steward annonçant qu'il était temps qu'elle se lève. Elle passa rapidement un tailleur bleu, un haut en jersey rose pâle, dans l'espoir de paraître sûre d'elle et professionnelle. Des ballerines bleues complétèrent sa tenue. Elle aurait besoin d'assurance pour affronter ce qui l'attendait. Elle lissa sa veste. Ce n'était pas ce qu'elle avait rêvé de porter pour son mariage, mais ce ne serait pas un vrai mariage, alors peu importait.

Elle trouva Tariq assis à table, devant des œufs brouillés. Une odeur de café flottait dans l'air.

Elle s'arrêta net.

Il n'était plus vêtu d'un costume d'homme d'affaires, mais d'une gandoura blanche. Par-dessus, il portait un long gilet vert menthe bordé d'un large galon tressé. Sa barbe avait été méticuleusement taillée, ce qui lui donnait un air chic et à la mode tout en faisant ressortir l'exotisme de son apparence. Il avait tout d'un prince du désert. Elle fut foudroyée par le désir. Essayant d'ignorer la troublante chaleur qui l'envahissait, elle bredouilla :

— Euh… Bonjour.

— Joignez-vous à moi.

Le son de sa voix grave agit sur ses nerfs comme un archet sur des cordes de violon. Comme toujours, c'était plus un ordre qu'une invitation. Elle avait une conscience si aiguisée de sa virilité que sa simple proposition lui fit trembler les mains. Elle s'assit vivement face à lui, et tritura sa serviette. Ces réactions physiques à Tariq étaient totalement déplacées, elles devaient cesser.

Le steward s'avança.

— Qu'aimeriez-vous pour votre petit déjeuner ? demanda Tariq.

Elle se tourna vers le steward.

— Une tasse de thé et des toasts, s'il vous plaît.

— Je crains qu'il ne vous faille plus que ça pour tenir aujourd'hui, dit le prince sans lever les yeux des papiers étalés devant lui sur la table. Ajoutez des œufs, je vous prie.

Le steward opina et s'éloigna.

— Comment pouvez-vous me penser assez intelligente pour diriger votre laboratoire si vous ne m'estimez pas capable de commander à manger ?

Il la regarda, un sourcil haussé, et hocha la tête.

— Excusez-moi. Cela ne se reproduira pas.

— Quoi ? J'ai raison, pour une fois ?

Ils se connaissaient depuis peu, mais chacun de leurs désaccords s'était terminé en sa faveur à lui. Elle comptait bien savourer cette petite victoire.

Quelque chose brilla dans ses yeux bruns, qui ressemblaient à de la gaieté.

— Il semblerait, oui. Je suppose que vous avez bien dormi, cette nuit.

— Oui, répondit-elle en souriant.

— Parfait.

Il déplaça un document et en prit un autre dessous.

— Je voulais vous faire part de l'emploi du temps d'aujourd'hui.

Elle n'était pas descendue de l'avion et il avait déjà planifié sa journée ! Contrôlerait-il toujours son temps ? Quand était-elle censée faire ses recherches ? Entre son agenda à lui et la direction du laboratoire, comment allait-elle avancer ?

— Nous arrivons en milieu de matinée à l'heure de Zentar. De l'aéroport, nous irons directement au palais pour une petite cérémonie, à laquelle quelques membres de ma famille assisteront. Ensuite, nous irons visiter le laboratoire puis nous reviendrons au palais. J'ai en fin d'après-midi une réunion que je ne dois pas manquer.

Se marier et partir en courant ? Cela n'était pas très différent de ce que Larry lui avait fait. Après avoir eu ce qu'il voulait, il était reparti de son côté. Le prince la manipulait aussi. Mais en retour elle obtiendrait quelque chose qu'elle voulait également, la chance de poursuivre ses recherches. Elle aurait fait n'importe quoi pour cela.

— Laurel, vous m'écoutez ?

Il semblait agacé. À en croire l'expression de son visage, il n'avait pas l'habitude de se répéter. Elle le regarda.

— Ensuite, vous disposerez de votre temps comme vous l'entendrez. En tant que voyageur chevronné, je vous conseille de vous reposer. Le décalage horaire n'est pas une invention.

Il lâcha le papier qu'il avait à la main.

— Je serai en forme, j'en suis sûre, répondit-elle.

Elle en avait assez de ses ordres.

— Je souhaite aller dès que possible travailler au laboratoire.

Comme de coutume, ses yeux bruns ne révélèrent rien de ses pensées.

— À vous de choisir, mais je crains que vous ne payiez cher cette décision. Vous n'y êtes pas attendue avant après-demain.

— J'y serai demain à la première heure. J'approchais d'une découverte, dans mes recherches ; je veux m'y remettre sans délai.

— Comme vous voudrez.

Il retourna à ses papiers.

Le petit déjeuner de Laurel arriva, Tariq continua à lire pendant qu'elle mangeait. Parfois, il notait quelque chose ou consultait son téléphone. Lorsque, son repas terminé, elle reposa sa fourchette, il croisa son regard et elle rougit. Elle qui comptait prendre un repas léger, elle avait fini son assiette. Qu'il ait eu raison au sujet de son appétit l'irrita.

Il se leva.

— Venez, vous allez avoir votre premier aperçu de Zentar.

Il lui indiqua le même hublot que la veille.

Curieuse de découvrir l'endroit qui serait son chez-elle

pour les semaines à venir, car c'était tout le temps qu'elle comptait y rester, elle s'assit, se cramponna aux accoudoirs et se pencha lentement vers la vitre.

— Vous n'avez pas surmonté votre peur.

Elle fut surprise par la note de sympathie dans sa remarque.

— Non. Je doute de la surmonter un jour.

Cela ne valait pas que pour le vertige. Toutefois, faire ce voyage était un énorme pas en avant. D'ailleurs, avoir trouvé le courage de venir à Zentar lui gonflait la poitrine de fierté.

— Je vous le promets, vous ne regretterez pas d'avoir regardé, dit-il, insistant d'un ton charmeur, et de sa belle voix.

Rassemblant son courage, elle appuya la tête contre la paroi de l'avion. Au-dessous d'elle, la mer d'Arabie s'étalait, d'un bleu saphir.

— Vous voyez ce petit point blanc, dans le lointain ? C'est Zentar.

Elle sursauta, la tête de Tariq était proche de la sienne. Trop proche. Son visage était à un pouce de ses lèvres. Son after-shave citronné lui emplissait les narines. Il posait une main sur l'appuie-tête, se penchant au-dessus d'elle pour regarder par le même hublot.

Comment savoir ce qui lui donnait le plus le tournis — la proximité de Tariq ou la sensation que l'avion frisait l'eau vers le petit joyau de cristal qui se profilait devant eux ? Le prince ne bougeait pas, son souffle caressant ses cheveux. Oui, il était beaucoup trop près.

— Vous devez apprendre à ne pas réagir chaque fois que je suis près de vous ou que je vous touche. Mon peuple va penser que je ne vous plais pas. Cela n'ira pas.

Ce que *son peuple* ignorait, c'était qu'elle était beaucoup trop sensible au prince pour son propre confort.

— Vous devriez peut-être laisser un peu de distance entre nous afin qu'ils ne le remarquent pas.

— Je ne suis pas sûr que ce soit possible.

Ses lèvres avaient-elles frôlé le haut de sa tête ?

Elle se concentra sur la vue du hublot. Zentar grossissait, palette de blanc écru piquée de taches de vert. L'avion s'inclina sur la droite. Elle lâcha un son strident et s'agrippa des deux mains au siège.

Tarik posa une main douce sur son épaule.

— Tout va bien. C'est juste une manœuvre d'approche.

Sa voix et son contact apaisants la rassurèrent.

— Le pilote s'est plus amusé que moi, dit-elle.

Tarik eut un beau rire de gorge.

— Je lui demanderai de se montrer moins spectaculaire la prochaine fois que vous serez à bord.

Fascinée par le pays qui s'étendait sous eux, elle regarda de nouveau par le hublot. À présent, elle discernait des bâtiments, certains rose clair, d'autres jaunes et bleus. Sur une hauteur au nord, un vaste édifice étincelant dominait les autres.

— C'est le palais, à l'horizon. Il est magnifique, non ?

Il l'était, en effet. Que ressentirait-elle si un homme tel que Tariq parlait d'elle avec tant de fierté et d'amour ? Quelle pensée déplacée ! Bientôt, un « ding » résonna dans la cabine.

Le prince s'assit face à elle.

— Il est temps de se préparer pour l'atterrissage et de boucler votre ceinture.

Elle frissonna et se cala dans son siège. Il faisait frais, soudain, sans la proximité de Tariq. Elle tâtonna un moment mais finit par attacher sa ceinture.

L'avion amorça sa descente. Elle noua les mains sur ses genoux, ferma les yeux et appuya la tête au dossier. Elle n'aimait pas plus atterrir que décoller.

— Il est pénible de vous regarder. Ne vous crispez pas ainsi. Vous me donnez envie de vous prendre dans mes bras.

Elle rouvrit brusquement les paupières et il la tint captive de son regard intense.

— Voilà qui est mieux, dit-il.

Ces paroles, douces et encourageantes, atténuèrent l'anxiété de Laurel.

— Au moins, je vous ai assez choquée pour vous sortir de votre calvaire.

Il n'avait dit cela que pour l'aider ? Pourquoi cela la décevait-il ?

— Je vous en prie, ne vous amusez pas de moi.

— Loin de moi cette idée. Je vous trouve très courageuse, de quitter tout ce que vous connaissez et de traverser la moitié du monde pour votre premier voyage, alors que vous avez si peu d'expérience.

Elle ne s'était jamais estimée courageuse. Entendre le prince affirmer le contraire était assez grisant. Enfant, elle avait toujours peur de tout. Elle avait accepté tôt dans sa vie que le seul moyen de supporter d'être le souffre-douleur de ses camarades de classe était de se réfugier dans ses livres. Les seules fois où elle se sentait à la hauteur, c'était lorsqu'elle avait de bonnes notes — ce qui exacerbait la cruauté des autres à son égard.

Cela ne s'était pas mieux passé à l'université. Juste après que Larry l'avait laissée tomber, elle avait surpris deux étudiants se moquant de la « sainte-nitouche » avec qui leur copain avait couché pour gagner un pari. Au lieu de leur faire face, de leur dire qu'elle était une personne, avec des sentiments, elle s'était éclipsée sans qu'ils la voient. Elle s'était juré de ne plus jamais se fier à un homme. Et voilà qu'elle dépendait entièrement d'un individu qu'elle ne connaissait pas vraiment et à qui elle ne faisait pas intégralement confiance. Cette fois, elle prendrait plus garde à son cœur.

Même après son diplôme de médecine, elle ne s'aventurait pas à plus de deux heures de l'endroit où elle avait grandi. S'installer seule à Chicago avait été un événement colossal pour elle ; seul son désir brûlant de continuer ses recherches contre l'hémophilie avait rendu cela possible. Pour elle, ce vol vers Zentar était moins une preuve de courage que le résultat de son besoin d'avoir accès à un laboratoire. C'étaient ses recherches qui la faisaient aller de l'avant. Elle avait des qualités, certes, mais la bravoure n'en faisait pas partie.

Quelques secondes plus tard, les roues touchèrent le tarmac dans un grincement de freins qui la crispa de nouveau. Tariq posa une main sur la sienne et soutint son regard, tandis qu'une vive chaleur l'envahissait.

Bientôt, l'avion roula lentement et sans à-coups pour finalement s'arrêter. Elle était à terre, saine et sauve. Tariq retira sa main. Elle le regarda défaire sa ceinture et se lever avec nonchalance. Sans un mot, il se dirigea vers l'arrière de l'avion.

Par le hublot, Laurel observa la brume de chaleur sur le tarmac et le bâtiment bas, de couleur ocre, où se trouvait le terminal de l'aéroport. Il paraissait simple, mais moderne. Au-dessus ondoyait un drapeau qui portait le même emblème que les sièges de l'avion. Au-delà de l'aéroport, les bâtiments se succédaient, aucun ne dépassait deux étages. Au loin se dressait la perle étincelante du palais. L'endroit qui serait son chez-elle au moins pour un temps. Elle n'était pas dans son élément. Trouver sa place serait encore plus difficile que lorsqu'elle était enfant.

Puis le steward ouvrit la porte et l'air qui s'engouffra dans l'habitacle la ramena au présent. Elle s'empressa de défaire sa ceinture.

Tariq reparut, avec sur la tête une coiffe blanche ceinte d'un lien doré qui flottait sur ses épaules.

Elle le fixa. Il était superbe habillé à l'occidentale, mais encore plus attirant dans cette tenue.

— Je dois avoir l'air d'un membre de la famille royale quand je reviens de voyages officiels, dit-il. C'est une façon pour le roi de rappeler au peuple que nous honorons nos traditions. En tant que ministre de la Santé, j'ai une position à tenir.

Pourquoi se sentait-il tenu de lui expliquer ses choix vestimentaires ? Auparavant, il ne semblait pas accorder grande attention à ses sentiments ou à ses soucis. Quand ce qu'elle pensait de lui avait-il commencé à compter à ses yeux ?

— Je comprends. Simplement, je ne m'attendais pas à…

Elle referma la bouche et eut un geste agacé de la main. Elle n'avait pas prévu qu'il lui coupe le souffle avec sa beauté, son charme, et son style de vie captivant, digne des Mille et Une Nuits.

— Vous ne vous attendiez pas à quoi ?

Il l'observait d'un air trop pénétrant pour qu'elle soit à l'aise.

— Je… Euh… Je ne sais pas. Je pensais que vous vous habilliez toujours à l'occidentale, je suppose.

— La plupart du temps, oui, mais les journalistes seront là. Je dois tenir mon rôle.

— D'accord, fit-elle sans prendre la mesure de l'information.

Pour lui, conclut-elle seulement, sa tenue était l'uniforme qui indiquait son statut, sa blouse de laboratoire à lui, en somme.

Il s'approcha et lui prit le coude.

— Il est temps d'y aller. Nous avons un programme à respecter.

Elle n'en était que trop consciente. L'épouser était en haut de la liste. Cette seule idée lui retournait l'estomac. Elle souhaita soudain avoir moins mangé au petit déjeuner.

La main de Tariq resta sur son coude tandis qu'ils descendaient l'escalier mobile placé devant la porte de la cabine. D'un signe de main, le prince salua le groupe de gens qui attendaient en bas. Et Laurel prit conscience de ce qui lui arrivait. Comment aurait-elle imaginé qu'un jour la presse s'intéresserait à elle. Elle était tellement hors de son élément ! Des flashs jaillirent. Elle ferma les yeux et tourna la tête.

Tariq leva une main et tout le monde se tut.

— Je vous présente le Dr Laurel Martin. Elle va diriger notre nouveau laboratoire de recherches et devenir mon épouse lors d'une petite cérémonie familiale cet après-midi au palais. L'événement sera célébré ultérieurement.

Il y eut des exclamations étouffées et de nouveaux flashs.

Tariq ne se laissa pas troubler.

— S'il vous plaît, accordez-lui un accueil chaleureux digne de Zentar. Et gardez vos questions pour plus tard. Nous avons eu un long vol et il nous reste beaucoup à faire aujourd'hui.

Laurel ne s'était jamais identifiée autant qu'à ce moment-là à Dorothy arrivant au pays d'Oz. Dans quelle situation s'était-elle mise ?

3.

Tariq escorta Laurel jusqu'à la limousine qui les attendait. Il avait dû par deux fois lui tapoter le bras pour qu'elle bouge. Elle tremblait de la tête aux pieds. Elle était terrifiée. Réflexion faite, il aurait dû la prévenir, au sujet de la presse. Mais en voyant son angoisse pendant le vol, il avait eu peur qu'elle ne refuse de descendre de l'avion si elle savait les médias là pour les accueillir.

Avait-il fait une erreur en l'emmenant si loin de chez elle ? En insistant pour qu'elle l'épouse ? Les deux événements étaient assez stressants par eux-mêmes, mais les deux à la fois étaient peut-être trop pour elle. Jamais, au grand jamais, il n'aurait pu imaginer qu'une femme de son intelligence et de sa réputation soit aussi novice pour ce qui était du monde extérieur. Mais il était rafraîchissant de la voir à chaque nouvelle expérience remplacer sa peur par un étonnement teinté d'excitation. Et lui aussi voyait sa vie sous un autre angle.

Au souvenir de sa réaction lorsqu'elle avait vu Zentar pour la première fois, il rayonnait de fierté. Elle en avait apprécié la beauté, comme lui chaque fois qu'il rentrait. Partager ce plaisir avec quelqu'un était agréable, et nouveau pour lui.

Laurel installée à l'arrière de la luxueuse voiture, il donna à Nasser l'ordre de les conduire au palais. Lui se serait normalement concentré sur son téléphone, mais sa compagne l'enchantait. Il se tourna vers elle. Observer sa fascination pour la ville qu'il adorait était devenu plus important qu'un quelconque mail au sujet d'un problème à résoudre.

Elle regardait sans cesse d'une fenêtre à l'autre, comme

dans l'espoir de tout capter à la fois. Il se pensait oublié jusqu'à ce qu'elle lui lance soudain, d'un ton de reproche :

— Vous auriez dû me dire que la presse serait là, au lieu de me tendre une embuscade.

— Je craignais que vous ne refusiez de descendre de l'avion.

Elle lui jeta un coup d'œil en coin.

— Et cette déclaration au sujet de notre mariage ?

Il haussa les épaules.

— Il devait être annoncé.

Il s'adossa aux coussins, prenant plaisir à voir l'agacement briller dans ses yeux. Au moins n'étaient-ils plus emplis de panique. Elle lui fit face.

— Je suppose. Êtes-vous certain que c'est nécessaire ?

— Que nous nous mariions ? Oui.

Elle se remit à contempler le paysage, mais l'atmosphère était tendue, désormais. Ils ne dirent pas grand-chose durant le reste du trajet. Il avait prévu une réaction émerveillée devant le palais couronné d'un dôme en forme de bulbe, mais elle fut plus flatteuse encore qu'il ne s'y attendait.

Alors qu'ils s'arrêtaient devant le luxueux édifice, elle murmura, ébahie :

— Vous avez vécu ici toute votre vie ?

De nouveau, l'étonnement et l'admiration se peignirent sur son visage. Il avait fréquenté le palais presque chaque jour de son existence, mais grâce à elle il le voyait avec des yeux neufs : ses murs blancs, ses ouvertures arrondies, ses hauts remparts sur lesquels flottaient des drapeaux rutilants… En un mot, sa somptuosité.

— La majeure partie. J'y ai grandi, avant de partir à l'étranger pour mes études universitaires, puis quelques années par la suite.

— Je ne peux pas imaginer grandir dans un endroit pareil. Mes parents ont un modeste quatre pièces. Ma sœur et moi partagions une chambre jusqu'à ce que j'aille à l'université.

Ils appartenaient vraiment à des mondes très éloignés. Il avait appris depuis longtemps que c'était le cas avec presque tout le monde, pour un prince.

— La proximité entre les membres d'une famille n'a rien à voir avec la taille de leur foyer, dit-il.

La limousine s'arrêta devant l'entrée principale du palais.

— Je vais ouvrir la portière, dit Tariq à Nasser, en sortant de la voiture pour tendre la main à Laurel.

Elle hésita un instant, puis posa ses doigts menus, doux et tremblants, sur les siens. La comparaison entre leurs mains produisit un effet singulier sur lui. La différence entre eux était si marquée, de tant de façons. Il en fut touché.

Elle retira vivement sa main et leva le menton pour contempler les frontons massifs et ornés des salles officielles.

— Nous allons nous marier ici ?

— Oui.

Elle lui lança un regard soucieux.

— Dans un bureau ?

— Non. Dans la Grande Salle d'Apparat.

— On ne devrait pas..., murmura-t-elle.

— Je suis membre de la famille royale, il en sera donc ainsi.

À son ton sec, elle pinça les lèvres, avant d'éclater :

— Vous savez, j'en ai assez que vous me bousculiez sans arrêt. Nous n'avons que faire de nous marier. Et encore moins ici, devant votre famille, fit-elle en désignant le palais.

— Laurel...

Il baissa la voix, comme pour parler à un animal effarouché.

— Je pense que vous avez raison.

Elle le dévisagea, abasourdie.

— Vraiment ?

— Oui, mais des plans ont été faits et ne peuvent être changés. Venez, ce sera vite terminé ; ensuite nous irons voir votre laboratoire.

Il lui prit la main et passa son pouce sur le dessus. À sa place, il n'aimerait pas non plus être privé de tout contrôle sur sa propre vie.

— J'estime toujours que c'est une mauvaise idée, dit-elle, troublée par sa caresse, mais je vais m'y plier.

Il sourit.

— Je suis heureux de l'entendre.

Il lui posa une main sur la taille et la dirigea vers l'entrée.

Tandis qu'ils s'approchaient, un garde en uniforme ouvrit les portes et ils pénétrèrent dans la fraîche pénombre de l'édifice en pierre.

— Waouh ! fit Laurel, dont le murmure résonna sur le sol de marbre patiné. C'est magnifique !

Une jeune femme et un petit garçon vinrent à leur rencontre. Laurel se raidit sous la paume de Tariq.

— Voici Zara, ma belle-sœur, et mon neveu Roji. Zara va vous aider à vous habiller.

— M'habiller ? releva-t-elle en jetant un coup d'œil à son tailleur. Je n'y avais même pas pensé.

Il n'en fut pas surpris, elle ne songeait qu'à son travail. Il était important, certes, mais il fallait qu'elle sorte un peu de sa cage de verre. Son amour-propre fut également piqué qu'elle ait si peu de considération pour leur mariage, au point de ne pas se soucier de ce qu'elle porterait. Toutes les femmes ne souhaitaient-elles pas être belles pour leurs noces ? Fussent-elles de convenance ?

À ce moment-là, Roji échappa à sa mère et courut vers Tariq, qui mit un genou à terre pour le prendre dans ses bras.

— Oncle Tariq, j'ai monté mon cheval, aujourd'hui !

Tariq souleva l'enfant qui, à cinq ans, avait déjà tellement perdu dans sa vie. Ils bavardèrent gaiement un moment, avec force chatouilles, sous le regard intense de Laurel. Zara les rejoignit.

— Roji, laisse ton oncle tranquille, il a à faire.

— Zara, Roji et toi êtes ma famille et la famille est ce qui compte le plus.

Il reposa l'enfant à terre et dit :

— Je souhaite te présenter le Dr Laurel Martin.

La jeune femme tendit la main et Laurel la prit.

— C'est un plaisir. Je suis heureuse que Tariq ait trouvé quelqu'un à aimer.

Elle jeta un coup d'œil à son beau-frère.

— Même s'il vous a gardée secrète.

Laurel regarda Tariq, qui lui sourit d'un air rassurant.

— Allez avec Zara. Je dois parler à quelqu'un, nous nous retrouverons dans quelques minutes.

À son vif soulagement, elle s'éloigna sans protester.

Laurel regardait autour d'elle sans vraiment bien voir. Tout était trop impressionnant pour être absorbé en une seule fois : la vaste beauté des lieux et le fait qu'elle serait mariée à Tariq dans quelques minutes. Elle avait toujours eu l'esprit si pratique, jusqu'à ce que le prince entre dans sa vie ; à présent, elle flottait dans une sorte de brume enchantée, elle ne se reconnaissait plus. Son existence était devenue extraordinaire en un clin d'œil.

Zara poussa une épaisse porte en bois et entra. Elle fit signe à Laurel de la suivre.

— C'est le salon royal du palais. Nous l'utilisons pour ce genre d'occasion et pour recevoir de hauts dignitaires.

La salle avait un haut plafond, des murs blanchis à la chaux et un grand vitrail. Des couleurs jouaient sur le blanc comme dans une sorte de kaléidoscope.

Zara ne l'aidait pas à se sentir moins déplacée. La grande et svelte femme brune vêtue d'une robe élégante qui valsait autour de ses jambes lui rappelait le peu d'attention qu'elle avait porté à son apparence depuis quelques années. Et Laurel était admirative de son anglais, aussi parfait que celui de Tariq, bien que beaucoup moins sexy. Ne parlant pas un mot d'arabe, elle se sentait désavantagée.

— Ces femmes sont ici pour m'aider à vous habiller, dit Zara en indiquant un petit groupe debout près d'un grand miroir. Roji, va jouer avec tes petites voitures, là-bas.

Laurel avait observé en souriant le moment de tendresse entre l'enfant et son oncle. Ils s'adoraient visiblement. Comme sa première impression d'un prince hautain et distant avait été trompeuse ! Plus elle en apprenait sur lui, plus elle trouvait de qualités à apprécier. Nul doute qu'il serait un père attentionné. Son estomac se crispa. Pourquoi avait-elle ce genre de pensée ? À son sujet ?

S'efforçant de reprendre un peu le contrôle de la situation, elle dit :

— Princesse, je n'ai pas besoin que l'on m'aide à m'habiller.

— Je vous en prie, appelez-moi Zara. Et je pense que vous allez être surprise.

Elle fit un signe aux femmes qui passèrent derrière un paravent. L'une d'elles revint avec une longue robe pliée sur son bras. Elle était faite d'une étoffe crème, très fine, brodée de petites fleurs dorées. Une autre portait une coiffe et un voile assortis.

Laurel en eut le souffle coupé. C'était la plus belle toilette qu'elle ait jamais vue, même en images.

— Elle est splendide, n'est-ce pas ? demanda Zara. Elle a appartenu à la mère de Tariq et à sa mère avant elle. Il souhaite que vous la portiez.

Des larmes montèrent aux yeux de Laurel. Sa culpabilité envers la famille royale était déjà assez lourde, mais là... Après tout, Tariq et elle étaient des usurpateurs. Ils faisaient croire aux leurs que leur mariage était réel, ce qui n'était pas le cas. Elle secoua la tête.

— Je ne peux pas porter cette robe.

Zara ignora ses paroles et la prit par la main.

— Tariq attend. Vous devez vous changer pour le rejoindre. Nous allons voir comment elle vous va.

Laurel se soumit aux soins zélés des caméristes qui remplacèrent ses habits par l'élégant costume traditionnel. Avec un grand respect, Zara posa la coiffe sur sa tête. Elle couvrait une grande partie de son front et le voile lui tombait jusqu'aux coudes.

La princesse recula et la contempla.

— C'est parfait.

Les autres femmes sourirent et acquiescèrent.

— Maintenant, venez vous voir.

Zara la conduisit jusqu'au miroir et la fit pivoter. Laurel eut peine se reconnaître dans la femme qui la regardait. Où était passée la personne insignifiante qu'elle était d'ordinaire ? Elle redressa les épaules. Non seulement elle était belle, mais pour la première fois depuis longtemps elle se *sentait* belle. Zara lui pressa légèrement la main.

— Tariq le verra aussi, dit-elle mystérieusement. Il est temps d'y aller.

Elle fit sortir Laurel de la salle.

— Je vais vous accompagner jusqu'à la porte, puis je vous laisserai rencontrer Tariq seule.

Laurel faillit lui agripper la main et la supplier de ne pas l'abandonner. Mais de quoi aurait l'air une fiancée ne voulant pas rejoindre son futur époux ?

Tandis qu'elles marchaient, Zara chuchota :

— Vous allez épouser un homme formidable, au grand cœur. Il a pris soin de Roji et de moi depuis la mort de mon mari, Rashid. Cela a été dur pour lui aussi, car ils étaient les meilleurs amis du monde. Maintenant que vous êtes dans sa vie, peut-être va-t-il aller de l'avant, ne plus porter aussi lourdement sa peine. Ne plus craindre que la maladie n'emporte tous ceux qu'il aime.

Laurel lui jeta un regard rapide.

— La maladie ?

— Mon époux avait une maladie du sang. Il a eu un accident de voiture et on ne l'a pas trouvé à temps. Mais assez de ces tristes évocations. C'est un jour heureux. À présent, je vous laisse rejoindre Tariq.

Laurel s'arrêta et Zara gagna à la hâte le fond de la salle, où des sièges étaient déjà occupés. Puis Laurel se força à faire un pas en avant. Le prince se tenait debout plus loin, grand et imposant, il l'attendait. Il semblait si sûr de lui, alors qu'elle n'était que doute. Il portait une coiffe dorée. Son regard brun captura le sien et il lui tendit le bras. Sur des jambes qui tremblaient autant que ses mains, elle avança vers son faux époux.

La courte cérémonie fut bientôt presque terminée. Laurel serait-elle restée debout sans le soutien de Tariq ? Finalement, le moment auquel elle refusait de penser arriva. Il se tourna face à elle. Son regard rencontra le sien, le soutint, puis se fit interrogateur. Avec une expression aussi sérieuse que s'il prenait une décision d'État, il approcha lentement sa bouche de la sienne.

Ce devait être un bref baiser pour la galerie, et il commença ainsi. Mais avec une exquise douceur ce contact superficiel se changea en une union inattendue qui l'emplit tout entière de chaleur et fit naître une palpitation de désir au plus profond d'elle. Impulsivement, elle rendit ce baiser. Trop tôt à son goût, Tariq s'écarta. Elle leva le regard vers lui et lut dans ses yeux une satisfaction qui lui rappela celle de Larry lorsqu'il était sorti du lit et lui avait annoncé qu'il en avait fini avec elle. Était-ce cela qui brillait dans les yeux de son nouvel époux ? L'avait-il testée ?

La cérémonie achevée, elle demanda :

— Puis-je voir le laboratoire, maintenant ?

Il pinça les lèvres et ses mâchoires se durcirent. L'avait-elle offensé ? En quoi ? Ils étaient convenus que ce n'était qu'un mariage de convenance.

— Dès que je vous aurai présentée à ma famille et que nous nous serons changés. Vous êtes ravissante, à propos.

Mais ces paroles semblaient raides, comme s'il se forçait à les prononcer.

Cela la piqua au vif. Quel effet cela lui ferait-il, qu'un homme comme Tariq la trouve vraiment jolie ?

— Merci. Cette robe est splendide. J'espère que je ne l'ai pas déshonorée en la portant pour ce genre de mariage.

— Ne parlez pas ainsi. Nous devons rencontrer mes proches, à présent.

Il la conduisit jusqu'au petit groupe de personnes rassemblées à quelques pas de là. Zara embrassa la mariée sur la joue.

— Votre Majesté, dit Tariq au souverain.

Il inclina la tête, puis les deux hommes s'étreignirent en se tapant dans le dos. Était-ce le même Tariq qu'à l'instant, muré dans sa forteresse ? Elle avait du mal à associer les deux.

Il eut un regard plein d'affection pour le roi.

— C'est bon de te voir, mon frère.

— J'en oublie mes bonnes manières. Qui est cette charmante jeune femme au nom de laquelle tu m'as réveillé pour me dire que tu l'épousais ?

Le roi avait un sourire chaleureux, accueillant. La main tendue, il vint saluer Laurel.

— Docteur Martin, ou devrais-je être le premier à vous appeler Mme Tariq al-Marktum, comme vous le faites dans votre pays ? Nous sommes heureux de vous avoir à Zentar et au sein de notre famille. Voilà qui est bien de Tariq, de ramener une future épouse à la maison sans rien dire à personne.

Il lança un regard réprobateur à son frère.

— Je l'ai beaucoup entendu parler de vous avant son départ, et même après. Il était très excité à l'idée de vous rencontrer, dit-il, toujours souriant.

Que Tariq lui avait-il raconté à son sujet ? Qu'elle avait refusé de venir, au début ? Qu'elle n'était là que parce qu'elle avait perdu son financement aux États-Unis ? Lui avait-il confié que le mariage était une parodie ? Qu'elle voulait simplement faire de la recherche, pas être un membre de la famille royale ?

— Ah oui ? fit-elle d'une voix étranglée.

— Oui, répondit le roi. Il vous tient en très haute estime, ainsi que vos compétences en médecine. Mais il a évidemment omis de préciser qu'il était de surcroît tombé amoureux de vous.

— Cela a été une surprise pour nous aussi, répondit-elle en parvenant à paraître sincère.

— Voici mon épouse, Loulisa.

Une jolie femme timide, avec un peu de gris dans les cheveux, s'avança.

— Je suis heureuse de vous rencontrer. Là-bas, dit-elle en indiquant un garçon et une fille plus âgés qui jouaient avec Roji, ce sont nos enfants. Ils manquent une journée de classe, alors ils sont très excités de vous avoir ici.

Laurel sourit.

— J'en suis contente.

Un cri résonna soudain entre les piliers de la vaste salle. Tous les regards convergèrent vers Roji, allongé par terre. Zara se précipita vers lui, Tariq sur les talons.

— Que s'est-il passé ? demanda Laurel à Zara qui tenait son fils dans ses bras.

— Il a glissé et s'est blessé à la tête. Il saigne ! répondit la jeune femme en sanglotant.

Pourquoi une telle réaction à une simple chute ? Laurel regarda Tariq enlever la bande d'étoffe qui lui ceignait la taille et s'accroupir à côté d'eux. Manifestement soucieux, il pressa le tissu sur la plaie.

— J'appelle Nasser, dit-il en soulevant son neveu, il va nous attendre avec la voiture à la porte latérale.

Zara s'assit avec l'aide du roi et Tariq plaça l'enfant sur ses genoux. Laurel s'avança.

— Ça va aller, Roji. Sois courageux et laisse-moi regarder. Je suis docteur.

Le petit garçon renifla et essuya ses larmes.

— Il est hémophile, dit Zara. J'ai de l'hémostatique dans mon sac.

Un de ses neveux le lui donna. Tariq impassible pressait toujours la compresse sur la tête de Roji. Laurel examina l'enfant et découvrit un hématome sur son épaule. Puis elle souleva ses paupières.

— Ses pupilles ne sont pas dilatées. C'est bien.

— Je sais, répondit Tariq avec impatience. Je suis également médecin.

Les yeux de Laurel s'élargirent de surprise.

— Vous ne me l'avez jamais dit !

Il lui décocha un regard perçant.

— Il y a beaucoup de choses que je ne dis pas.

Zara fouilla dans son sac de ses mains tremblantes, et sortit l'hémostatique et la seringue.

— Je ne pense pas pouvoir le faire.

Tariq se mit sur un genou.

— Oncle Tariq, ne me fais pas mal ! dit Roji d'un ton suppliant.

Le prince lui ébouriffa les cheveux.

— Je vais essayer, mais je manque un peu de pratique.

— Puis-je ? demanda Laurel avec assurance en posant une main sur l'épaule de Tariq.

C'était son domaine de compétence.

— Je le fais tous les jours. Tu as confiance en moi ? demanda-t-elle en souriant à Roji qui hocha la tête, mais serra néanmoins la main de sa mère.

Avec rapidité et efficacité, elle enfila des gants en latex et posa un garrot au petit garçon.

— C’est un peu désagréable, mais ça ne durera pas longtemps. Tu as un chien, chez toi ?

— Oui.

— Comment s’appelle-t-il ?

Elle inséra la fine aiguille dans la veine.

— Tsar.

Quelques minutes plus tard, l’hémostatique était injecté.

— Merci, Laurel, dit Zara en lui prenant la main.

— Je suis contente d’avoir pu aider. Mais il faut qu’il aille à l’hôpital.

— Nasser nous attend, dit Tariq en se chargeant de son neveu. Je vais avec lui, discrètement. Je ne veux pas que les médias soient alertés.

Laurel s’interrogea. Pourquoi ce besoin de secret ? Après tout, l’enfant n’avait pas à avoir honte de sa maladie.

— Tu as une épouse dont prendre soin, maintenant, dit Zara de sa voix douce.

Tariq jeta un coup d’œil à Laurel comme s’il l’avait oubliée.

— Rejoignez-moi à l’hôpital. La voiture reviendra vous chercher.

Là-dessus, il s’éloigna à grandes enjambées.

Laurel s’excusa auprès du roi et du reste de la famille pour aller se changer. Les femmes l’aidèrent à quitter sa robe et l’accompagnèrent à la porte latérale. Elle attendit la voiture, seule. Sa pire crainte s’était réalisée : elle était livrée à elle-même dans un pays étranger. Heureusement, Nasser revint rapidement et, un quart d’heure plus tard, il l’escortait dans les couloirs de l’hôpital.

Une femme derrière un bureau dit quelque chose que Laurel ne comprit pas. Le chauffeur hocha la tête et continua dans un couloir. Quelques portes plus loin, il s’arrêta.

— Le prince est ici.

— Merci, Nasser.

Dans la chambre, Tariq était penché sur le lit de Roji. L’enfant avait dû être mis sous sédatifs car il était très calme. Zara était assise sur une chaise, l’air soucieux, les mains nouées et ses articulations blanchies. Ce qui avait fait choisir la médecine à Laurel prit le dessus.

— Que puis-je faire pour aider ? demanda-t-elle en s'approchant du lit.

Tariq leva les yeux.

— Je ne vous ai pas entendue entrer. Sa tension est haute. Je suis inquiet qu'il y ait un saignement que nous ne pouvons pas voir.

— Vous avez demandé des tests ?

— Un bilan sanguin complet, une radio de son abdomen et de ses articulations. Un scanner de la tête. Les premiers résultats n'indiquent rien de significatif, mais j'ai le sentiment de passer à côté de quelque chose.

L'intuition avait souvent guidé Laurel, aussi. Sauf avec Larry.

— Lui a-t-on administré une deuxième dose d'hémostatique ?

— Oui. Dès que nous sommes arrivés.

Elle souleva le bandage.

— Le saignement a ralenti. L'hémostatique doit agir.

Elle alla se placer de l'autre côté du lit, face à Tariq.

— Avez-vous fait une palpation complète ?

— Non, j'allais le faire.

— Je vais commencer par les pieds et remonter.

Tariq tâtait le cou de Roji, l'air soucieux.

— Laurel, voyez si vous sentez la même chose que moi.

Elle posa les doigts sur la nuque de l'enfant. Il y avait une enflure, mais surtout la zone était très chaude.

— C'est brûlant.

— C'est ce que je trouve aussi.

— Qu'est-ce qui ne va pas ? demanda Zara en se levant.

— Tout va bien, mais tu dois aller chercher une infirmière.

La mère sortit. Laurel regarda le visage inquiet de Tariq.

— Il a dû se heurter là en premier, avant de rouler en avant et de se cogner la tête, dit-elle.

Une infirmière arriva, suivie de Zara.

— Il faut une dose de concentré coagulant rapide, dit aussitôt Tariq. Tenez-en une autre prête, si nécessaire. Demandez aussi un scanner, pour la nuque de Roji cette fois.

— Oui, Votre Altesse.

Laurel le regarda.

— Bien trouvé.

Il hocha la tête. L'infirmière revint bientôt avec le matériel pour une intraveineuse.

— Je m'en occupe, dit Laurel.

La femme jeta un coup d'œil à Tariq, qui acquiesça. Laurel posa une canule dans une veine du bras de Roji, et Tariq fit l'injection. Avant qu'il ait fini, un aide-soignant arriva avec un appareil de radio portatif. Tariq envoya Zara chercher des habits au palais, car Roji passerait la nuit à l'hôpital. Il resta au chevet de son neveu, prenant sa tension tous les quarts d'heure.

— Il est stabilisé, annonça-t-il enfin.

— C'est une bonne nouvelle, dit Laurel en s'approchant.

Tariq la regarda.

— Je suis désolé que notre cérémonie se soit terminée ainsi.

— Je n'en suis pas étonnée. Notre relation a été pleine de surprises, jusqu'ici.

Il eut un sourire sincère.

— En effet. Maintenant, pour tenir ma promesse, nous irons visiter le laboratoire dès que Zara reviendra. Bientôt, mon pays découvrira quelle femme remarquable j'ai épousée.

Laurel ne put ignorer le plaisir qui l'envahit à ces paroles.

4.

Tariq se tourna vers Laurel tandis qu'ils circulaient dans les rues de Zentar. Elle avait été ravissante dans la robe de sa mère, et si fragile en venant vers lui ! Il en avait eu le cœur serré. Lorsqu'il l'avait attirée à lui pour la soutenir, surpris de constater qu'il en avait envie, sa main tremblait.

Il s'était assuré que le représentant officiel en charge de la cérémonie parlait bien anglais. Laurel n'avait pas caché qu'elle se sentait manipulée, il ne voulait pas que cette impression s'accentue pendant le mariage. Elle avait répondu à voix presque basse à la question rituelle ; il avait dû se concentrer pour l'entendre.

Quand était venu le moment de l'embrasser, il s'était penché vers elle avec l'intention de lui donner un baiser de pure forme, mais à la seconde où leurs lèvres s'étaient touchées, tout avait changé. Le simple contact timide de sa bouche si douce lui avait inspiré le désir d'avoir davantage. Son soupir ne lui avait pas échappé, ni la façon dont son corps menu avait été attiré par le sien. Elle avait crispé les doigts sur ses avant-bras. Elle avait été aussi troublée que lui.

Il avait d'abord été choqué qu'elle lui rende son baiser, puis cela l'avait excité. Ils s'étaient embrassés plus intensément et il avait dû se rappeler où ils se trouvaient. Par le passé, ses baisers avaient suscité un certain nombre de réactions mais aucune ne l'avait troublé comme celle de Laurel. À croire qu'elle lui avait jeté un charme. Lorsque leurs lèvres s'étaient séparées, elle avait les yeux brillants.

Il aurait pu prolonger ce moment indéfiniment, mais elle avait battu des cils et, prosaïque, avait demandé à voir le laboratoire. D'autres femmes semblaient voir en lui un amant plus que convenable, alors pourquoi Laurel prenait-elle à la légère l'attention qu'il lui portait ? Son ego en avait souffert. Cela l'avait agacé, il en avait même été blessé.

Désormais, il n'était plus que déconcerté. Un instant, il avait cru Laurel éventuellement intéressée par un véritable mariage. Sans doute s'était-il trompé et voulait-elle que leur relation reste professionnelle. Eh bien, il allait au moins s'assurer qu'elle voit son précieux laboratoire. Et peut-être un jour prochain aurait-il l'occasion de l'embrasser de nouveau et de lui faire admettre le désir qu'elle éprouvait pour lui, il en était certain.

Pour le moment, il s'en tiendrait au travail.

— Quand avez-vous commencé à vous intéresser à l'hémophilie ?

Elle ne se tourna pas vers lui. Était-elle captivée par la vue de Zentar, ou gênée de croiser son regard ?

— Adolescente, j'aimais bien un collégien qui était hémophile. Son cas me fascinait. C'était la première fois que je rencontrais quelqu'un atteint de cette maladie.

Il adorait l'enthousiasme qui perçait dans sa voix. Elle était passionnée par ce qu'elle faisait, elle était donc bien la bonne personne pour son laboratoire. Et si la passion était présente dans un domaine de sa vie, elle devait sûrement l'être dans d'autres, aussi. Mais il avait simplement besoin qu'elle soit passionnée par son travail.

— J'ai commencé à poser des questions à un médecin qui m'a conseillé, si j'étais curieuse à ce point, d'envisager la recherche. Il avait un ami qui dirigeait un laboratoire à Chicago. Quand j'ai terminé mon internat, je l'ai contacté.

— Vous m'avez impressionné, en plaçant la canule à Roji. Si je m'en étais chargé, ça n'aurait pas été agréable pour lui.

Elle eut un petit sourire.

— Ne le lui dites pas, mais je me suis exercée sur des souris.

Il rit, et elle le regarda bizarrement.

— Cela peut être une idée amusante pour un petit garçon, dit-il.

Elle sourit plus franchement et cela transforma son visage,

lui rappelant la beauté qu'il avait vue en elle lorsqu'elle était venue vers lui, vêtue de la robe traditionnelle. Elle piquait mystérieusement son intérêt. Les femmes effacées qui se fondaient dans la foule n'avaient jamais été de son goût. De fait, le roi l'avait régulièrement tancé pour ses apparitions dans la presse people au côté de femmes éblouissantes. Laurel était le genre de personne à se tenir dans l'ombre de ses conquêtes, sans plus. On ne la voyait pas, on ne l'entendait pas.

— À ce propos, pourquoi ne pas m'avoir informée que vous étiez médecin ? demanda-t-elle alors d'un ton vif. C'est un argument de poids, pour convaincre un autre praticien de travailler pour vous.

— Je vous rencontrais en tant que ministre de la Santé.

Il aimait la voir irritée. Au moins elle ne l'ignorait pas, comme elle l'avait fait plus tôt.

— Où avez-vous fait vos études ?

— Je me suis formé à Harvard.

Elle ouvrit de grands yeux.

— L'une des meilleures universités du monde !

— Oui, mais je me consacre désormais plus aux tâches administratives et aux apparitions publiques qu'à la pratique de la médecine, répondit-il à regret.

— C'est un rôle très important, je n'en doute pas.

Il l'observa. Ses doigts étaient longs et fins avec des ongles courts et nets, ce qui était obligatoire dans sa profession.

— Ne plus soigner me manque, répondit-il, honnête. Quand la clinique et le laboratoire seront en fonction, je compte y passer du temps à travailler. J'aime aussi le travail de fourmi.

Son envie d'aider était pour une part égoïste : ses recherches bénéficieraient avant tout à sa famille.

— Lors de notre rencontre, vous ne m'avez pas frappée comme étant un homme particulièrement humble.

Il la regarda, les paupières plissées. Personne, hormis le roi, n'avait osé lui parler aussi librement depuis ses études. Elle eut l'air choqué et ses joues rosirent, ce qui le fit rire doucement. Il riait plus souvent depuis son arrivée.

— Pardonnez-moi. Je parle parfois sans réfléchir. Le revers de travailler seule dans un labo toute la journée.

— Excuse acceptée.

Était-il intervenu tellement en force qu'il l'avait effrayée ? Peut-être. Il voulait tant trouver la meilleure personne pour diriger son laboratoire ; l'idée ne l'avait pas effleuré que Laurel pourrait ne pas vouloir du poste. Il avait simplement supposé qu'elle ne refuserait pas son offre étant donné qu'elle n'avait pas d'autres financements. Puis il avait aggravé les choses en insistant pour qu'elle l'épouse.

Quelques minutes plus tard, il l'escorta dans la fraîcheur du bâtiment et la fierté l'envahit de nouveau. C'était comme être jeune parent et montrer pour la première fois son bébé à quelqu'un qu'il voulait impressionner.

— Sur la gauche c'est la clinique. Au milieu, les bureaux. Vous en aurez un ici. Le laboratoire est par là.

Arrivé devant une porte solide, Tariq sortit une carte en plastique qu'il inséra dans une fente. La porte s'ouvrit avec un déclic. Il laissa passer Laurel, puis la conduisit par un petit couloir jusqu'à une porte en verre. Là, il posa son index sur un lecteur d'empreinte et se servit de nouveau de sa carte.

— Il y a un dispositif de sécurité à trois niveaux pour entrer dans votre laboratoire. Il faut aussi faire un scan rétinien. Un garde patrouille vingt-quatre heures sur vingt-quatre. On vous donnera une carte demain.

La porte coulissa sur le côté.

— Impressionnant, dit-elle, l'air sincère.

Il y avait bien plus d'enthousiasme dans sa voix que lorsqu'elle avait prononcé ses vœux de mariage.

Le torse de Tariq se gonfla d'orgueil.

— Votre laboratoire est par ici.

La porte se referma derrière eux. Ils suivirent un couloir entre des salles vitrées.

— Vos collaborateurs seront là demain. Je voulais qu'ils commencent sous votre direction, pas sous la mienne.

Elle lui lança un regard indéchiffrable.

— C'est attentionné de votre part.

— J'espère l'être, la plupart du temps.

Elle expira bruyamment.

— Permettez-moi d'en douter.

— Vous avez peut-être raison. Ma mission officielle ne m'offre pas souvent ce plaisir.

Il s'arrêta devant la porte d'un laboratoire deux fois plus grand que les autres.

— C'est le vôtre.

Il plaça son œil près du scanner rétinien. La porte s'ouvrit dans un soupir. Tariq allait prendre des vêtements stériles quand Laurel l'arrêta.

— Ce n'est pas la peine. J'entrerai demain.

Il hocha la tête.

— Vous aurez de nouveau besoin de votre carte. Quand vous serez dedans, personne ne pourra entrer sans votre autorisation. Vous devrez ouvrir avec un code à changer tous les jours.

Laurel portait moins d'attention à ce qu'il disait qu'à la pièce devant elle. Elle était dans son monde et semblait avoir complètement oublié qu'il était là. Cela le contraria, mais la voir dans son élément était fascinant. Il pouvait imaginer son excitation. Jamais il n'avait été aussi sensible aux émotions d'une femme. Décidément, elle produisait un curieux effet sur lui.

— C'est stupéfiant. Il ne manque rien. Vous avez même des machines qui sont considérées comme l'équipement de diagnostic dernier cri.

— Ne vous avais-je pas promis une technologie de pointe ?

— Si, mais on m'a déjà fait des promesses, dit-elle en posant une main sur la vitre.

Et elle avait été déçue, à en croire son ton désabusé. Comment réagirait-elle lorsqu'elle apprendrait qu'il avait entravé ses chances de trouver un financement aux États-Unis ?

— Il y a même un tableau blanc !

Il sourit. Elle se réjouissait des choses les plus simples.

— Nous avons essayé de penser à tout.

Elle se tourna vers lui.

— Tout semble en ordre. Je suis impatiente de me mettre au travail. J'ai un carton de livres et diverses affaires à apporter du palais.

— Nasser s'en occupera demain. Maintenant, il est temps

que vous vous reposiez. Vous avez eu une journée épuisante. Et nous devons y aller : j'ai une réunion au palais.

Ils regagnèrent l'avant du bâtiment.

— Quand comptiez-vous me dire que Roji et votre frère étaient hémophiles ? demanda-t-elle.

— Je pensais que vous l'apprendriez tôt ou tard. Zara vous a parlé de Rashid, n'est-ce pas ?

— Oui. Mais pourquoi ne pas l'avoir mentionné plus tôt ? Ne pensiez-vous pas que cela aurait un intérêt pour moi ?

Il la regarda.

— C'est le problème. Trop de gens sont intéressés.

— Les médias ?

— Oui. Pour certaines choses, même la royauté a droit à son intimité.

— Ne croyez-vous pas que les médias pourraient aider à faire comprendre ce que c'est que de vivre avec l'hémophilie ?

— Certaines personnes réagissent mal à la maladie de ma famille.

Deux ou trois fois, il s'était confié à des amis, qui s'étaient ensuite comportés comme si ses proches étaient contagieux. Quelques-unes de ses relations avec des femmes avaient tourné court quand il avait révélé qu'il ne voulait pas d'enfants à cause du problème médical de sa famille.

— Et vous pensiez que je le ferais ?

Il n'aimait pas être forcé à s'expliquer.

— Franchement, je ne voulais pas avoir l'air de vous faire venir à Zentar uniquement pour aider les miens. Nombre de mes concitoyens bénéficieront de votre travail. Je veux que vous vous consacriez à eux.

Elle passa la porte qui donnait dans le vestibule.

— Je comprends. Et je suis vraiment désolée pour votre frère. Le perdre a dû être difficile.

— Très.

Rashid était le fils cadet et le meilleur ami de Tariq. Libérés des obligations de leur frère aîné, héritier de la couronne, ils avaient profité à fond de leur liberté. Il lui manquait chaque jour.

— D'autres membres de la famille sont-ils hémophiles ?

— Le roi et son fils.

Elle le regarda fixement.

— Et vous.

Il avait hâte que cette conversation se termine.

— Non. Je suis le seul mâle de la famille à ne pas l'être. Les gènes de mon père ont apparemment été plus forts que ceux de ma mère.

Elle hocha la tête, pensive.

— Votre famille est un cas intéressant. Je n'ai jamais eu l'occasion d'étudier une famille entière. Il faut que je le fasse pendant que je suis à Zentar.

Il serra les mâchoires. Vu son air déterminé, il n'avait aucune chance de la détourner de ce projet.

— Il y a un problème ? demanda-t-elle. Il suffirait d'analyses de sang et de quelques minutes de conversation.

— Ma famille a de nombreuses obligations.

— Ils ne sont sûrement pas occupés au point de ne pas vouloir aider à découvrir un traitement. À vous entendre, trouver une thérapie pour l'hémophilie est capital pour vous, mais vous avez failli ne rien me dire de votre famille. De quoi avez-vous peur ?

— De rien. Simplement, je ne peux pas parler pour les miens.

Elle lui lança un regard irrité.

— Ah oui ? Alors que vous m'avez amenée ici pour faire des recherches sur la maladie ?

— Nous n'en discutons pas en dehors de notre famille.

Était-il sérieux ?

— Je suppose, vu le spectacle que nous avons donné tout à l'heure, que je fais partie de la famille, maintenant. Je suis donc la personne parfaite pour en parler avec eux. Je ne comprends pas que vous me mettiez des barrières. Il me semble qu'étudier l'histoire de votre famille serait un point de départ logique à mes recherches.

Il haussa le menton.

— La famille royale ne doit pas montrer de faiblesse.

Elle ouvrit la bouche, elle n'en revenait pas.

— Les gens d'ici le prendraient vraiment ainsi ? L'hémophilie ne devrait plus être stigmatisée, de nos jours.

— Je travaille à changer cette attitude.

— Et vous faites bien. Cela dit, personne n'a à savoir que j'étudie votre famille. Je pourrais commencer par vous.

— Mais je vous l'ai dit, je ne suis pas hémophile.

Elle plissa les paupières en le considérant un moment.

— Vous sentiriez-vous coupable de ne pas avoir la maladie ?

Une douleur vive, comme si un étau lui serrait la poitrine, le cloua sur place. Laurel s'avança pour poser une main sur son bras.

— Je suis désolée.

Il détourna les yeux et déclara d'un ton sec :

— Que je ne sois pas atteint est une bonne chose.

— Oui, mais être l'exception doit être difficile.

— Pas aussi difficile que de vivre avec l'hémophilie.

— C'est vrai.

Elle lui frictionna le bras. Il se mit hors de sa portée. Il ne voulait pas de sa pitié.

— Nous trouverons un remède, dit-elle d'un ton décidé.

Puis le portable de Tariq sonna, mettant fin à ce moment tendu.

— Prince Tariq, dit-il en décrochant.

Il écouta un instant, puis répondit rapidement en arabe avant de raccrocher.

— C'était Zara. Roji va bien.

— Je suis heureuse de l'apprendre.

Elle lui effleura le bras du bout des doigts. Cette fois, il apprécia cette marque de réconfort. Elle avait si facilement découvert son secret. Il se donnait du mal pour repousser sa culpabilité, mais elle avait lu en lui. Pour autant qu'il le sache, personne d'autre n'avait idée de son fardeau.

Il revit la peur dans les yeux de Roji à l'idée d'aller à l'hôpital. Grâce aux recherches menées dans la nouvelle clinique, moins d'enfants devraient être hospitalisés à la moindre chute. Son neveu ressemblait tant à Rashid. Il lui rappelait chaque jour ce qu'il avait perdu. Pas question qu'il connaisse le même sort que son père. Laurel avait raison. Leur famille devrait se montrer plus ouverte par rapport à l'hémophilie. Mais il les avait protégés si longtemps, tout en se protégeant lui-même, qu'il était difficile de changer d'état d'esprit.

Laurel l'observait du même regard intense qu'au laboratoire. Était-il de nouveau monté dans son estime ?

— Vous aimez vraiment beaucoup votre famille, n'est-ce pas ?

— C'est ainsi que nous avons été élevés, vous aimez la vôtre, vous aussi. Nous avons un autre trait en commun.

Elle sourit, de ce sourire qu'il aurait aimé revoir souvent.

— Je ne l'aurais pas cru possible, mais c'est vrai.

— Sans oublier la médecine.

Pourquoi lui importait-il qu'ils partagent certaines choses ? Elle était là pour travailler, rien d'autre. Il n'était même pas nécessaire qu'ils soient amis. Pourtant il avait envie qu'elle l'apprécie, ou au moins qu'elle le respecte.

— Nasser attend. Nous devons rentrer au palais.

Un quart d'heure plus tard, alors qu'ils approchaient du palais, elle dit :

— Il est tellement beau. Et intimidant.

— Vous saurez bientôt vous y repérer.

— Je ne resterai pas assez longtemps pour cela.

À l'idée qu'elle parte sans leur laisser le temps de faire plus ample connaissance, il se raidit. Il devait absolument se concentrer sur autre chose qu'elle.

— Combien de personnes vivent au palais ? demanda-t-elle.

— Il y a plus de cent domestiques. Chaque membre de la famille royale a son propre appartement.

Nasser entra dans une cour par une arcade et s'arrêta devant une porte. Tariq aida Laurel à sortir de la voiture.

— Bienvenue, princesse.

Son air choqué le fit rire.

— Vous n'y aviez pas pensé, à ce que je vois. Oui, vous êtes princesse, à présent.

Il posa brièvement une main sur sa joue.

— Vous serez une charmante princesse.

Sidérée, elle entra dans la fraîcheur du palais. Elle sentait encore sur sa joue la caresse de Tariq. Elle y posa furtivement les doigts. Quelle était cette réaction qu'il provoquait en elle ? Il fallait que cela cesse.

En découvrant la culpabilité qu'il portait pour quelque chose dont il n'était pas responsable, elle avait eu le cœur serré. Sa famille était-elle au courant ? Une opportunité de recherches comme celle qu'offrait la famille royale n'arrivait pas souvent en médecine. Elle frémissait d'impatience à l'idée des avancées qu'elle pourrait réaliser. Peut-être, par ses découvertes, pourrait-elle alléger le fardeau de Tariq, qu'elle travaille ici ou en Amérique.

Elle regarda le long couloir aux murs blanchis à la chaux et au parquet de bois sombre. Elle était dans un palais. *Un palais.* Elle était princesse. Ses frères et sa sœur auraient ri comme des fous, s'ils avaient su. Elle n'avait jamais été trop impressionnée par le faste et la richesse, mais la splendeur des lieux l'emplissait d'admiration. Comment chasser l'impression farfelue qu'elle était Cendrillon et qu'il lui arrivait quelque chose de spécial ? Mais elle était ici pour faire un travail. Pas pour se prendre pour quelqu'un d'autre.

— Par ici, princesse, dit Tariq avec un signe de la main.

— Je vous en prie, appelez-moi Laurel. Je n'ai pas l'étoffe d'une princesse.

— Je crois que vous pourriez changer d'avis.

Par un dédale de couloirs, ils arrivèrent à une double porte arrondie surmontée d'un fronton. Il l'ouvrit, révélant une pièce bleu saphir occupée en son centre par un immense lit à baldaquin recouvert d'une courtepointe bleu foncé semée de fils d'argent. Les draperies qui encadraient le lit étaient également argentées. Il y avait des fenêtres en ogive de chaque côté. Sur les tables de chevet, des lampes aux abat-jour ornés de passementerie. Un canapé et deux fauteuils formaient un coin salon dans un angle de la pièce. Un tapis oriental dans des tons de bleu recouvrait le sol de marbre blanc, et un meuble sculpté devait dissimuler un téléviseur. En face, il y avait un grand bureau crème muni d'une lampe et de chaises pour les visiteurs. Laurel n'en revenait pas, toute cette splendeur lui était-elle vraiment destinée ?

Elle ne s'était jamais trouvée dans une pièce aussi luxueuse.

Son père, simple ouvrier, n'aurait jamais pu se payer ce qu'elle voyait. Et même avec son diplôme de médecine, elle ne gagnait pas assez d'argent pour s'offrir un tel cadre de vie.

— C'est magnifique.

Elle alla regarder par une fenêtre, qui dominait un paradis verdoyant. Elle aurait pu apprendre à aimer cet endroit si elle avait prévu de rester, ce qui n'était pas le cas. Ce monde n'était pas le sien. Seules ses recherches comptaient, tout le reste n'était qu'un décor de conte de fées.

— Votre salle de bains est par ici, dit Tariq.

Elle découvrit une baignoire dorée et un lavabo en marbre blanc avec des robinets dorés. Derrière un voilage de soie brodé d'un grand oiseau bleu se trouvait une commode. Elle n'avait jamais vu de salle de bains aussi luxueuse.

— J'espère que vous serez bien, ici.

Elle tourna vers lui un regard éberlué.

— Je ne vois pas comment il en serait autrement.

Il hocha la tête.

— Maintenant, je vais vous montrer comment rejoindre le jardin. La piscine est à votre disposition. Vous êtes également libre de prendre vos repas ici ou dans la salle à manger, où il y a toujours quelque chose de prévu.

— Je ne pense pas passer beaucoup de temps ici. Je mangerai surtout au labo, à mon avis.

L'idée de gens la servant la mettait mal à l'aise.

— Sinon, il vous suffit de décrocher le téléphone et de demander ce que vous voulez. À présent, allons voir le jardin.

Ils ressortirent dans le couloir et descendirent quelques marches. Une porte donnait sur l'extérieur et il sembla à Laurel qu'elle entrait dans une oasis pleine de feuillage luxuriant, d'oiseaux qui gazouillaient et de plantes fleuries. Un parfum exquis emplissait l'air. C'était l'endroit le plus divin qu'elle aurait pu imaginer. Elle suivit Tariq sur une allée dallée jusqu'à un bassin ovale qui étincelait dans le soleil de fin d'après-midi.

— C'est stupéfiant, dit-elle sans cacher son admiration.

— La famille utilise la piscine et vous pouvez le faire aussi, bien sûr.

Elle faisait partie de la famille royale ! *Incroyable.* Sa vie s'était changée en un conte de fées à l'instant où Tariq était entré dans son laboratoire de Chicago.

Nasser vint vers eux, un dossier à la main.

— Monsieur, vous êtes attendu.

— J'arrive.

Tariq se tourna vers Laurel.

— Vous saurez regagner votre chambre ?

— Oui, mais je crois que je vais rester encore un moment ici.

— Volontiers. Je vous verrai ce soir.

Il s'éloigna rapidement avec un dernier regard indéchiffrable. Son ample gandoura lui donnait tout à fait l'air princier.

Une demi-heure plus tard, Laurel quitta ce jardin paradisiaque pour retourner vers sa chambre. Elle aurait aisément pu se perdre dans ce dédale de verdure. Qui aurait-elle appelé à l'aide ? Tous ceux qui se souciaient d'elle étaient à des milliers de kilomètres, et aucun n'était au courant de ce qui lui arrivait. Elle carra les épaules et décida de ne pas y penser. Bientôt, elle obtiendrait son financement et rentrerait chez elle.

Dans sa chambre, ses bagages avaient été défaits, ses affaires rangées et, à son grand soulagement, un plateau de nourriture l'attendait. Elle se rafraîchit, enfila sa chemise de nuit et son peignoir, puis s'assit pour prendre des notes sur ce qu'elle voulait faire au laboratoire le lendemain.

Alors que le crépuscule embrasait le ciel, elle sentit ses paupières se fermer. Le canapé était confortable et elle souffrait sans doute du décalage horaire annoncé par Tariq. Elle allait se reposer quelques minutes.

La réunion de Tariq avait duré plus longtemps que prévu, il était tard lorsqu'il frappa à la porte de Laurel. Pas de réponse. Était-elle allée explorer le palais ? Avant de se remettre au travail, il voulait s'assurer que son invitée était contente de sa chambre et l'informer qu'il l'accompagnerait à la clinique le lendemain matin.

Il frappa de nouveau. Toujours rien. C'était inquiétant.

Après avoir frappé une troisième fois, il l'appela, en vain. Et si quelque chose lui était arrivé ?

Il ouvrit la porte, son nom sur les lèvres, et la découvrit endormie en boule sur le canapé. Une fois rassuré, il aurait dû se retirer, au lieu de quoi il alla à elle. Après cette dure journée, elle dormirait mieux dans le lit.

En s'approchant, il entrevit ses seins ronds dans le décolleté en V de sa chemise de nuit, et malgré son peignoir la majeure partie de ses jambes repliées était découverte. Elles étaient magnifiques. Il faillit perdre la tête tant la tentation de passer sa main le long d'une cuisse et d'un mollet soyeux fut forte.

Pinçant les lèvres, il la souleva dans ses bras, la tint contre son torse. Elle ne pesait presque rien. Puis elle murmura quelque chose et enfouit sa joue dans son épaule. Il la déposa sur le lit ouvert, prenant soin de placer sa tête sur un oreiller, et rabattit les couvertures sur son corps si attirant.

Elle ouvrit les paupières, battant des cils.

— Tariq ?

— Oui, *habibi,* c'est moi. Je vous mets au lit.

Elle marmonna des mots incompréhensibles et serra un oreiller contre elle.

Il la borda et s'écarta. Il serait un jeune marié très solitaire, cette nuit. N'étant pas d'humeur à affronter la paperasse qui l'attendait, il décida qu'il avait besoin de nager jusqu'à l'épuisement, puis de prendre une douche froide.

Une heure plus tard, alors qu'il commençait une nouvelle longueur de crawl, le visage de Laurel, si adorable et si candide dans son sommeil, était toujours aussi présent dans son esprit. Son corps mince s'était parfaitement adapté au sien, comme si elle était faite pour lui, ce qui ne se pouvait pas. Il ne méritait pas une femme comme elle. D'après ce qu'il avait appris de son éducation et de sa famille, elle désirait la même chose pour ses propres enfants et il ne pourrait jamais lui offrir cela. Il devait absolument garder à l'esprit qu'elle était à Zentar pour faire des recherches capitales, autrement plus importantes que les besoins physiques qu'elle lui inspirait. Il fallait qu'il se concentre sur sa tâche de ministre de la Santé. L'avenir de sa famille et celui de son pays en dépendaient.

Le lendemain, la clinique s'ouvrirait au premier patient et Laurel reprendrait son travail. Il devrait s'assurer que tout était en ordre. Néanmoins, il avait besoin de mettre de la distance entre son épouse et lui. L'épouse qu'il n'avait jamais compté avoir. En cet instant encore, il s'étonnait d'avoir insisté pour qu'elle l'épouse.

Mais ce n'était un mariage que de nom. Sinon, il aurait été en ce moment même au lit avec elle, éveillant la passion qui chez elle, il en était certain, couvait juste sous la surface.

Laurel s'éveilla au lever du soleil dans un lit luxueux au matelas douillet, entourée d'oreillers moelleux. Comment était-elle arrivée là ? *Tariq.* N'avait-elle pas seulement rêvé d'être portée dans ses bras ? Cela lui avait paru si bon, si juste. Il l'avait appelée… Comment, déjà ? *Hab…* quelque chose ? Que cela signifiait-il ?

Toute la nuit, elle avait revécu le moment où il l'avait embrassée après la cérémonie. Dès l'instant où sa bouche avait réclamé la sienne, tout le reste s'était évanoui. Ils avaient été seuls au monde. Elle avait vu le désir brûler dans ses yeux. Senti sa chaleur contre elle. Goûté à ses lèvres tandis que sa barbe frottait sur sa joue. La sensation d'être vivante et désirée avait tourbillonné en elle, l'attirant dans un cyclone irrésistible, la force de séduction de Tariq.

Elle aspirait à ce que cette tornade l'emporte jusqu'à sa conclusion naturelle, mais elle ne le lui laisserait jamais savoir. Elle avait passé sa nuit de noces seule. Elle ne pouvait pas risquer de céder aux réactions de son corps face aux attentions viriles de Tariq.

Quand Larry lui avait montré ce genre d'intérêt, cela avait été si neuf et excitant qu'elle avait plongé la tête la première, sûre d'être amoureuse… Pour découvrir ensuite, horrifiée et humiliée, qu'il s'était moqué d'elle. Il n'avait rien ressenti pour elle durant leur brève relation et le lui avait dit quelques instants après avoir obtenu ce qu'il voulait.

Si elle baissait sa garde et succombait aux charmes de Tariq, elle ne s'en remettrait jamais. Être utilisée et rejetée, comme il le ferait sûrement, n'était pas quelque chose qu'elle pouvait revivre. Elle garderait l'esprit clair, ferait son travail et éviterait Tariq. Il était assez occupé par ses nombreuses responsabilités princières pour ne pas avoir de temps à lui consacrer si elle restait hors de sa vue.

Elle secoua la tête, rabattit les couvertures et sauta du lit. Il était temps d'aller travailler. Tariq ne l'embrasserait plus, elle s'en assurerait. Elle décrocha le téléphone et une voix d'homme au fort accent lui répondit en anglais :

— Que puis-je pour vous ?

Qu'il était gênant d'avoir quelqu'un pour la servir. Elle n'avait pas l'habitude.

— Ici le Dr Martin. Puis-je avoir un muffin et une tasse de thé dans ma chambre, s'il vous plaît ? Je promets de me rendre à la salle à manger ce soir.

— Tout de suite, princesse Laurel.

Princesse Laurel. Elle ne se ferait jamais à ce titre.

— Merci.

Après une douche rapide, elle drapait une serviette sur ses cheveux quand on frappa à la porte. Enfilant son peignoir, elle cria :

— J'arrive !

S'attendant à voir un domestique avec son petit déjeuner, elle resta bouche bée, Tariq était debout sur le seuil. Il sourit légèrement en l'examinant du haut de son turban aux ongles de ses orteils vernis en rouge.

— Bonjour, Laurel, dit-il d'une voix traînante.

Une onde de chaleur l'envahit et elle sentit ses joues devenir rose vif.

— Que… Que faites-vous ici ? demanda-t-elle en balbutiant.

Il baissa les yeux et elle vit le petit plateau qu'il portait.

— Je vous apporte votre petit déjeuner.

Pourquoi faisait-il cela ?

— Euh… Merci.

— Je venais par ici et j'ai offert de m'en charger.

— Oh.

Il parut amusé.

— Puis-je poser ceci, ou voulez-vous manger dans le couloir ?

— Ah oui… Mettez-le sur la table.

Que venait-elle de faire ? Elle l'avait invité dans sa chambre ! Il portait une chemise blanche au col ouvert et un pantalon beige avec une fine ceinture noire sur ses hanches minces. Ses cheveux étaient coiffés en arrière et sa barbe taillée. Il était aussi terriblement beau que toujours, peut-être même plus.

Et elle était là, coiffée d'une serviette humide et nue sous son peignoir. Elle resta près de la porte pour maintenir autant de distance que possible entre eux.

— Merci d'avoir pensé à moi.

— J'y ai pensé beaucoup trop dernièrement.

— Excusez-moi ?

Lui reprochait-il quelque chose ? Ce n'était pas elle qui avait indûment prolongé leur baiser.

— Vous excuser de quoi ?

Avec un regard espiègle, il vint vers elle. Elle aurait voulu se réfugier dans le couloir, mais pas dans cette tenue. Si quelqu'un la voyait ? Elle recula de deux pas, sans bien savoir si c'était parce qu'elle ne se fiait pas à lui ou à elle-même. Elle n'avait guère d'expérience dans ces sentiments.

Cela ne servit à rien. Tariq s'arrêta devant elle.

— Au fait, vous êtes tout à fait charmante après une douche matinale. J'espère que vous avez bien dormi.

— Oui, répondit-elle sans pouvoir croiser ses yeux. Merci de m'avoir mise au lit.

— Je vous en prie. Ce fut un plaisir.

Là, elle osa le regarder. Avait-il ajouté à voix basse : « Et un supplice » ?

— Je vous attendrai dans la voiture dans trente minutes. Nasser nous conduira à la clinique.

Il s'en alla, la laissant bouche bée. Il badinait avec elle ! Elle était peut-être rouillée dans ce domaine, mais elle savait reconnaître un flirt. Et elle ne devait pas succomber.

Elle alla d'abord se sécher les cheveux puis revint manger. Le fruit ajouté à sa commande était délicieux. Ensuite elle s'habilla et ferma sa porte avec cinq minutes d'avance. Devait-elle la fermer à clé ? Cela lui parut ridicule. Qui s'intéresserait à ses affaires quand il pouvait avoir… les joyaux du trône ?

Elle remonta le couloir en riant doucement, se concentrant pour retrouver son chemin. Très fière d'elle, elle ouvrit la porte de la cour ensoleillée. Il était tôt et il faisait déjà très chaud. Par chance, elle avait choisi une robe légère et mis un gilet dans son sac. Il pouvait faire frais dans un bâtiment à air conditionné.

La limousine attendait, comme prévu. Nasser vint lui ouvrir la portière arrière. Elle lui adressa un grand sourire.

— Bonjour et merci, Nasser.

Il inclina la tête.

— Bonjour, madame.

Elle marqua une seconde d'arrêt, Tariq était déjà assis là. Il leva les yeux de ses papiers et sourit.

— J'aime les femmes ponctuelles.

— Bonjour à vous aussi, Votre Altesse, répondit-elle d'un ton suave.

— Il ne me plaît pas que vous m'appeliez ainsi. Dans votre bouche, cela semble avoir mauvais goût.

Sa voix était crispée. Laurel sourit.

— Désolée. Ce n'était pas mon intention.

Il soutint son regard.

— J'aimerais pouvoir le croire.

Elle s'assit à côté de lui, prenant soin de ne pas le toucher. Quelques secondes plus tard, ils partirent.

— Je ne vais pas vous sauter dessus, dit Tariq à voix basse. Détendez-vous.

— Je sais que vous ne le ferez pas.

— Vous semblez prête à partir en courant. Pardonnez-moi si je vous ai mise mal à l'aise, tout à l'heure. Ce n'était pas mon intention.

— Que vouliez-vous, alors ? Vous amuser avec moi ?

Il prit un air troublé.

— Non, je ne joue pas à ces petits jeux.

Elle l'étudia un instant. Il n'était pas homme à agir inconsidérément. Il prenait ses décisions en toute connaissance de cause. Alors avouait-il à mots couverts qu'il était vraiment attiré par elle ?

— Je vous renouvelle mes excuses. Je respecterai notre accord. Notre mariage n'est que de nom.

Elle apprécia sa franchise malgré la déception que celle-ci lui causa. L'excitation d'être dans ses bras ne se reproduirait pas, ce qui était aussi bien. Même s'il éprouvait de l'attirance pour elle, elle ne se voyait pas du tout vivant avec Tariq pour toujours.

Leur conversation hachée prit fin lorsque Nasser s'arrêta devant la même porte que la veille.

— Je vais vous présenter au personnel du laboratoire, puis je vous laisserai commencer. Moi, j'irai voir comment se passe l'ouverture de la clinique. Zara et Roji doivent venir pour la visite de contrôle.

— Si cela ne vous ennuie pas, j'aimerais l'examiner aussi.

Nasser lui avait déjà ouvert sa portière. Tandis qu'elle sortait, Tariq déclara :

— Gardez à l'esprit que c'est un petit garçon, pas un objet de tests.

À sa grande surprise, elle fut terriblement blessée par sa remarque.

— Ai-je fait quoi que ce soit qui laissait penser que je le traiterais comme tel ?

5.

Tariq n'en revenait pas, par deux fois ce matin-là Laurel l'avait remis à sa place. Et cela lui déplaisait d'autant plus qu'il savait qu'elle avait raison.

— Non, vous n'avez rien fait de tel, répondit-il, sincère.

— Merci. Et je n'ai pas l'intention de commencer.

— Je ne l'ai jamais pensé.

— Ce n'est pas ce que vous laissiez sous-entendre.

Elle pénétra devant lui dans le bâtiment. Il la suivit, lui touchant le coude, puis laissant retomber sa main. Elle était en droit de lui en vouloir.

— Allons d'abord chercher votre badge à la Sécurité.

Quelques minutes après, elle était en possession de sa carte. Durant l'heure suivante, il la présenta aux six assistants de laboratoire, qui les félicitèrent tous pour leur mariage. Tariq lui posa une main sur la taille pour la rassurer, mais elle répondit, brièvement, ce qu'il fallait, avant de les interroger sur leur travail. Cela fait, il l'escorta jusqu'à la clinique.

Elle fut étonnée du monde présent dans le hall. Il y avait une longue file allant de vieux hommes maigres pouvant à peine marcher à des bébés dans les bras de leur mère.

— Vous voyez maintenant pourquoi il nous fallait si désespérément une nouvelle clinique, dit-il.

— Vous avez fait une bonne chose, là, répondit-elle en lui lançant un regard admiratif.

Il ne s'estimait pas outrageusement fier, mais devant son compliment il redressa la tête. Pourtant, quel choc que son opinion positive compte autant. Il n'avait jamais cherché l'approbation d'aucune femme. Elles n'étaient généralement pour lui qu'un passe-temps agréable.

— Vous pensez que ce sera ainsi tous les jours ? demanda Laurel.

— J'espère que cela s'atténuera avec le temps. Jusqu'à présent, nous n'avions pas de clinique en centre-ville, alors tout le monde vient ici. Nous sommes également en train de monter d'autres cliniques à travers tout le pays. Je vais souvent les inspecter. Le roi et moi tentons de rattraper notre retard dans ce domaine.

— Je suis sûre que ce sera un succès, dit-elle avec conviction.

— Nombre de nos compatriotes sont encore peu à l'aise avec la médecine occidentale. Nous devons changer cela pour la santé du pays. Je regrette de ne pas pouvoir travailler moi-même comme médecin.

— Je prendrai votre place, si vous voulez.

Il la regarda, stupéfait.

— Pourquoi ? Je sais que vous êtes impatiente de vous consacrer à vos recherches.

— Parce que je ne peux pas imaginer le supplice d'attendre des heures pour que votre enfant malade ou votre mère âgée voient un docteur. Je vais aider à désengorger la salle d'attente, je travaillerai au labo ce soir.

— Je croyais que vous n'aimiez pas pratiquer la médecine.

Il avait parfois du mal à comprendre cette femme.

— Oui, mais je sais néanmoins le faire. Présentez-moi au directeur, afin que je puisse commencer.

Tariq le trouva et fit les présentations.

— Je vois que vous êtes débordés, aujourd'hui, dit Laurel en serrant la main de l'homme. Comment puis-je aider ?

Le directeur donna l'impression de vouloir se prosterner à ses pieds.

— Votre Altesse, je serai ravi de vous procurer une salle d'examen quand vous le voudrez.

— Je suis prête. Et je vous en prie, appelez-moi Laurel. Envoyez-moi le premier patient tout de suite.

L'homme lui indiqua une pièce sur la gauche et s'éloigna,

l'air réjoui. Tariq regardait, sidéré. C'était une autre facette de Laurel à laquelle il ne s'attendait pas.

— Merci, dit-il. Je sais que ce n'est pas ce qui était prévu.

— Non, mais mes parents m'ont appris à faire ce qui doit être fait.

Elle entra dans la pièce et regarda autour d'elle. Il la suivit.

— J'aimerais les rencontrer, un jour, dit-il.

— Je suis sûre qu'ils seraient contents de vous connaître aussi, répondit-elle d'un ton distrait, les sourcils froncés. Excusez-moi, je dois emprunter un stéthoscope.

Alors qu'elle sortait, il l'arrêta d'une main sur son bras.

— Laurel, saurez-vous retourner à votre laboratoire ?

— Oui. Merci, mais ce bâtiment est moins gigantesque que le palais.

— Vous apprendrez à vous y retrouver bientôt, je n'en doute pas.

— Peut-être, si je reste assez longtemps.

Il aurait tant voulu qu'elle cesse de dire cela. Il la regarda s'arrêter à la réception et aborder l'une des employées, qui heureusement parlait anglais. Une demi-heure plus tard, il la laissa occupée avec ses patients, oublieuse de sa présence. Était-ce la même femme qui avait déclaré tellement catégoriquement ne pas vouloir venir à Zentar et ne pas soigner de malades ? Son pays avait besoin d'elle et, pour une raison inconnue, il pensait qu'elle avait peut-être besoin de Zentar. Ou bien avait-il simplement envie qu'elle ait besoin de lui ?

Au cours de la journée, Laurel n'eut guère le temps de penser à Tariq. Il semblait que les patients ne cesseraient jamais d'arriver. Elle ne fit qu'une brève pause quand on lui apporta du pain, des fruits et du fromage pour un déjeuner tardif.

Son époux inattendu révélait des charmes auxquels elle n'était pas indifférente, ce qui était assez effrayant. Elle tentait de lui résister, mais plus elle le fréquentait, plus elle l'appréciait. Il aimait profondément sa famille, avait du cœur pour son peuple, tenait à se montrer respectueux — et plus d'une fois il s'était sincèrement excusé auprès d'elle d'avoir eu tort.

Plus elle en apprenait sur lui, plus il lui était difficile de le comparer à Larry. Oserait-elle baisser sa garde ? Le plus perturbant, c'était de ne pas savoir comment gérer ses réactions physiques vis-à-vis de Tariq. La meilleure solution était de l'éviter. L'autre était de trouver un financement dès que possible et de rentrer en Amérique. Être à des milliers de kilomètres du prince n'atténuerait pas nécessairement ses sentiments déplacés pour lui, mais cela éliminerait au moins la tentation de les faire suivre d'actes. Depuis le traumatisme de son histoire avec Larry, elle avait appris la différence entre attirance sexuelle et amour. Elle était trop pragmatique pour s'imaginer qu'autre chose que du désir puisse sortir de son faux mariage avec Tariq.

Peu après la fin de son repas, une infirmière lui annonça l'arrivée de la princesse Zara et du prince Roji.

— Faites-les passer après ce patient, répondit-elle.

Quelques minutes plus tard ils entrèrent, Zara toujours aussi élégante avec sa robe jaune vif et ses cheveux sombres détachés sur ses épaules, Roji les yeux brillants et l'air en pleine santé.

Laurel examina le petit garçon, qu'elle trouva en parfaite forme. Elle le chatouilla un peu pour le faire rire.

— Pour moi, il va très bien, dit-elle en souriant à Zara.

— Il s'est remis grâce à vous, répondit Zara.

— Je n'ai pas fait grand-chose.

— Quand vous êtes mère, quiconque aide votre enfant fait beaucoup.

— C'est bon de vous revoir tous les deux.

— Je suis sûre que nous nous verrons souvent. Je suis contente que vous soyez ici. Je sais que Tariq est heureux que vous l'aidiez. Il vous admire. Et il n'admire pas à la légère.

— Merci.

Zara essayait-elle de lui suggérer quelque chose ? Elle regarda autour d'elle.

— Tariq est très fier de cette clinique.

— Il le peut. C'est une très belle réalisation.

— Il se passionne pour beaucoup de choses. Pas seulement pour son travail.

Laurel était vivement consciente du regard intense de Zara. Que ne disait-elle pas ? Mais la mère de Roji changea de sujet.

— D'après lui, vous aimeriez étudier l'histoire médicale de notre famille.

— Il vous a dit ça ? répondit Laurel, très surprise.

— Oui, quand je lui ai parlé un peu plus tôt.

Laurel sentit l'excitation monter en elle. Ainsi, Tariq avait cédé.

— J'en serais heureuse, en effet. Il suffira de quelques prises de sang et de quelques réponses à des questions.

— Ce ne sera pas un problème.

— Au début, Tariq n'était pas d'accord.

— Il se montre très protecteur avec nous. Plus qu'il ne le devrait, à mon avis. Mais il est agréable d'avoir quelqu'un qui se soucie de vous, n'est-ce pas ?

Oui, si ce n'était pas qu'une passade. Laurel se força à sourire, tandis que Roji réclamait une glace.

— Si vous avez le temps, vous pourriez faire les prises de sang tout de suite, dit Laurel.

— D'accord.

— Alors je vais rédiger l'ordonnance. Merci d'accepter de m'aider.

— Je vous en prie. Tariq sait qu'il peut vous faire confiance. Cela en dit beaucoup sur vous.

— Merci de ce compliment.

Cette conversation avait pris un tour flatteur auquel Laurel n'était pas sûre d'être préparée. Zara s'en alla avec un sourire serein, et Laurel souriait aussi. Elle s'était fait une amie. C'était un sentiment agréable.

Le temps que le directeur de la clinique ferme les portes pour la journée, Laurel avait très mal au dos et aux pieds. Elle n'était pas restée aussi longtemps debout depuis son internat, mais elle était bien plus satisfaite qu'elle ne l'aurait imaginé. Pendant des années, elle avait évité les contacts avec les patients et ce jour-là elle avait découvert que cela lui plaisait. Les infirmières l'avaient parfaitement secondée.

Épuisée, elle devait encore passer au laboratoire. Elle devait préparer des tests pour se mettre au travail à la première heure le lendemain matin. Le personnel qu'elle croisa en repartant lui décocha de grands sourires. Elle avait travaillé seule si longtemps qu'elle avait oublié ce que c'était de faire partie d'une équipe.

Depuis combien de temps Laurel était-elle au labo ? Soudain, le téléphone sonna, la faisant sursauter tant elle était concentrée. Puis elle décrocha :

— Docteur Martin.

— C'est Nasser.

— Quelque chose ne va pas ?

— Non, madame. Je suis ici pour vous ramener au palais.

— Maintenant ?

— Le prince m'a demandé de venir vous chercher à minuit si vous n'aviez pas appelé.

— Il est déjà minuit ?

— Oui. Le prince m'a demandé de vous attendre.

— J'arrive dans un moment.

Comment Tariq savait-il qu'elle était encore au laboratoire à cette heure ? La faisait-il espionner ? Elle ôta rapidement sa tenue stérile, se lava les mains et sortit retrouver le chauffeur. Elle qui s'attendait à voir Tariq assis à l'arrière de la voiture fut déçue.

— Nasser, je suis désolée, dit-elle en route. Je n'avais aucune idée qu'il était si tard. Vous devez vouloir rentrer retrouver votre famille.

— Je n'ai pas de famille.

— Malgré tout, je vous ai fait attendre.

— Je revenais d'accompagner le prince à l'aéroport.

Tariq n'était pas au palais. Pourquoi cela la perturbait-il autant ? Elle fit taire sa panique. Elle était ridicule.

— Où est-il allé ?

— À l'autre bout du pays, pour des réunions.

En tout cas, son époux la connaissait bien. Il avait su où la trouver. Une question lui brûlait la langue.

— Sera-t-il absent longtemps ?

— Une semaine ou plus.

La poitrine de Laurel se contracta. Si longtemps ? Il n'avait pas parlé de partir et ne lui avait même pas dit au revoir. Mais pourquoi l'aurait-il fait ? Il n'y avait rien entre eux. Hormis ce baiser.

Tariq nageait un crawl puissant dans la piscine, glissant avec fluidité dans l'eau. La natation était son moyen de détente favori. Ce soir-là, cependant, cela ne marchait pas aussi bien qu'il le souhaitait.

Il était parti plus d'une semaine. Les problèmes dans deux nouvelles cliniques l'avaient retenu plus longtemps que prévu. Il n'aimait jamais être loin de sa famille, mais cette fois-ci il avait eu envie de revenir dès son départ. Il n'avait jamais été aussi impatient de rentrer au palais. Et il avait fini par se rendre compte qu'il n'aimait pas non plus laisser Laurel. L'explication facile, c'était sa crainte qu'elle ne s'en aille s'il n'était pas là. Mais en vérité, elle l'attirait. Il voulait mieux la connaître. Ils ne se côtoyaient que depuis quelques jours, mais ils partageaient quelque chose. Quelque chose qui crépitait entre eux dès qu'ils étaient ensemble.

Le lendemain, il irait vérifier comment les choses se passaient à la clinique. Il s'arrêterait au labo pour voir Laurel. Leurs reparties lui manquaient. Elle le faisait rire, et il ne riait pas assez dans sa vie. Elle disait aussi ce qu'elle pensait, ce qui était appréciable. Et il y avait ce baiser. Il s'échauffait dès qu'il imaginait l'embrasser de nouveau. Il perdait la tête, en ce qui la concernait.

Peut-être était-ce une bonne chose qu'il soit parti si longtemps. S'il était resté près d'elle, il aurait pu faire quelque chose qu'il aurait regretté. Sa réaction à son baiser avait été incertaine et inexpérimentée, presque craintive. Il l'avait effrayée par son ardeur et c'était la dernière chose qu'il souhaitait. Pourquoi était-elle aussi effarouchée ? Une femme de son âge avait sûrement eu des relations. Ou bien s'était-elle toujours cachée derrière une vitre de labo ?

Pour atténuer sa culpabilité d'être parti sans la prévenir — il s'en était abstenu uniquement parce qu'elle insistait sur le fait qu'ils n'étaient qu'associés et qu'il n'avait pas à lui rendre compte de ses mouvements —, il lui avait offert un stéthoscope neuf. Il en avait confié l'achat et la remise à Nasser, mais avait pris le temps d'écrire un message avant son départ. Il s'était donné du mal pour le rendre aussi impersonnel que possible.

Merci d'aider les gens de mon pays.

Nasser lui avait fourni des rapports quotidiens. D'après lui, Laurel avait paru contente du cadeau, elle avait fait de longues heures au laboratoire et plus d'une fois il avait dû insister pour qu'elle rentre à minuit.

Pourvu qu'elle ne s'épuise pas ou ne tombe pas malade. Tariq s'était-il déjà inquiété autant pour quelqu'un d'extérieur à sa famille ? Jamais. Peut-être se sentait-il responsable de l'avoir déracinée. En tout cas, il n'était pas à l'aise avec les nouveaux sentiments qui l'agitaient.

À son retour, il avait endigué sa tentation d'aller jusqu'à la chambre de Laurel, il était trop tard pour la déranger. En outre, il ne voulait pas paraître trop impatient de la revoir. Alors, pour passer sa frustration, il s'était réfugié à la piscine.

Il ralentit l'allure, adoptant une longue brasse coulée. S'il ne pouvait pas fermer son esprit à ces pensées, peut-être l'épuisement physique finirait-il par l'emporter.

Un bruissement de feuilles et un mouvement sur sa droite attirèrent son attention. Il fit du sur-place, fixant l'endroit. Une personne émergea dans le clair de lune. *Laurel.*

À sa grande contrariété, son cœur se mit à battre la chamade. Il était un homme accompli, avec assez d'expérience de la vie pour ne pas réagir ainsi à une femme. Pour lui qui normalement contrôlait ses émotions et ses relations, la situation était nouvelle. Avec Laurel, c'était comme si dans le ciel du désert il suivait une étoile spéciale sans savoir où elle le conduisait.

Elle fit demi-tour.

— Ne partez pas.

— *Tariq ?*

Elle s'approcha.

— Oui.

— On ne m'a pas dit que vous étiez rentré, dit-elle avec un mélange de surprise et d'excitation.

— Je suis rentré il y a une heure environ.

Il nagea vers elle.

— Oh.

— Je vous aurais prévenue, mais il était si tard…

Elle était éblouissante. Une longue robe sans manches au décolleté en V moulait ses courbes. Et de ce qu'il voyait, elle ne portait pas de soutien-gorge.

— Je pensais que vous dormiriez.

— J'aime tant ce jardin que j'y viens quelques minutes chaque soir avant de me coucher.

Elle s'avança en hésitant jusqu'au bord du bassin.

— D'ordinaire, je suis seule.

— Voudriez-vous que je m'en aille ?

Il guetta sa réponse, l'observant avec attention.

— Non. Après tout, c'est votre piscine.

Ce n'était pas la réponse qu'il avait espérée, mais il fit avec. Elle se tenait au-dessus de lui.

— Merci pour le stéthoscope. C'était très attentionné. Je vous rembourserai.

Il avait voulu faire un geste spécial pour elle. Ne le comprenait-elle pas ?

— Vous ne pouvez pas accepter un cadeau ?

Elle se concentra sur un point derrière lui.

— Si, mais en général je n'en reçois pas de mes employeurs.

Il croisa les bras sur le ponton.

— Je suis plus que cela. Je suis votre mari, ne fût-ce que de nom. Si ce n'est pas suffisant, prenez-le comme venant d'un ami.

Elle baissa les yeux sur lui.

— J'aimerais que nous soyons amis.

Ses douces paroles flottèrent dans l'air parfumé.

— Venez me rejoindre, Laurel.

— Je n'ai pas pensé à emporter un maillot de bain.

Elle n'en avait pas besoin, mais cette réponse l'aurait fait fuir.

— Au moins, asseyez-vous au bord et racontez-moi votre semaine.

Elle le considéra quelques secondes, son visage pourtant éclairé par le clair de lune ne révéla pas ses pensées, puis elle remonta sa longue robe sur ses cuisses. Elle avait des jambes superbes. Veillant à sa modestie, elle s'assit, trempant ses pieds nus dans l'eau.

Tariq ne s'était pas trompé. Elle ne portait pas de soutien-gorge. Les pointes de ses seins se pressaient contre le fin jersey. Sa virilité tressaillit en réaction à cette vision excitante.

Elle balançait les pieds d'avant en arrière.

— L'eau est si fraîche !

— Elle vient d'une source. Avant, c'était le puits du palais.

Il se laissa redescendre dans l'eau pour mieux la voir. La seule lumière venait de l'éclairage de la piscine et de la lune.

— Il paraît que vous avez interrogé mon frère et les siens, pendant mon absence. Zara et Roji aussi.

Elle redressa les épaules.

— Oui. Le roi m'a invitée à dîner. Tout le monde semblait ouvert à mes questions. Merci de vous en être assuré. Je sais que ce n'était pas votre souhait.

— Je crois savoir également que c'est le seul soir où vous êtes rentrée de la clinique à une heure décente.

Il put voir qu'elle plissait les paupières.

— Nasser vous a renseigné sur moi ?

— Répondre à mes questions fait partie de son travail.

— Vous n'avez aucun remords, n'est-ce pas ?

Il nagea jusqu'à elle et prit son talon dans sa main. Elle relâcha son souffle, mais ne le lui retira pas. Il passa son pouce sur l'os de sa cheville. Elle regardait ses mains.

— Je n'ai aucun remords à avoir. Je m'inquiétais pour vous, Laurel.

Il attendit qu'elle relève les yeux vers lui.

— Vous m'avez manqué.

Le cœur de Laurel battait aussi vite qu'une de ses centrifugeuses du labo. Elle réprima un gémissement. La main mouillée de Tariq remonta sur son mollet, puis redescendit vers son pied. Elle s'agrippa au bord du bassin pour résister à l'impulsion de se laisser glisser dans l'eau avec lui. Il sortit son pied de l'eau et posa un baiser sur la cambrure.

— Que faites-vous ? demanda-t-elle.

— Je vous montre que je vous désire. Vous êtes si douce. Si lisse.

Sa main reprit ses va-et-vient.

— Vous ne me désirez pas. Je suis simplement commode. Je ne suis même pas votre type de femme.

— Normalement, je serais d'accord. Mais il se trouve que vous m'intéressez, Laurel al-Marktum, dit-il en insistant sur son nom de famille. Beaucoup.

— Le grand prince séducteur que vous êtes ne pourrait me vouloir que pour une raison.

— Qui serait ? fit-il d'une voix aussi veloutée que l'air de la nuit.

— Le plaisir de faire une conquête.

Et elle ne laisserait plus jamais cela arriver. Elle voulait être aimée pour la vie.

— Laurel, qu'est-ce qui vous a rendue aussi cynique ?

— Disons la vie en fac.

— Elle peut être difficile.

Il se hissa hors de l'eau pour s'asseoir près d'elle, magnifique avec son torse nu et mouillé. Elle réprima l'envie de lécher une goutte d'eau sur son épaule. Elle n'avait jamais vu d'homme aussi attirant, svelte, musclé et indéniablement viril. Son idéal personnifié. Pourquoi se laissait-elle autant affecter par son aspect physique ? Les apparences pouvaient être trompeuses, elle le savait.

— Vous me mouillez, dit-elle en écartant sa robe.

— N'éludez pas la question. Que vous est-il arrivé à l'université ?

— Je n'ai pas envie d'en parler.

— J'aimerais que vous me le disiez, dit-il, puisque cela m'affecte aussi.

— De quelle manière ?

— Vous projetez cette expérience sur moi, sans me laisser ma chance.

Il n'avait pas tort. Elle le tenait à distance à cause de Larry.

— Très bien. Puisque vous y tenez…

La première surprise de se confier à lui, elle lui résuma l'histoire à grands traits. Les muscles des bras de Tariq se crispèrent ; il jura en arabe.

— Voilà. Vous êtes satisfait ?

— Je ne le serai que lorsque j'aurai fait payer à ce minable de vous avoir blessée. Vous voyez tous les hommes à travers le prisme de ce jeune idiot. À cause de lui, vous vous êtes cachée dans un laboratoire et êtes passée à côté de votre vie. Vous avez peur de faire confiance.

— Ce n'est pas vrai.

— Alors prouvez-le. Passez la journée avec moi, demain. Nous avons tous les deux mérité un répit. Je vous ferai visiter Zentar City. Nous dînerons en tête à tête. Je vous montrerai comment un homme doit traiter une femme, avec respect.

— Je ne pense pas que ce soit une bonne idée.

Elle craignait de passer du temps avec lui parce qu'elle se méfiait d'elle-même plus encore que de lui.

— Je vous promets que c'est parce que j'ai envie d'être avec vous, pas à cause d'un pari stupide.

— Pourquoi un homme tel que vous souhaiterait-il me fréquenter ?

Il plaça un doigt sous son menton et l'obligea à le regarder.

— Vous n'imaginez absolument pas combien il est plaisant de vous côtoyer, n'est-ce pas ?

Elle secoua la tête.

— Non.

— C'est pourtant le cas. Vous êtes rafraîchissante. Passons de bons moments ensemble demain et nous verrons où cela mènera. Qu'avez-vous à perdre ?

Son cœur ? Il l'examinait avec une expression sincère. Pouvait-elle lui donner une chance ?

— D'accord. En amis.

— Aussi longtemps que vous le souhaiterez.

D'un mouvement souple, il se leva et lui tendit une main. Elle la prit et il la mit debout. Son corps frôla le sien. Il s'écarta.

— Je vous retrouverai demain matin à la salle à manger pour le petit déjeuner, puis nous nous mettrons en route. Maintenant, au lit.

Il lui fit un petit signe de la main et elle se dirigea vers l'allée, même si son corps désirait rester et se presser contre le sien. À travers le feuillage, Tariq lui lança :

— N'oubliez pas votre crème solaire et un chapeau. Bonne nuit, *habibi*.

6.

Terminant sa deuxième tasse de café, Tariq consulta de nouveau sa montre. Laurel allait-elle venir ? Serait-elle allée au laboratoire sans le dire à personne ? Si elle n'arrivait pas dans dix minutes, il l'enverrait chercher.

— Pourquoi es-tu si nerveux ? demanda Zara en souriant. Elle sera là bientôt.

— Je ne suis pas nerveux, répondit-il sèchement.

Il n'avait pas l'habitude que l'on commente ses états d'âme. En général, il les cachait.

— Tariq, je te connais bien. Cette femme compte pour toi. J'en suis heureuse et Rashid le serait aussi.

À ce moment-là, un léger bruit de pas attira l'attention de Tariq. Laurel franchit la porte, les cheveux tirés en arrière mais tombant sur ses minces épaules. Il avait envie de les voir complètement libres, mais ce n'était pas le genre de pensée à avoir ce jour-là. Il devait lui montrer que tous les hommes n'étaient pas des brutes.

Elle portait un jean, un simple T-shirt et des ballerines. Son éternelle besace pendait à son côté et elle avait un chapeau à larges bords à la main. Derrière ses lunettes, ses yeux brillaient d'excitation. Son T-shirt moulait sa poitrine ronde et tentante. Si Tariq n'endiguait pas tout de suite sa libido, il allait avoir des ennuis. Elle ignorait complètement combien elle était attirante, malgré le peu d'attention qu'elle accordait à son apparence. Et son but, ce jour-là, était de lui donner confiance en lui, pas autre chose.

Il se leva.

— Bonjour.

— Bonjour, répondit-elle timidement. Désolée, je n'ai pas entendu le réveil, ça ne m'arrive jamais. Bonjour, Zara.

— Bonjour, répondit la jeune femme qui les laissa aussitôt seuls.

— Je devais être plus fatiguée que je ne le pensais, dit Laurel en prenant la chaise que Tariq lui offrait.

— Je vois que vous avez pris un chapeau. Avez-vous mis de la crème solaire ?

Elle acquiesça d'un signe de la tête.

— Mais n'en concluez pas que je suivrai toutes vos instructions à la lettre, dit-elle.

— Vous saurez me le rappeler, j'en suis certain.

Ils badinaient, à son grand étonnement. Décidément, il se conduisait d'une façon étrange avec Laurel.

— Il faut que vous mangiez bien, ce matin, car nous allons beaucoup marcher.

Un domestique entra avec une tasse de thé et un muffin et, sans se soucier des convenances, Laurel lui demanda des nouvelles de sa femme. Avant de répondre, l'homme regarda Tariq, qui fit un signe de tête.

— Elle va bien mieux, merci, Votre Altesse.

— J'ai vu la femme de Marcus à la clinique le premier jour, dit Laurel. Elle attend un enfant.

— Je l'ignorais. Félicitations, dit Tariq.

Le domestique remercia et sortit discrètement.

— Cela vous ennuierait-il que nous nous arrêtions quelques instants au laboratoire, ce matin ?

— Oui. J'ai programmé une journée bien remplie, sans travail ni pour l'un ni pour l'autre.

— Pas même une demi-heure ? J'ai des tests à vérifier.

— Non. Vos recherches sont importantes, mais il est important aussi de prendre du temps pour vous.

— Dit le prince qui passe son temps à courir le monde et a toujours des dossiers ou un téléphone à la main.

— Nous allons donc commencer notre journée par une dispute ?

De fait, il aimait voir son regard s'animer. Comme il espérait bientôt y lire de la passion.

— Non, c'était un simple constat.

— Mais je vous ai dit aussi que je savais me détendre.

Le silence retomba et il le trouva étonnamment agréable. Lorsqu'elle eut fini de manger, il se leva.

— Nous devrions y aller avant qu'il fasse trop chaud.

Alors qu'ils remontaient le couloir, il demanda :

— Y a-t-il quelque chose que vous aimeriez voir en particulier ?

— La côte. Le lac Michigan me manque.

— Je la mettrai au programme.

Ils sortirent dans la cour, où Nasser avait amené la voiture personnelle de Tariq.

— Nous allons voyager là-dedans ? demanda Laurel, visiblement impressionnée.

— Oui, répondit Tariq en mettant ses lunettes de soleil. Cette voiture de sport est la mienne.

Elle passa un doigt sur la carrosserie brillante de l'élégant cabriolet à deux places.

— Elle est superbe. J'ai toujours rêvé de monter dans ce genre de voitures.

Il rit et lui ouvrit la portière.

— Alors allez-y.

Elle continuait à le surprendre. Elle regardait le cabriolet comme elle le regardait parfois, avec convoitise. Il n'était pas sûr de vouloir se comparer à une automobile.

Lorsqu'ils se mirent en route, elle ferma les yeux, le visage levé, avec une expression de ravissement.

— Mes frères et ma sœur vont être si jaloux ! dit-elle. Mais vous n'avez pas peur que les gens vous remarquent ?

— J'ai toujours circulé parmi eux, ils sont habitués.

Au bout d'un moment, il se gara.

— À partir d'ici, nous allons marcher.

Elle le contempla de haut en bas.

— Vous portez un jean, aujourd'hui. C'est étonnant.

En souriant, il prit une casquette et la coiffa.

— Et une casquette de base-ball.

— Une tenue non conformiste, pour un prince.

— Aujourd'hui je ne suis pas un prince. Je suis Tariq, emmenant promener sa douce.

— Nous étions d'accord pour n'être que des amis.

— C'est ce que nous sommes, avec un peu de romantisme en plus.

Il contourna le cabriolet et la rejoignit sur le trottoir.

— Vous laissez votre voiture ici, comme ça ?

— Oui.

— Nous ne ferions jamais ça chez nous.

Il lui prit la main.

— Tout le monde la reconnaîtrait, sur l'île. Venez, allons voir ce que nous pouvons trouver au marché.

— J'aimerais rapporter des cadeaux à ma famille, en rentrant chez moi.

Il tiqua à ce « chez moi » qui signifiait les États-Unis.

— Comment vont-ils ?

— Bien. Je leur parle presque tous les jours au téléphone. Je leur manque.

— Ils pourront peut-être venir en visite, bientôt. Vous leur avez parlé de notre mariage ?

— Non. Ma famille n'est pas du même monde que vous. J'espère qu'ils ne l'apprendront pas avant qu'il prenne fin.

Prendre fin. Tariq n'aimait pas cette idée.

— Vous êtes si impatiente d'en avoir fini avec moi après une seule semaine d'enchantement ? Je dois mieux faire, comme époux.

Il l'attira à lui et lui donna un bref baiser sur la bouche. Avant qu'elle ne pût dire quoi que ce soit, il la reprit par la main et l'entraîna dans la rue. Ils atteignirent la zone du marché, avec ses tentes colorées et sa foule empressée. Comme il l'avait espéré, elle regardait tout avec de grands yeux avides.

— C'est magnifique !

— Je pensais que cela vous plairait. Enfants, mes frères et moi venions en douce ici. Nos parents savaient toujours où nous trouver.

— Ils s'inquiétaient beaucoup pour vos frères ?

— Oui, mais ils nous laissaient vivre notre vie de garçons.

Ma grand-mère paternelle était surprotectrice et mon père refusait d'être comme elle. Ma mère, elle, pleurait souvent.

— Et vous ?

— Je veillais sur eux deux. Mais assez là-dessus. Nous avons des cadeaux à acheter. Passez devant.

Il n'eut pas à le lui dire deux fois. Elle se dirigea vivement vers la première tente.

Au cours de l'heure suivante, Tariq regarda Laurel aller d'un étal à un autre. Il restait à côté tandis qu'elle marchandait avec les vendeurs. De temps à autre, il intervenait pour traduire. Deux ou trois fois, le marchand le reconnut et voulut offrir l'objet à Laurel, mais elle insista pour payer. Il était souvent arrêté par des gens et il prenait congé après un bref échange. C'était la journée de Laurel, il voulait se consacrer à elle.

Ils passèrent devant un stand d'affaires de plage. Il la rattrapa par la main.

— Il faut que nous regardions ici.

— Pourquoi ?

— Je veux vous acheter quelque chose, dit-il en la guidant vers le rayon des maillots de bain.

— Vous n'avez pas à faire cela.

— Je sais, mais j'en ai envie. Choisissez-en un.

Il avait repéré un bikini rose très sexy dans lequel il brûlait de la voir.

— Je vais en prendre un, mais je le paye.

Elle chercha parmi les modèles et tira un maillot une pièce noir. Tariq le lui prit et le remit à sa place.

— Hé, que faites-vous ?

— Ce n'est pas celui qu'il vous faut. Montrez-moi celui-ci, demanda-t-il au vendeur.

Ce dernier décrocha le bikini et le lui tendit. Laurel en resta bouche bée, puis parut indignée. Elle secoua la tête.

— Je ne porterai pas de string. Ce n'est pas mon style.

Tariq eut un grand sourire.

— Ça l'est peut-être, mais vous ne le savez pas. Il mettrait votre superbe silhouette en valeur.

— Elle n'est pas superbe ! répondit-elle en soufflant.

Il lui prit la main et lui chuchota à l'oreille :

— Faux. Je l'ai aperçue quand vous n'essayez pas de la cacher.

Elle le fusilla du regard.

— Vous vous amusez encore de moi.

Il la fixa dans les yeux.

— Je ne plaisanterais jamais à ce sujet. Prenez ce bikini.

Ils s'affrontèrent un instant en silence. Puis elle secoua de nouveau la tête.

— Je n'oserais jamais le porter.

Tournant les talons, elle s'éloigna. Tariq donna quelques billets au vendeur et empocha le maillot. Il était hors de prix, mais il le valait bien car, maintenant que Tariq l'avait acheté, peut-être parviendrait-il à convaincre Laurel de le mettre rien que pour lui.

— Aimeriez-vous prendre un café ou une boisson ? demanda Tariq en rattrapant Laurel.

— Volontiers. Je n'avais pas autant marché depuis longtemps.

Ils tournèrent dans une allée.

— C'est mon endroit préféré, dit-il.

De larges bandes de tissu rouge, jaune et orange étaient suspendues entre deux bâtiments, créant une zone ombragée pour de petites tables et des bancs en bois. De grandes plantes en pots ajoutaient au calme de l'atmosphère qui enchanta Laurel. Tariq désigna une table d'un geste princier.

— Prenez place. Je vais chercher nos boissons. Êtes-vous assez aventureuse pour essayer la spécialité locale ?

Elle sourit.

— Pourquoi pas ?

Il se courba pour pénétrer à l'intérieur. Elle s'assit à une table fraîche, à l'ombre du mur. Lorsqu'elle rentrerait aux États-Unis, elle se souviendrait toujours de la chaleur de Zentar. Et bien sûr, de Tariq.

Il revint avec deux grands verres emplis d'un liquide orangé et en posa un devant elle.

— Ça a l'air bon, dit-elle. Qu'est-ce que c'est ?

— La recette secrète d'Omar. Il ne la donne pas.

Elle goûta le mélange, qui était délicieux. Il y avait du melon, de l'orange et un ingrédient inconnu.

— Je pensais que cela vous plairait, dit Tariq, l'air content de lui. Alors, avez-vous tous vos cadeaux pour les vôtres ?

— Oui. Ils vont être fous de joie ! J'ai vraiment beaucoup aimé le marché.

Il s'adossa au mur et croisa les chevilles, l'air plus à l'aise encore qu'au palais.

— Je suis heureux que vous ayez passé un bon moment. Tiens, Omar vient nous saluer. C'est un ami de longue date. Je lui ai dit que vous étiez ma femme et médecin à la nouvelle clinique.

Un vieil homme souriant et édenté vint vers eux. Laurel détestait lui mentir et tromper le reste du pays au sujet de leur mariage. Ce n'était pas bien. Mais elle avait accepté pour ses recherches.

— Il nous félicite. Il dit qu'il était temps que le prince Tariq trouve une femme.

— Merci, répondit-elle en souriant.

— Omar est hémophile.

— Ah oui ?

Maintenant, elle comprenait pourquoi il avait du mal à marcher. L'hémophilie avait endommagé ses articulations.

— Il accepte de vous parler, si vous voulez.

— Oui, j'aimerais bien. Dites-lui de passer à la clinique, un jour, pour répondre à quelques questions et faire une analyse de sang.

Tariq traduisit. Omar hocha la tête et dit quelque chose.

— Il viendra cette semaine.

— Merci, Omar, dit-elle à l'homme qui s'éloignait, avant d'ajouter : Et vous, quand viendrez-vous ?

— Quand vous voudrez.

— Vraiment ? demanda-t-elle, stupéfaite.

— Je vous ai fait faire tout ce voyage dans ce but, après tout.

Elle le regarda.

— Je comprends que vous vous méfiiez des questions

personnelles. Vous êtes un homme réservé, ce que je respecte. Pourriez-vous venir lundi ?

— Je m'arrangerai. Maintenant, si nous allions à la plage ?

— Merveilleux !

Il se leva et lui offrit sa main. Il semblait toujours vouloir la toucher. Elle aimait l'excitation que lui procurait son contact. Ils retournèrent lentement à la voiture. Laurel adorait rouler dans cette petite voiture de sport tandis qu'il manœuvrait dans les rues étroites de la ville. Mais bientôt ils furent à la campagne, avec des fermiers qui faisaient traverser la route à leur bétail. Puis la mer apparut, bordée d'une plage blanche.

— C'est magnifique !

— Ce n'est pas la seule chose qui est magnifique.

Elle le regarda. Il l'observait.

— Vous avez besoin de lunettes, dit-elle.

— J'y vois plus clair que vous ne le croyez.

Discernait-il son manque d'assurance ? Le peu de confiance en elle qu'elle avait avec les hommes ? Son malaise lorsqu'on la complimentait ?

Il se gara peu après le long de rochers qui cachaient la mer.

— La maison de plage royale n'est pas loin mais ici, c'était notre endroit préféré, à mes frères et à moi. Nous jouions aux pirates dans les rochers.

Elle aimait l'entendre parler de son enfance. Il était plus détendu en évoquant ces souvenirs heureux. Elle ne voyait pas assez souvent ce Tariq-là, et elle voulait le connaître mieux.

Il sortit de la voiture.

— Par ici.

Il la fit descendre de son côté, en marchant sur son siège, et elle s'affala contre son torse musclé. Un arôme sensuel de citron et de café, et cette odeur qui n'appartenait qu'à lui, lui montèrent à la tête. Il resserra son emprise sur elle et l'observa, interrogateur. Dans ses yeux sombres, d'ordinaire indéchiffrables, elle lut son désir pour elle.

Quel mal cela ferait-il de partager seulement un autre baiser ? De voir si le temps s'arrêterait de nouveau ?

Elle se pencha en avant et la bouche de Tariq trouva la sienne. Le feu qui brûlait dans ses yeux bruns se répandit le long de ses nerfs, y allumant des gerbes d'étincelles. Elle se cramponna à lui. Les lèvres de Tariq étaient fermes et exigeantes. Il la serra d'encore plus près.

Le doux gémissement qui monta dans sa gorge la ramena à la réalité. Elle ne pouvait pas se conduire ainsi. Il n'était pas l'homme qu'il lui fallait. Rassemblant le peu d'esprit qui lui restait, elle posa les mains sur son torse et le repoussa.

Ses lèvres quittèrent les siennes avec une exquise lenteur, si bien qu'elle fut tentée de recommencer. Mais elle n'était pas venue à Zentar pour faire partie du harem du prince Tariq al-Marktum. Son travail était son seul but dans la vie. Rien d'autre ne comptait. Elle mit de l'espace entre eux, en murmurant :

— Merci.

— Pour le baiser, ou de vous avoir empêchée de tomber ?

— Les deux.

— Normal entre amis, dit-il de sa voix grave.

Mais un ami ne l'aurait pas laissée dans cet état, désirant ardemment d'autres baisers.

Tariq ouvrit le coffre et en sortit un panier et un sac. Il lui tendit le sac, puis lui offrit sa main. Après une longue seconde, elle l'accepta et regarda ses doigts fins emprisonnés dans ses longs doigts bronzés. Ils étaient si différents, mais avaient tant en commun. Et elle aimait qu'il la touche. Que lui arrivait-il ? Était-elle tombée sous le charme de Zentar, ou sous celui de Tariq ?

Ils contournèrent les rochers et marchèrent vers l'eau. La mer d'Arabie, devant eux, était un joyau bleu-vert. Elle ôta ses chaussures et enfouit les pieds dans le sable fin. Il se déchaussa aussi.

— C'est seulement la deuxième fois que je viens à la plage. Ma famille ne pouvait pas se permettre de voyager si loin. J'adore.

— Du vivant de mes parents, nous y venions chaque week-end. C'était ma deuxième maison.

— Je suis jalouse.

Elle alla jusqu'à la mer. Elle pourrait apprendre à vivre ici, à adorer cela, même. S'approchant de l'eau, Tariq posa le panier et lui prit le sac. Il en tira une couverture qu'il étendit par terre.

— Une promenade d'abord, ou le repas ? demanda-t-il.

Elle releva les jambes de son pantalon.

— Une promenade.

Elle s'avança dans les petites vagues du bord et y joua jusqu'à ce que Tariq la rejoigne. Il avait quitté sa chemise. Alors elle ne put plus guère penser qu'à son torse bistre et ses bras musclés. Comment réagirait-il si elle le touchait du bout d'un doigt, suivant la ligne de sa fine toison brune ?

— Si vous continuez à me regarder ainsi, ce sera la fin de notre amitié, la prévint-il.

— Alors vous ne devriez pas être aussi beau.

Avait-elle vraiment prononcé ces mots à voix haute ? Elle courut en avant de lui, éclaboussant tout autour d'elle. Elle était sur une plage déserte avec un homme qui l'attirait et elle venait de laisser échapper une phrase très suggestive. Elle allait au-devant d'ennuis qu'elle ne pourrait pas gérer.

Tariq la rattrapa. Avec un grand sourire, il lui prit la main et embrassa sa paume. Ils continuèrent le long de la plage.

Elle éprouvait les mêmes sentiments incontrôlables que lorsque Larry l'avait séduite. Oublier qui elle était et qui était Tariq n'était pas sage. Que pourrait-il vouloir sinon une amourette ? Il se servirait d'elle pendant qu'elle était là, puis n'y penserait plus quand elle serait partie. Elle avait besoin d'une autre relation.

Mais la journée avait été merveilleuse, jusqu'ici. Elle n'avait pas envie de renoncer tout de suite à cette ivresse. C'était trop bon. L'eau chaude sur ses pieds, le soleil sur son visage, sa main dans celle de Tariq rendaient ce moment parfait. Il lui semblait que quelque chose en elle était redevenu vivant, quand elle l'avait rencontré.

— Vous passez un bon moment ?

Elle se risqua à le regarder.

— Oui. Le meilleur des moments.

— Parfait.

Ils marchèrent un peu plus loin, puis firent demi-tour.

— J'ai faim, dit-il. Allons voir ce que le cuisinier a préparé.

De retour à la couverture, ils se laissèrent tomber dessus. Tariq ouvrit le panier et en sortit un plat avec des dattes, du raisin, des olives et de petits morceaux de pain. Puis un grand bol avec de l'huile d'olive. Enfin, une petite glacière contenant des fromages et des tranches de viande.

— Ça a l'air délicieux, dit Laurel qui n'avait jamais vu un tel pique-nique.

— Tout est produit à Zentar, précisa-t-il. Servez-vous.

Elle mit une datte dans sa bouche.

— Hum…

Elle lui jeta un coup d'œil. Il l'observait avec une concentration troublante, comme si elle était la personne la plus fascinante au monde. L'intensité de son regard l'excitait et lui emballait le pouls.

— Vous ne mangez pas ? Vous disiez que vous aviez faim.

— *J'ai* faim.

Il voulait visiblement dire qu'il avait faim d'elle. Son regard était brûlant. Elle se sentit palpiter au plus intime de son être. Puis il battit des cils et cette expression disparut. Il mangea un peu et leur servit du vin. Elle eut envie d'en savoir plus sur lui.

— Alliez-vous à l'école, quand vous étiez enfant ?

— Non, des précepteurs venaient au palais. Nous étions impitoyables avec eux. Nos parents nous menaçaient de nous mettre en pension, mais nous savions qu'ils voulaient nous garder près d'eux. Surtout l'héritier du trône et Rashid.

Elle venait de découvrir un autre ressort de sa personnalité.

— Vous vous sentiez à part, n'est-ce pas ?

— Un peu, mais je comprenais. Ils étaient spéciaux.

— Je suis sûre que vous l'étiez tout autant pour vos parents.

Elle eut de la peine pour le petit garçon à qui l'on faisait moins attention qu'à ses frères. Cela avait fait de lui l'homme qu'il était : dur à l'extérieur et vulnérable à l'intérieur. Un mélange attendrissant.

7.

Tariq voulut changer de sujet.

— À mon tour de poser des questions, dit-il à Laurel. Y a-t-il eu un autre homme dans votre vie depuis ce petit minable ?

Elle rougit et détourna les yeux. Il regretta de l'avoir mise mal à l'aise.

— Non, dit-elle à voix basse.

Vraiment ? Il avait du mal à le croire.

— Pourquoi ? Personne ne vous a fait des avances ?

— Si.

Elle prit une tranche de viande et mordit dedans. Tariq s'allongea sur le côté, la tête sur une main.

— Vous ne pouvez pas fuir toute votre vie, vous savez.

— Alors dites-moi, prince plein de sagesse, pourquoi n'êtes-vous pas déjà marié, avec une famille ? À vous voir avec Roji, je sais que vous aimez les enfants.

La conversation tournait encore plus mal. Il aurait dû savoir que Laurel se défendrait.

— Je n'ai pas trouvé la bonne personne.

— Ce ne sont pourtant pas les candidates qui vous ont manqué ! dit-elle avec un sourire taquin.

— Ne croyez pas tout ce que vous lisez, *habibi.*

— Vous ne m'avez pas répondu pour les enfants.

Il s'assit.

— Je n'en veux pas. Il n'est pas difficile de décourager une femme, quand elle l'apprend.

Pour une fois, l'idée de ne pas avoir d'enfants lui fit mal. Il regarda Laurel. Elle était le genre de personne qui ferait une mère merveilleuse. Si seulement…

Il prit le sac et en sortit son slip de bain.

— Je vais nager. Venez avec moi.

— Je n'ai pas de maillot.

— Je vous en ai acheté un.

Il tira le bikini de sa poche et le laissa choir sur la couverture.

— Je ne peux pas porter ça !

— Comme vous voudrez.

Il lui décocha son sourire le plus coquin.

— Vous pouvez toujours vous baigner toute nue. En tout cas, vous manquerez quelque chose, si vous ne venez pas.

Il se dirigea vers l'eau. Il avait besoin de s'éloigner des questions indiscrètes de Laurel et de maîtriser ses émotions. Il se changea en lui tournant le dos, se moquant de choquer sa modestie. Puis il se jeta dans les flots et nagea avec vigueur. Une fois sa libido domptée, il revint vers le rivage. Laurel sortait des rochers, son T-shirt sur elle et son jean à la main. Même de loin, il put admirer le galbe de ses jambes. Il pouvait très bien les imaginer nouées autour de lui. Il fallait vraiment qu'il contrôle ses pensées !

— Vous venez ? cria-t-il.

— Finalement, oui.

— Elle est super bonne.

Elle triturait le bord de son T-shirt. Pour calmer sa nervosité, il se tourna vers le large et se remit à nager. Quand il fit demi-tour, elle était dans l'eau. On voyait peu le haut de son bikini, mais ce qui apparaissait était très attirant.

— Ce maillot vous va à ravir, dit-il. Vous êtes très séduisante.

Un peu trop pour son confort, à vrai dire. Il avait peut-être fait une erreur en l'achetant.

— Je ne sais jamais si je dois vous croire. Je me demande toujours si c'est le prince play-boy qui essaie de me charmer.

Il n'était pas sûr qu'elle ait tort.

— Vous êtes bonne nageuse ?

— Je me débrouille. Vous n'aurez pas à me sauver.

Dommage. Il lui aurait bien fait du bouche-à-bouche. L'attrait qu'elle exerçait sur lui était aussi irrationnel qu'exaspérant.

Ils nagèrent un moment, puis se laissèrent flotter.

— Quels autres talents cachés avez-vous ? demanda-t-il.

— Je suis bonne aux cartes, je peins un peu quand j'ai le temps et je lis des romans sentimentaux.

— Ah oui ?

Elle ne mettait pas ses lectures en pratique, apparemment.

— Et vous ?

— J'aime les films en noir et blanc, les chevaux et le football américain.

— Intéressant. Je ne m'en serais pas doutée.

D'un commun accord, ils revinrent vers la plage. Laurel traînait derrière. Dès qu'il eut pied, il se tourna vers elle. Elle faisait du sur-place.

— Vous sortez ?

Elle parut hésiter. Puis soudain elle prit un air déterminé, se dressa et marcha vers lui, les épaules droites et les yeux rivés derrière lui. Le cœur de Tariq s'emballa. Elle était beaucoup trop sexy, avec cette eau qui ruisselait sensuellement sur elle. Il avait envie de la lécher. Son sexe réagit. Il fallait qu'elle se rhabille et qu'ils quittent cette plage tout de suite.

Il alla jusqu'au sac et en tira une serviette.

— Tenez. Séchez-vous. Nous devons nous changer et partir.

Elle prit la serviette, l'air perplexe.

— Euh… D'accord. Il y a urgence ?

— Il faut vous abriter du soleil.

— Je peux mettre de la crème…

Elle se pencha vers son immense sac.

— Laurel !

Elle le regarda, son alléchant fessier en l'air.

— Vous êtes la chose la plus sexy que j'aie jamais vue en bikini. J'ai envie de vous prendre ici, dans le sable.

Ses yeux s'élargirent et sa bouche forma un « O ».

— Je vous ai fait une promesse et je la respecterai. Rester amis. Mais vous devez m'aider ; habillez-vous, s'il vous plaît. Je vous rejoindrai à la voiture.

Il lui tourna le dos, craignant qu'elle ne voie son excitation. Comment allait-il s'empêcher de la toucher le reste de la journée ?

*
* *

Laurel souriait largement en allant se changer dans les rochers. La réaction physique de Tariq ne lui avait pas échappé. Elle était emplie de satisfaction féminine. Après des années à ne pas s'être sentie à la hauteur, quelle ivresse de savoir qu'elle produisait un tel effet sur un homme aussi viril.

Elle se changea rapidement, taraudée par l'envie de regarder Tariq ôter son maillot mais craignant qu'il ne la surprenne. Puis elle se frotta les cheveux pour les sécher et les laissa libres.

Tariq l'attendait à la voiture.

— Vos cheveux sont lâchés, dit-il d'un ton plein de révérence. J'ai souvent rêvé de les voir ainsi.

— Vous rêvez de mes cheveux ? demanda-t-elle, ahurie.

— Oui, et plus encore, avoua-t-il en prenant une mèche entre ses doigts.

Il la regarda dans les yeux.

— Vous me faites quelque chose, Laurel.

Elle fut envahie d'une onde de chaleur qui n'avait rien à voir avec le soleil, mais restait méfiante. Les hommes comme Tariq ne recherchaient pas les femmes comme elle.

— Vous n'en semblez pas enchanté.

— Je ne le suis pas. Je ne comptais pas avoir ce genre de sentiment pour vous.

Il l'étudia un instant, se pencha vers elle, puis se redressa aussitôt.

— Il faut y aller.

Elle regretta le baiser qu'il ne lui avait pas donné. Il lui ouvrit la portière de la voiture.

— Puis-je conduire ? demanda-t-elle en plaisantant, certaine qu'il était trop macho pour accepter.

— Bien sûr.

Elle en resta bouche bée.

— Vous allez vraiment me laisser le volant ?

— Pourquoi pas ? Vous êtes bonne conductrice, n'est-ce pas ?

— Je le pense, oui.

— Alors il ne devrait pas y avoir de problème.

Il lui tendit les clés. Elle s'installa au volant, mit le contact et démarra le moteur. Les voitures de sport l'avaient toujours fascinée, mais son salaire de chercheuse ne lui permettait pas de s'en offrir une. Elle décocha un grand sourire à Tariq, qui le lui rendit. Comme son père, il aimait voir les autres heureux. C'était rare chez un homme.

— Hé, beau gosse, vous montez avec moi ? lança-t-elle après avoir remis la voiture sur la route.

Il rit de bon cœur et s'installa sur le siège passager.

— Je vous en prie, ménagez-moi et ménagez ma voiture.

— C'est bien mon intention.

Elle lui décocha son sourire le plus suggestif. Qui était cette femme hardie en qui elle se changeait ?

Le cabriolet était aussi agréable à conduire qu'à regarder. Tariq paraissait détendu. Il était assis en coin, tourné vers elle, un bras sur la portière et l'autre sur leur dossier ; le bout de ses doigts frôlait son épaule.

— C'est un vrai plaisir, dit-elle. Mais je ne pourrais pas avoir une voiture comme celle-ci chez moi. Trop de neige et de vent.

— Vous vivez ici, maintenant. Vous pouvez conduire la mienne aussi souvent que vous voulez. Ou bien nous pourrions vous en acheter une.

— Je ne resterai pas assez longtemps pour cela.

— Alors vous pensez toujours rentrer quand nous serons tous les deux satisfaits du fonctionnement du laboratoire.

Il se redressa et ôta son bras.

— Ou quand je recevrai un nouveau financement.

— Je ne suis pas d'accord. On a besoin de vous ici.

Elle lui jeta un coup d'œil ; il avait les lèvres pincées.

— D'autres peuvent faire aussi bien que moi.

— Je n'en suis pas sûr, répondit-il sèchement.

— Si vous pouviez trouver un remplaçant potentiel, je le formerais. Ainsi, quand je partirai, vous aurez quelqu'un à ma place.

Elle ne pouvait pas rester éternellement à Zentar. Elle n'était pas chez elle et devenait trop attachée à Tariq. Cela ne pouvait pas continuer. Il avait établi clairement ce jour-là qu'il ne voulait ni se marier vraiment ni avoir des enfants, alors que c'était très important pour elle.

*
* *

Finalement, Laurel et Tariq ne dînèrent pas en tête à tête ce soir-là. Ils furent arrêtés sur la route par un paysan qui faisait de grands gestes et leur demanda de l'aide pour sa femme, très malade. Ils le suivirent dans une pauvre petite ferme isolée et découvrirent que la malade souffrait d'un vilain abcès dans le dos. Laurel pratiqua l'incision avec la trousse de secours de Tariq et nettoya la plaie, mais la pauvre femme avait beaucoup de fièvre. Il était évident qu'elle devait être hospitalisée et mise sous antibiotiques. Tariq décida alors d'aller en voiture chercher du réseau pour appeler des secours. Laurel, restée au chevet de la femme, trouva le temps long, la nuit tombait. Soudain, le bruit d'un hélicoptère la tira de sa torpeur. Tariq avait employé les grands moyens ! Melina fut chargée à bord sur une civière et Tariq exigea que Laurel monte dans l'habitacle avec lui. Elle crut sa dernière heure venue, mais à son grand soulagement il passa un bras autour d'elle pour la rassurer. Le trajet fut bref, et bientôt ils se posèrent près d'un hôpital où la malade fut tout de suite prise en charge. Son mari devait la rejoindre plus tard grâce à une voiture que Tariq lui avait fait envoyer.

Pour le plus grand plaisir de Laurel, Tariq lui prit le visage entre ses mains et lui murmura :

— *Habibi,* je vous trouve très courageuse. J'ai été fier de vous ce soir. Vous êtes très spéciale pour moi.

Ils allèrent faire un compte rendu au médecin de garde, qui parut à la fois surpris et heureux de voir le prince. Puis, après une visite à Melina qui se reposait, ils rentrèrent enfin au palais en voiture, grâce à Nasser qui les attendait.

Devant le palais illuminé, Laurel s'étonna une fois de plus des nombreuses surprises de Zentar. Quelques heures auparavant elle était perdue en pleine montagne dans un taudis, et maintenant elle était replongée dans le faste le plus somptueux. Alors qu'ils longeaient le couloir qui menait aux chambres, Tariq lui dit :

— Vous avez été formidable, aujourd'hui. Je suis content que vous ayez été avec moi.

— Je suis sûre que vous auriez pu vous débrouiller sans moi.

— Peut-être, mais j'ai apprécié de bénéficier de vos excellentes compétences.

Ils s'arrêtèrent devant la porte de Laurel.

— Vous devez être épuisée. Reposez-vous bien, *habibi.* Vous l'avez mérité.

Il l'embrassa sur le front. Elle le regarda ouvrir une porte de l'autre côté du couloir et son souffle se coinça dans sa gorge. Elle avait été si proche de lui toute cette journée. Comment était-elle censée dormir en le sachant si près ? Et elle avait mille raisons de plus de l'apprécier, ce soir-là, après avoir vu sa générosité, son humilité, son abnégation pour son peuple — et constaté une fois de plus qu'elle pouvait toujours compter sur lui pour tenir parole quand il promettait quelque chose.

Pourtant, en repensant à leur aventure inattendue, elle était persuadée qu'elle n'était pas à sa place à Zentar, pas plus dans un bouge misérable et pratiquant une chirurgie primitive avec la barrière de la langue comme entrave supplémentaire, que dans un palais des *Mille et Une Nuits.*

8.

Le lundi matin, Tariq attendit Laurel plus d'une demi-heure pour le petit déjeuner. Finalement, il interrogea un domestique qui l'informa qu'elle avait commandé quelque chose dans sa chambre des heures plus tôt. Il comprit tout de suite et appela Nasser.

— Avez-vous conduit la princesse à la clinique, ce matin ?

— Oui, monsieur.

— Prenez-moi dans cinq minutes.

Un quart d'heure plus tard, Tariq arriva au laboratoire. Laurel, le dos tourné, emplissait un tube à essai. Il sonna. Elle regarda par-dessus son épaule et leva une main.

— Je sors dans une minute, répondit-elle dans l'Interphone.

Il la regarda ôter sa tenue stérile. Que n'aurait-il donné pour la dévêtir entièrement ! Son corps magnifique l'avait hanté, les deux dernières nuits. Son désir pour Laurel était devenu une obsession. Qu'il soit venu la voir ce matin-là en était un bon exemple : il aurait dû être à son bureau.

Elle le salua d'un sourire.

— Bonjour. Je ne vous attendais pas si tôt.

Elle l'attendait ? Ah oui, cela lui revenait, les recherches sur sa famille…

— Venez dans mon bureau.

— D'accord.

Elle avait relevé ses cheveux. Il aurait voulu se retrouver sur cette plage, avec elle. La laisser à la porte de sa chambre ce soir-là avait peut-être été la chose la plus difficile qu'il ait jamais faite.

— Je vous préfère avec les cheveux lâchés.

— Il est plus facile de mettre une coiffe, comme ça. J'ai songé à les couper.

— Non ! se récria-t-il.

— Vous n'avez pas votre mot à dire, me semble-t-il.

Il la regarda dans les yeux.

— Je sais, mais j'aimerais que vous les gardiez longs. Ils sont beaux.

Elle haussa les épaules.

— J'ai pris des nouvelles de Melina, ce matin. Elle se remet bien et sortira sans doute aujourd'hui.

Il n'avait pas eu une pensée pour leur patiente, occupé qu'il était par Laurel. Elle désorganisait sa vie, mais cela lui était égal à partir du moment où elle en faisait partie.

— Je comptais passer à l'hôpital, dit-il. Aimeriez-vous venir avec moi ?

— Je ne pense pas. J'ai trop à faire après avoir été absente samedi.

— Il est important de vivre, aussi.

— J'aime ce que je fais.

— Vous pourriez aimer d'autres choses.

Et moi, ajouta-t-il en lui-même. Elle avait été si gaie, l'avant-veille. Même lorsqu'ils avaient soigné Melina, elle s'était montrée plus ouverte, plus animée.

Arrivée dans son bureau, elle s'assit derrière sa table de travail, le laissant prendre une chaise en face d'elle. C'était un coup porté à son autorité, mais il aimait qu'elle le traite comme un homme et non comme un prince.

Elle sortit un bloc et un stylo.

— Je vais d'abord vous poser des questions, puis nous retournerons au laboratoire pour la prise de sang.

— Que ne savez-vous pas déjà sur mon histoire familiale ?

— Je veux m'intéresser à vos ancêtres, recouper vos dires avec ceux de vos proches.

Il ne l'avait jamais vue aussi enjouée. Il aurait souhaité que ce soit à cause de lui.

— Parlez-moi de votre branche maternelle. Frères, sœurs, grands-parents…

Il passa quelques minutes à citer les noms dont il se souvenait, tandis qu'elle prenait des notes.

— Savez-vous si certains étaient hémophiles ?

Il réfléchit.

— Une de mes petites-cousines. Sa mère, ma grand-tante, est encore en vie.

— Ah oui ?

— Elle vit dans une tribu montagnarde. Je ne l'ai pas vue depuis plus d'un an.

— J'adorerais lui parler. Est-ce possible ? demanda-t-elle, les yeux brillant d'intérêt.

Il ne pouvait rien lui refuser.

— Je vais voir ce que je peux faire. Il faut que je monte là-haut, de toute façon. En m'arrangeant, je pourrais peut-être vous y emmener à la fin de la semaine.

— Ce serait formidable !

Serait-elle aussi enthousiaste s'il s'apprêtait à la faire sienne ? Il se réprimanda ; il avait franchi les bornes.

Elle continua à l'interroger, et malgré le sujet il appréciait cette conversation. Elle posait des questions intelligentes et réfléchies.

— Maintenant, il est temps de faire votre prise de sang. Je vais la faire moi-même, si vous voulez.

— Volontiers.

Il la suivit jusqu'au laboratoire et elle prépara son bras, sa tête penchée vers la sienne.

— Vous sentez comme les gardénias du jardin, dit-il. Délicieusement bon.

Elle retint son souffle. Il se rapprocha d'elle.

— Je vous désire, Laurel.

La piqûre lui fit un peu mal ; il siffla et serra les mâchoires.

— Vous ne devriez pas me parler pendant que je travaille, dit-elle.

Quand elle eut fini, il lui prit la main et la regarda dans les yeux.

— Ce n'est pas parce que vous ignorez ce qu'il y a entre nous que cela disparaîtra.

*
* *

Quelques heures plus tard, Tariq déclara à son secrétaire :

— Je serai absent les trois derniers jours de la semaine.

— Bien, monsieur. Y a-t-il autre chose ?

— Faites prévenir les écuries que j'aurai besoin de Turo et d'Astor, avec un cheval de bât et tout le matériel nécessaire, mercredi à 6 heures du matin. Je vous donnerai une liste cet après-midi.

— Je m'en occupe.

L'homme inclina la tête et sortit.

Tariq appela le labo et demanda Laurel, mais on lui répondit d'un ton hésitant qu'elle était occupée et qu'elle rappellerait dans un moment.

Il sourit. C'était bien d'elle. Quand tout le monde faisait ses quatre volontés, elle se comportait comme s'il n'était pas quelqu'un d'important.

— Dites-lui que cela ira.

Plusieurs heures plus tard, son secrétaire l'avertit :

— La princesse est en ligne.

Le cœur de Tariq s'emballa. Il avait envie d'entendre sa voix.

— Laurel.

— Vous avez besoin de moi ? demanda-t-elle d'un ton distrait.

De plus d'une façon, fut-il tenté de répondre, mais il se retint.

— Nous pouvons partir pour les montagnes dans deux jours. Serez-vous prête ?

— Euh… Oui. Je devrais pouvoir m'arranger. Je ferai des heures supplémentaires ici et cela ira. Merci, Tariq, je dois vous laisser.

Elle raccrocha. Elle n'avait visiblement pas été aussi excitée de lui parler que lui de l'entendre. Comment capter son attention ?

*
* *

Deux soirs plus tard, Laurel rentra au palais à l'heure du coucher. Comme d'habitude, son dîner l'attendait dans sa chambre, avec un certain nombre de paquets. Sur l'un d'eux était posée une note de Tariq, rédigée d'une écriture ferme :

Vous aurez besoin de ceci pour notre voyage. À demain, 6 heures.

Il restait très pragmatique, même après leur aventure du week-end précédent. Comme par un accord tacite, ils s'étaient tous les deux concentrés sur leur travail. Sans doute avait-il eu besoin de se ressaisir, comme elle. Le problème, c'était que ses sentiments étaient toujours aussi embrouillés.

Depuis cette journée passée ensemble, elle n'avait guère pensé qu'à lui. Malgré son inexpérience, elle avait bel et bien eu conscience de ce vers quoi ils se dirigeaient. Une grande question la hantait : aurait-elle couché avec Tariq ? Même des jours plus tard, elle n'était pas sûre qu'elle aurait pu lui résister s'il le lui avait demandé. L'aurait-il fait ?

Elle allait de nouveau être seule avec lui, et dans les montagnes, où elle dépendrait complètement de lui. Elle devrait garder ses défenses en place si elle voulait que son cœur survive. Au moins, cette fois, elle savait où elle en était. Tariq ne lui offrait rien, il avait été clair sur ce point. Pourquoi ne pourrait-elle pas avoir un souvenir merveilleux pour remplacer le traumatisme de sa première relation amoureuse ? Faire l'amour avec Tariq serait sublime, elle n'en doutait pas.

Après tout, elle partirait peut-être bientôt. Elle avait reçu un mail de Stewart dans l'après-midi. Il avait une bonne piste pour un financement et saurait sous peu si elle se concrétisait. Cette perspective l'avait moins transportée qu'elle ne l'aurait pensé. Ces fonds et un retour aux États-Unis n'étaient-ils pas tout ce qu'elle espérait ?

Mais pendant qu'elle était ici, elle en profiterait au maximum pour faire avancer ses recherches. Ce voyage avec Tariq lui permettrait de réunir des informations supplémentaires. Elle lui sut gré de s'être libéré pour elle, ce qui n'avait pas dû être facile.

Elle ne l'avait pas vu depuis plus de vingt-quatre heures.

Il lui manquait. La tentation d'aller nager en espérant qu'il serait là faillit l'emporter sur sa raison. Elle devait se préparer pour le voyage. En ouvrant les paquets, elle trouva une épaisse veste en mouton retourné qu'elle n'aurait jamais pu se payer, des bottines fourrées qui lui allaient parfaitement et étaient très confortables. Il y avait encore de douillettes chemises en flanelle et un bonnet rouge brodé qui pendait sur les côtés. Elle l'essaya et rit : il lui donnait l'air d'une enfant.

Après un bain, elle mangea et se mit au lit. Elle avait besoin de repos si elle voulait faire face aux jours à venir et à son attirance pour Tariq. Qu'il ne soit qu'à quelques mètres d'elle ne l'aidait pas. Comment réagirait-il si elle allait le rejoindre ? Ses yeux se fermèrent sur l'image de son prince, nu, qui la conduisait à son lit.

Elle ne se souvenait pas de s'être endormie lorsqu'on frappa à sa porte.

— Oui ?

— C'est Nasser. Il est 6 heures. Le prince m'a demandé de voir si vous aviez besoin d'aide.

Elle avait oublié le réveil ! Ce n'était pas la bonne façon de commencer un voyage avec Tariq. Il n'aimait pas que l'on déçoive ses attentes.

— Dites-lui s'il vous plaît que je le retrouverai à la voiture dans un quart d'heure.

— Bien, madame.

Aussi vite que possible, elle se débarbouilla et se mit de la crème solaire. Cette fois elle ne releva pas ses cheveux, mais en fit une natte. Elle s'habilla, enfilant une chemise en flanelle par-dessus son T-shirt, mit ses bottes et fourra ce qu'il lui fallait d'autre dans son sac. Puis elle attrapa sa veste et s'empressa d'aller rejoindre son mari.

Quand elle ouvrit la porte de la cour, elle resta bouche bée devant un 4x4 auquel était attelée une remorque à chevaux. Elle n'avait pas réfléchi à la façon dont ils se rendraient dans les montagnes, mais il ne lui serait jamais venu à l'idée de partir à cheval. Tariq s'était bien gardé de le lui dire ! De nouveau, elle se sentit perdre pied. Si elle ne parvenait pas à guider sa monture ?

Tariq déboucha de l'avant du véhicule. Il portait une chemise semblable à la sienne, un jean, des boots et un chapeau de safari. Il était aussi superbe qu'en costume traditionnel. Dans quoi s'aventurait-elle ?

— On va faire du cheval ?

— Vous m'avez dit que vous saviez monter.

— La dernière fois, j'étais enfant !

— C'est comme le vélo, ça ne s'oublie pas.

— Jusqu'à ce que je tombe, répondit-elle, maussade, en montant dans le 4x4.

— Non. Nous irons lentement, avec précaution.

Il lui tapota la jambe, et ferma la portière.

Si la seule solution pour parler à cette grand-tante était d'y aller à cheval, elle le ferait. Elle était prête à tout pour ses recherches. Le lourd véhicule s'ébranla dans le petit matin. Elle sourit. Ils devaient offrir un curieux spectacle, à quitter le palais dans cet équipage !

Ils sortirent de la ville et prirent la route des montagnes. Le soleil et la température grimpaient. Ils laisseraient la voiture et le van dans une heure environ, pour commencer à chevaucher avant qu'il fasse trop chaud.

— Je suis désolée de m'être rendormie, dit-elle.

Il posa une main sur la sienne. Elle adorait son contact. C'était l'une des nombreuses choses qui lui manqueraient lorsqu'elle quitterait Zentar.

— Vous étiez fatiguée.

Il garda sa main en place. Comme il se taisait, elle s'endormit et fut réveillée peu après par une secousse ; sa tête était posée sur l'épaule de Tariq. Elle se redressa vivement.

— Je n'avais pas l'intention de m'endormir sur vous ! dit-elle.

Il sourit.

— Je n'ai pas été gêné. J'aimerais que cela arrive plus souvent.

Une onde de chaleur, intense, la parcourut. S'il continuait à dire des choses pareilles, elle se retrouverait bientôt à ses pieds, suppliant qu'il l'embrasse.

— Vous ne devriez pas parler ainsi.

— Pourquoi ? C'est la vérité. Nous allons laisser la voiture ici.

Il descendit, elle l'imita et il fit sortir les bêtes.

— Que puis-je faire ? demanda-t-elle, ne voulant pas rester inutile.

— Vous pouvez m'aider à seller nos montures et à charger le cheval de bât.

Il avait dit vrai : tous les gestes de cavalière lui revinrent très vite.

— Comment s'appellent-ils ?

— La jument baie, Astor. C'est la vôtre. L'étalon se nomme Turo.

Lorsqu'ils eurent fini, il l'embrassa sur la joue en passant.

— Vous êtes une bonne aide.

Elle posa sa main sur l'endroit de son baiser. Son compliment l'illuminait. Elle ne pouvait cesser de sourire ; tel était l'effet qu'il produisait sur elle.

— Qu'est-ce que c'est que tout ça ? demanda-t-elle alors qu'ils chargeaient le cheval de bât.

— Des fournitures médicales. Deux fois par an, on en porte au village. Cette fois, c'est moi qui m'en occupe. Demain, nous donnerons des consultations.

— *Nous ?* Maintenant vous parlez pour moi, Votre Altesse ?

Il croisa son regard.

— Je n'aime pas que vous m'appeliez ainsi, vous le savez.

— Alors peut-être devriez-vous commencer par me demander mon avis, au lieu de tout décider par vous-même.

Il baissa le menton.

— Je m'en souviendrai. À présent, donnez-moi ce carton. Nous devons nous mettre en route.

— Oui, *Votre Altesse.*

Il lui lança une œillade furieuse et elle sourit largement.

Une demi-heure plus tard, Laurel chevauchait sur le sentier derrière Tariq, qui conduisait le cheval de bât. Le soleil lui tapait sur la nuque. Puis ils s'engagèrent entre des rochers où il faisait plus frais. Ils montaient d'un pas lent et régulier. Elle contemplait avec plaisir les larges épaules de son guide et son adresse à mener sa monture. Son étalon réagissait à la moindre pression de ses jambes. Au bout d'un certain temps, il demanda par-dessus son épaule :

— Comment ça va ?

— Je ne pourrai peut-être plus marcher demain, mais ça va.

— Dommage que le chemin soit trop étroit pour que nous puissions chevaucher côte à côte.

— Ce n'est pas grave. Je profite de la vue.

Elle ne précisa pas laquelle. Et elle regardait bien autour d'elle, de temps en temps. Les montagnes, arides et accidentées, étaient belles, dans leur genre. Quand Tariq s'arrêta sur un terre-plein abrité par quelques arbres, le soleil était haut dans le ciel. Une source formait un petit bassin. Il démonta et Laurel l'imita, mais elle avait du mal à tenir sur ses jambes. Elle tapota l'encolure d'Astor, une jument docile et agréable.

— Faites-la boire, mais pas trop, dit Tariq. Elle a chaud.

Les chevaux abreuvés, ils les attachèrent non loin de là. Tariq sortit un petit sac de provisions, des bouteilles d'eau, et ils s'assirent sur les rochers pour manger.

— Vous n'avez pas trop de mal ? demanda-t-il.

— Non, Astor est une jument facile.

— Je l'ai dressée moi-même.

Ses talents étaient-ils sans fin ?

— Bravo. Sommes-nous encore loin ?

— Au moins deux heures.

Ils terminèrent leur repas en silence, puis Tariq donna le signal du départ. Le reste du trajet parut long et ardu à Laurel. Enfin, au détour d'un gros rocher, une vallée verdoyante traversée par une rivière s'ouvrit au-dessous d'eux.

— Nous sommes arrivés, annonça-t-il.

Les tentes hexagonales se confondaient avec le paysage.

— C'est toujours ici que la tribu s'installe au printemps.

Alors qu'ils approchaient, un cri résonna et des gens sortirent des tentes pour former un groupe. Laurel eut l'impression de reculer dans le temps. Les nomades encerclaient Tariq, essayaient de le toucher. Il démonta et aida Laurel à descendre. Quand elle vacilla, il la prit contre lui. Sa chaude odeur musquée l'enveloppa, et elle se sentit plus vivante, et très consciente de sa virilité. Elle frémit.

— Il n'y a rien à craindre, dit-il. C'est simplement la joie de nous voir.

Elle s'écarta.

— Je ne suis pas effrayée.

La foule se fendit et un vieil homme s'avança vers eux. Il dit quelque chose en arabe et inclina la tête. Tariq répondit et posa une main sur l'épaule de Laurel. Les gens poussèrent des exclamations.

— Je leur ai dit que vous êtes ma femme. Cet homme est le chef de la tribu. Il nous a souhaité la bienvenue, et maintenant il explique qu'ils organiseront une célébration pour notre mariage.

Elle s'obligea à sourire, toujours gênée par ce mensonge.

— Remerciez-le pour moi.

Tariq et le chef discutèrent un moment. Puis le prince alla prendre sa trousse médicale.

— Ma grand-tante est très malade. Elle était trop faible pour venir nous saluer. Il va nous conduire à elle.

Ils allèrent jusqu'à une tente et Tariq en souleva un pan pour laisser entrer Laurel.

— Passez le premier, dit-elle. Elle ne saura pas qui je suis.

Il la précéda. La tente était éclairée par une grosse lampe à huile accrochée au poteau central. Sur une couchette faite de coussins était allongée une vieille femme. Deux autres femmes étaient assises à son chevet. Tariq s'agenouilla près d'elle, parla doucement et fit signe à Laurel d'avancer.

— Belica dit qu'elle est heureuse de rencontrer la nouvelle princesse. Elle est surprise que vous soyez d'une autre culture, mais elle vous souhaite du bonheur. Elle veut bien répondre à vos questions.

— Dites-lui que je suis honorée et la remercie.

Tariq ouvrit sa trousse.

— Je vais d'abord l'examiner.

Laurel le laissa faire, puis interrogea la vieille femme. Quand celle-ci ferma les yeux de fatigue, il se leva et lui prit la main.

— Ça suffit pour le moment.

Ils sortirent. Un jeune homme les attendait. Il inclina la tête et parla à Tariq.

— Par ici. Notre tente est prête, dit celui-ci.

— *Notre tente ?*

Tariq la regarda.

— Rappelez-vous : nous sommes mariés.

— Je le sais très bien.

Ils furent conduits à une grande tente dressée sur le côté.

— Prenons-nous la tente de quelqu'un ? demanda-t-elle, mal à l'aise à l'idée de le côtoyer pour la nuit.

Il la fit entrer.

— Non. Elle a été montée pour nous. Nous y donnerons nos consultations.

La tente ressemblait beaucoup à celle de la grand-tante de Tariq, à l'exception d'un grand tapis coloré qui recouvrait entièrement le sol. Des piles de coussins étaient disposées un peu partout. Dans un coin, une large couche était ceinte d'étoffes aux tons vifs. On avait manifestement fait des efforts pour l'aménager au mieux.

— Ils ont des égards pour la royauté, à ce que je vois, dit Laurel.

— C'est en votre honneur. D'habitude, quand je viens, j'ai droit à une tente ordinaire.

Jamais personne, en dehors de sa famille, ne lui avait donné l'impression d'être acceptée ainsi. Le peuple de Zentar, y compris ces simples montagnards, avait réussi à toucher son cœur.

— C'est magnifique. On se croirait dans les *Mille et Une Nuits*.

Tariq lui donna son sac, rangé avec les autres près de l'entrée.

— Vous avez une cuvette d'eau fraîche de l'autre côté du lit. Ce soir, on nous apportera notre dîner. Je vais parler au chef au sujet des consultations. Je serai de retour bientôt.

Là-dessus, il sortit sans un regard en arrière.

Tariq avait rêvé plus d'une fois d'être seul avec Laurel et ce soir ce serait le cas. Mais dans ses rêves elle venait à lui de son plein gré, pas parce qu'elle devait partager le même espace avec lui. Il ne pouvait pas aller dormir ailleurs, car cela humilierait son épouse aux yeux de son peuple. Le mieux qu'il pourrait faire serait de rester à l'autre bout de la tente et de s'imaginer qu'elle se trouvait à des kilomètres. Ce qui ne risquait pas d'arriver.

Quand il avait insisté pour qu'ils se marient, il avait pensé que cela ne lui poserait pas de problème. Il n'éprouvait alors aucun intérêt personnel pour Laurel. Il s'était dit que sa vie n'en serait pas changée. Rien ne pouvait être plus loin de la vérité : elle avait chamboulé son univers. Alors que son existence tournait auparavant autour de son travail, il ne pensait désormais qu'à elle. S'il pouvait se guérir d'elle une bonne fois pour toutes, il pourrait enfin aller de l'avant. Et chercher quelqu'un pour la remplacer, comme elle l'avait suggéré.

Mais cela ne résolvait pas son problème immédiat : partager une tente avec elle et garder ses mains pour lui. Mais il y parviendrait. Il lui avait fait une promesse et la respecterait.

Lorsqu'il revint, il la trouva endormie sur le lit, ce qui le soulagea et déçut à la fois. Elle devait être épuisée par la longue journée et le trajet à cheval. Elle avait été stupéfiante, ne s'était pas plainte une seule fois. Elle l'étonnait sans cesse.

Il avait pris le temps de se rafraîchir à la rivière, espérant que l'eau froide de la montagne viendrait à bout de son désir brûlant ; hélas, constata-t-il en la regardant, cela n'avait pas marché.

Il y eut du bruit devant la tente, une femme leur apportait leur repas. Il la fit entrer, elle posa le plateau sur le coffre et s'en alla. Devait-il réveiller Laurel ? À ce moment-là, elle se redressa.

— Tariq ? C'est vous ?

Elle s'était changée et portait une robe bain de soleil avec une chemise nouée par-dessus. Il faillit lâcher un grognement en voyant ses cheveux lâchés qui brillaient sous la lampe. Il avait vraiment de sérieux ennuis.

— Vous devriez vous habiller plus chaudement. Il va faire froid, cette nuit.

— Je le ferai. Pour l'instant, je meurs de faim.

— Venez, nous allons dîner.

— J'ai un appétit d'ogre, dit-elle.

— Notre dîner nous attend.

Il jeta de gros coussins de chaque côté du coffre et s'allongea sur le flanc, tandis que Laurel s'asseyait en tailleur. Ils mangèrent leur repas simple, mais copieux.

— Alors, quels sont les plans pour demain ? demanda-t-elle en mordant dans une datte.

C'était bien d'elle, de vouloir que tout soit organisé.

— Vous n'aimez pas les surprises, n'est-ce pas ?

Elle fit une moue.

— Si, si elles sont bonnes.

— Les bonnes surprises seront pour une autre fois. Nous commencerons à voir des patients demain matin. Certains viendront de villages voisins. Je ne pense pas que nous rencontrions de gros problèmes. Vous devrez vous occuper des femmes et moi des hommes.

Ils se conformeraient donc aux traditions. Si elle avait vraiment été sa femme, elle aurait fait en sorte de changer cette façon de penser.

— La barrière de la langue posera des difficultés. Je ferai un premier examen et vous dirai de quoi il retourne.

Elle serait donc reléguée au rang d'assistante. De nouveau, elle regretta de ne pas connaître un peu d'arabe.

— N'y a-t-il personne d'autre qui parle anglais, ici ? demanda-t-elle.

Il ouvrit des yeux surpris.

— Pourquoi ?

— Je voudrais travailler à vos côtés, pas *pour vous*.

Depuis quand était-elle devenue si revendicative ? L'idée qu'elle n'avait commencé à s'affirmer que depuis son arrivée à Zentar la troubla. Ce séjour l'avait vraiment changée.

— Je peux me renseigner, répondit-il. Vous avez prouvé cent fois que vous êtes compétente. Vous devez être mon égale, en effet. Ce serait bon pour les gens de voir ça.

Elle fut envahie par une onde de chaleur. Par cette déclaration, il avait complètement conquis son cœur. Elle n'avait jamais reçu de plus grand compliment de la part de quelqu'un qu'elle admirait autant. Le ciel lui vienne en aide, elle était en train de tomber amoureuse de Tariq ! Elle détourna les yeux, espérant qu'il ne verrait pas ce qu'elle ressentait.

— Merci, murmura-t-elle.

— Je vous en prie. J'aurais dû le suggérer le premier.

Il porta un grain de raisin à sa bouche et le mâcha pensivement.

Elle lui jeta un coup d'œil. Ses yeux sombres étaient voilés par ses paupières. À quoi pensait-il ? Et elle, qu'allait-elle faire de sa découverte ? Il fallait qu'elle se libère de ce sentiment. Il devait disparaître. Depuis des jours, elle le combattait. Le temps qu'ils reviennent à Zentar City, elle aurait peut-être reçu son financement et s'en irait. Ensuite, elle partagerait le fruit de ses recherches avec Zentar. Elle ne laisserait pas en dehors de ses découvertes les gens — ou la personne — à qui elle tenait autant.

Ils mangèrent quelques minutes en silence. Puis Tariq annonça :

— Demain soir, le village va nous honorer par un dîner et une fête.

Elle se serait bien passée de voir fêter son faux mariage. Ce qu'elle éprouvait pour Tariq était déjà assez difficile, mais que cette union soit célébrée avec faste alors qu'il ne ressentait pas la même chose pour elle serait trop dur.

— Vous savez que je n'apprécie pas de tromper les gens.

— Nous ne les trompons pas, nous sommes mariés, répondit-il sans états d'âme.

— Vous savez comme moi que ce n'est que de nom.

— Ce qui est fait est fait. Je ne les insulterai pas en refusant, et vous non plus.

Il se leva.

— Il est tard. Je vais sortir ce plateau et vous laisser vous préparer pour la nuit. Je dormirai par terre, sur des coussins.

Elle ne discuta pas. Son ton était ferme et définitif.

Quelques minutes plus tard, Tariq inspira à fond et pénétra sous la tente. Cette nuit allait être la plus longue de sa vie. Il était fatigué, mais pas assez pour se sortir de l'esprit le corps désirable de Laurel. Elle l'avait remis à sa place pour ses plans du lendemain. Apparemment, elle était douée pour cela. Peu de gens osaient essayer et encore moins y parvenaient. Il avait besoin d'être plus souvent contredit dans sa vie. Il lui fallait quelqu'un qui lui pose un défi, qui le pousse à voir les choses autrement. Laurel lui plaisait trop. Lentement, elle s'était insinuée dans son monde et s'était mise à le changer. Pouvait-il lui demander de rester pour toujours ? De faire de leur mariage un vrai mariage ? Le souhaitait-il ?

Non. Il s'était promis longtemps auparavant qu'il ne prendrait pas d'épouse. Rien n'avait changé. Il ne méritait pas d'être heureux alors que les familles de ses frères se battaient contre l'hémophilie chaque jour de leur vie. Même s'il faisait de Laurel sa femme au plein sens du terme, il ne voulait pas d'enfants. Comment pouvait-il lui demander d'y renoncer ? Mieux valait qu'ils gardent leur relation professionnelle et ne franchissent pas la ligne rouge.

Laurel était déjà couchée, le dos tourné. Des coussins étaient arrangés par terre en un lit, avec deux couvertures à côté. Il sourit. Depuis quand quelqu'un qui n'était pas payé pour le faire avait-il pris soin de lui ?

— Merci, *habibi,* murmura-t-il.

Quelle heure était-il ? Tariq fut réveillé par des gémissements et des claquements de dents. Que se passait-il ? La lampe était basse, mais il pouvait distinguer Laurel roulée en boule sous ses couvertures. Elle tremblait visiblement.

Il frissonna en quittant son lit. Puis il prit une de ses propres couvertures et la posa sur elle.

— Tariq ? Je suis gelée. Tenez-moi chaud.

Elle n'eut pas à le lui demander deux fois. Heureusement, il avait mis un pantalon ample pour dormir, aussi ne serait-elle pas choquée par sa nudité au réveil le lendemain matin. Il attrapa l'autre couverture et la jeta sur elle avant de se glisser à côté d'elle et de l'attirer contre lui.

9.

Laurel frotta sa joue froide sur le torse de Tariq et passa un bras autour de sa taille en se blottissant contre lui.

— Vous êtes si chaud…

La température de Tariq avait grimpé en flèche. Se mettre au lit avec Laurel était peut-être l'une des pires décisions de sa vie, mais c'était de loin la plus agréable. Il l'enlaça. Elle était si menue comparée à lui. Ses doigts glissèrent sur un tissu fin. Que portait-elle ? Ne lui avait-il pas dit de s'habiller chaudement ?

Elle passa une jambe sur une des siennes, s'enroulant autour de lui. Comment était-il censé passer le reste de la nuit sans la posséder ? Elle sentait le grand air, l'eau fraîche et la femme désirable. Chaque fibre de son corps se tendait vers elle. Sa virilité dressée était avide de trouver un havre, mais il ne bougea pas. Il avait promis. C'était à elle de franchir le pas si elle le voulait.

Quelques minutes plus tard, elle cessa de trembler.

— Hum, c'est si bon, de vous toucher.

Sa petite main passa sur son torse. Il retint son souffle. Elle taquina un instant sa fine toison. Puis un doigt remonta pour dessiner sa barbe, et elle se saisit de sa mâchoire.

— Vous êtes le plus bel homme que j'aie jamais vu.

— Laurel ? Savez-vous ce que vous faites ?

— Je rêve ?

Elle fit glisser sa main sur son épaule. Il rit doucement.

— Alors je rêve aussi.

— Vous avez rêvé d'être ainsi avec moi ?

Son souffle caressa sa peau, la faisant frémir.

— Pour ça oui, *habibi.*

Sa main s'arrêta.

— Que veut dire ce mot ?

Il la regarda dans les yeux.

— Ma chérie… La personne de mon cœur.

— Je suis votre chérie ? demanda-t-elle, sceptique.

— Depuis l'instant où je vous ai vue, ou presque.

— Je n'ai jamais été la chérie de quelqu'un. Ça me plaît.

Elle se remit à tracer des cercles sur son torse.

— Voulez-vous le dire encore ?

— *Habibi.*

Il la serra plus fort une seconde, puis la relâcha.

— J'adore vous tenir, mais j'ai mal du désir de vous prendre. Je ne peux pas rester comme ça. J'ai promis de ne pas vous forcer. Alors si vous avez chaud, maintenant, je vais vous laisser.

Se comporter en gentleman le tuerait. Il devait s'habiller et passer le reste de la nuit dehors.

— Et si je vous demande de rester ?

— Je le ferai, mais sachez que je ferai aussi de vous ma femme dans tous les sens du terme.

Une chaleur intense fit bouillir Laurel à l'urgence de la voix de Tariq. Son intention était parfaitement claire. Si elle l'invitait à rester, il ne retiendrait rien. Elle ne pouvait résister à l'idée de remplacer un vilain souvenir par un souvenir magnifique. Faire l'amour avec Tariq serait parfait et précieux, elle en était certaine. Un plaisir qu'elle pourrait chérir longtemps après avoir quitté Zentar. Pourquoi rater quelque chose de merveilleux rien que par peur ?

Elle embrassa son torse et laissa glisser sa main jusqu'à sa hanche. Il eut une respiration sifflante.

— Laurel, oui ou non ? demanda-t-il d'un ton bref.

Elle lui caressa le nombril et le regarda dans les yeux.

— Je me demandais toujours si je saurais un jour ce que vous éprouvez.

Il se mit sur le côté et la serra fermement contre lui, la rendant intimement consciente de son désir.

— Vous pouvez dire ce que je ressens, maintenant ?

Elle se tortilla contre lui.

— C'est absolument clair.

— Et comment vous sentez-vous, vous ?

— Comme une princesse pour la première fois de ma vie.

Ce fut tout l'encouragement dont il eut besoin. Sa bouche trouva la sienne. Il l'embrassa profondément, d'une façon brûlante, urgente. Il semblait ne pas pouvoir se rassasier d'elle. Il lui caressa les seins en l'embrassant dans le cou. Le corps de Laurel se moula contre le sien de son propre gré. Elle lui glissa les doigts dans les cheveux tandis qu'il taquinait un téton de ses dents à travers sa chemise de nuit. Elle grogna de plaisir, le creux de son ventre palpitant d'excitation.

Il s'écarta pour lui ôter son vêtement. Puis il rabattit les couvertures sur eux et la reprit dans ses bras. Ses caresses se firent plus intenses, plus intimes. Elle se cramponnait à lui, ivre de plaisir, avec l'impression de ne pas pouvoir en supporter davantage. Elle gémissait de félicité, se sentait partir vers un endroit magique où elle n'était jamais allée. Finalement, avant même de la posséder, il lui fit connaître l'extase et elle explosa en une gerbe d'étincelles. Puis, lentement, elle revint à la réalité et regarda Tariq, superbe au-dessus d'elle. Elle put voir dans ses yeux qu'il s'était complètement ouvert à elle.

— Merci, murmura-t-elle en posant une main sur son torse.

— Tout le plaisir était pour moi, répondit-il. Maintenant, *habibi,* il faut que je vous pénètre.

Elle lui ouvrit les bras.

— Je ne vous souhaite pas ailleurs.

Il la quitta un instant pour aller mettre un préservatif. Le cœur de Laurel se gonfla encore plus. Il était magnifique de virilité et il la voulait. Lorsqu'il la pénétra avec précaution, elle connut le bonheur suprême. Puis leur union fut complète et dépassa ses espérances. La dernière chose dont elle se souvint avant de se perdre de nouveau dans le plaisir ultime fut le sourire de Tariq qui se laissait aller en elle.

*
* *

Lorsque Laurel émergea de sa somnolence, Tariq la caressait doucement.

— Je ne vous ai pas fait mal, n'est-ce pas ?

— Non, répondit-elle, encore émerveillée. C'était parfait.

— Vous avez été parfaite.

— Je ne le crois pas. J'espère seulement ne pas avoir gâché votre plaisir.

Il se dressa sur un coude.

— Vous plaisantez ? Vous avez été tout ce dont je rêvais.

— Vraiment ?

— Pourquoi en douteriez-vous ?

— Parce que la seule autre fois où j'ai couché avec un homme, il m'a traitée de frigide, aussi fade au lit que je l'étais dans la vie.

Il serra les poings, émit un juron, puis prit son visage dans ses mains.

— Vous n'êtes fade ni au lit ni en dehors. Ce que nous venons de partager a été l'expérience la plus exaltante de ma vie.

Il l'embrassa suavement, et elle ne douta plus de sa sincérité. Elle était ivre de bonheur. Si elle n'avait pas déjà été folle de lui, elle l'aurait été à présent. Elle s'allongea contre lui, plaçant son sexe sur le sien, et lui sourit.

— Je parie que je pourrai mieux faire la deuxième fois.

Il la saisit par la taille et s'engagea en elle. D'une voix rauque, il dit :

— *Habibi,* je veux bien vous laisser essayer. Mais je doute que vous le puissiez.

Le lendemain matin fut le meilleur de la vie de Tariq. Il s'éveilla avec Laurel toute chaude contre lui, la tête posée sur son torse. Il vit avec plaisir ses paupières papillonner et saisit l'instant où elle réalisa qu'elle était avec lui. Il lut dans ses yeux de l'émerveillement et quelque chose qu'il ne voulait pas nommer, mais éprouvait également. Après une nuit avec Laurel, il n'avait jamais été plus satisfait.

Quel effet cela ferait-il de ressentir ce bien-être chaque jour de sa vie ? Mais c'était impossible. Elle ne cadrait pas avec son projet d'existence. Il ne se poserait pas de questions au-delà de ce qu'ils avaient en cet instant.

— Bonjour, dit-elle doucement.

— Bonjour.

Il la pressa contre lui et elle sourit.

— Nous ferions mieux de nous lever, ou quelqu'un va venir voir ce que nous faisons.

Elle s'écarta et il eut une superbe vision de ses seins ronds. Il en prit un dans une main.

— Parfait. Absolument parfait.

Elle l'embrassa.

— Je ne suis pas parfaite, mais vous me donnez l'impression de l'être. Je vous en serai toujours reconnaissante.

Tant d'émotion après une seule nuit ensemble le perturbait. Ils prenaient une direction incertaine.

— Nous devrions y aller.

Elle se leva, s'entourant d'une couverture. Il avait envie de la voir tout entière, comme il l'avait touchée.

— Lâchez cette couverture, demanda-t-il.

Elle lui lança un coup d'œil timide par-dessus son épaule.

— Ne sommes-nous pas pressés ?

— Pas si vous essayez de vous cacher de moi.

— Je ne me cache pas.

— Si. Je veux qu'il n'y ait rien entre nous.

Il se leva et vint à elle. Elle laissa lentement glisser la couverture. Il la prit dans ses bras, nue, et l'embrassa.

— Merci de m'avoir fait confiance. Vous ne devriez jamais vous dissimuler à mes yeux. Vous avez en vous une lumière qui devrait toujours pouvoir briller sans entraves.

Elle se serra contre lui.

— Merci.

Il l'écarta.

— Nous ferions mieux de nous habiller, maintenant.

— D'accord. Voulez-vous voir si l'on nous a apporté à manger ? Je suis affamée.

Il rit.

— Qui donne des ordres, à présent ?

Elle lui lança un regard coquin.

— Cela n'a pas semblé vous gêner, cette nuit.

— En effet, répondit-il.

Il avait adoré qu'elle le dirige. Et voilà, il y avait de nouveau trop de sentiments. Il enfila son pantalon, et découvrit devant la tente un plateau qu'il vint poser sur le coffre. Laurel s'assit à côté de lui.

— J'aime être près de vous, dit-elle.

Ce qui lui plaisait aussi. Ils mangèrent dans un silence confortable. Deux ou trois fois, il la surprit à l'étudier.

— Y a-t-il un problème ? demanda-t-il.

— Je me disais simplement que vous êtes splendide.

On lui avait déjà dit qu'il était beau, mais cela comptait davantage venant d'elle.

— Merci. Vous êtes ravissante aussi.

— Oh ! non, je ne joue pas dans le même cercle que vous. Et maintenant, je sais que vous êtes aussi beau à l'intérieur qu'à l'extérieur. Ce qui vous rend encore plus attirant.

Elle l'embarrassait, maintenant, ce qui ne lui arrivait pas souvent.

— Je pense que vous êtes spéciale, également.

Il l'embrassa. Ils se séparèrent quand quelqu'un les appela de dehors.

— Une queue de patients qui nous attend, traduisit Tariq.

— Alors nous devrions être bien occupés.

— Absolument.

Il l'aida à se lever.

Au cours des heures qui suivirent, Tariq et Laurel examinèrent les gens aussi rapidement que possible. Un jeune homme qui parlait anglais assistait Laurel. À un moment donné, elle appela Tariq.

— Oui ?

— Quand vous aurez une seconde, pourrez-vous me donner un avis ?

— Un instant.

Il lui plaisait qu'elle accorde du prix à ses opinions, cela n'avait pas toujours été le cas. Il découvrait aussi qu'il aimait travailler avec elle. Elle était efficace et douce et semblait vraiment s'intéresser à son peuple.

Il termina avec son patient, puis alla la rejoindre. Elle était avec une jeune femme qui tenait dans ses bras un enfant d'environ deux ans.

— Je pense que ce petit garçon a des vers. Vous en avez déjà vu ?

— Non. Tout mon savoir est livresque.

— Moi aussi. Mais d'après les signes donnés par la mère, c'est le seul diagnostic que je peux poser. L'enfant a les fesses irritées. Avez-vous des médicaments pour ça ?

— Non, mais je vais envoyer un membre de la tribu en chercher.

— Bien. Dites-lui aussi qu'ils doivent se laver tout de suite et nettoyer leurs vêtements, ainsi que désinfecter leur tente et l'eau qu'ils boivent. Ces vers sont très contagieux.

— Je vais lui expliquer. Bravo pour votre diagnostic. Je n'aurais pas trouvé moi-même.

Elle sourit avec un air de satisfaction.

— Merci.

À midi, ils firent une courte pause pour déjeuner.

— La matinée a été intéressante ? demanda Tariq.

— Oui. J'ai plus fait de travail clinique à Zentar ces dernières semaines que depuis des années. J'ai découvert que cela me manquait. Je pense que je passerai au moins un jour par semaine en clinique quand je rentrerai chez moi. J'aime aider les gens, c'est pour cela que j'ai fait médecine, au départ.

Chez elle. Un muscle tressaillit dans la mâchoire de Tariq. Elle parlait encore de quitter Zentar. De le quitter.

En milieu d'après-midi, Laurel venait de finir avec son dernier patient quand Tariq l'appela.

— Venez ici un instant. J'ai un patient qu'à mon avis vous serez heureuse de rencontrer.

Elle le rejoignit près d'un homme d'une trentaine d'années.

— Laurel, je vous présente Uric. Il est hémophile.

Elle hocha la tête.

— Contente de vous connaître, Uric. Je suis le Dr Martin.

Tariq traduisit et corrigea son nom en Dr Al-Marktum. Elle n'était toujours pas habituée à s'appeler ainsi, pourtant, depuis la nuit dernière, elle était vraiment sa femme. Elle en rayonnait encore.

— Puis-je lui poser des questions et l'examiner ? Il va falloir que vous traduisiez.

— Bien sûr.

Durant la demi-heure suivante, elle interrogea l'homme et prit des notes. Il était né en ville et avait rejoint la tribu sur le tard. Il gardait de l'hémostatique en réserve et s'en servait lorsqu'il tombait ou se coupait.

— Demandez-lui comment vont ses articulations.

Tariq traduisit de nouveau la question et la réponse.

— Il a mal quand il marche longtemps. Surtout s'il fait froid. C'est devenu plus fréquent.

Laurel fit marcher l'homme devant elle.

— Il a les genoux endommagés. Voudrait-il passer une radio la prochaine fois qu'il ira en ville ?

— Il dit que oui, mais que ce ne sera pas avant des mois.

— Cela ira. Et remerciez-le de ma part.

Elle sourit à l'homme, tout en pensant qu'elle ne serait peut-être plus là quand il viendrait, et fut prise de tristesse. Tariq n'avait rien dit à propos de faire de leur relation une vraie relation. Elle ne pouvait pas faire reposer le reste de sa vie sur une nuit de passion. Il fallait plus que cela. Elle se tourna vers lui.

— Même si je ne suis plus là pour le voir, pourrez-vous me faire envoyer ses résultats ?

Il l'étudia un instant de son regard redevenu inexpressif. Puis il s'adressa à l'homme, qui sourit et s'éloigna.

Ils terminèrent avec les dernières personnes qui attendaient et rangèrent les quelques médicaments qu'ils n'avaient pas donnés.

— Que va-t-on en faire ? demanda Laurel.

— Nous allons les laisser ici. Ils seront utilisés. Venez, nous devons nous habiller pour la célébration.

Il se dirigea vers la tente et elle le suivit. Entrant derrière lui, elle découvrit deux tenues traditionnelles bleu roi gansées de fil d'argent qui pendaient à un crochet. Sur le coffre étaient posées deux coiffes assorties. Ces vêtements étaient extraordinaires. Elle passa un doigt dessus et regarda Tariq.

— Les femmes du village se sont mises à y travailler dès notre arrivée, dit-il. C'est notre cadeau de mariage de la part de la tribu. Nous devons les porter ce soir.

— Ils sont absolument somptueux, dit-elle, frappée par la générosité de ces gens.

Il prit son sac.

— Il faut que je passe voir ma tante, puis j'irai me laver à la rivière. Ainsi, vous aurez un peu d'intimité.

Lorsqu'il revint, elle venait juste d'enfiler sa gandoura.

— Il devrait y avoir une ceinture pour la vôtre, dit Tariq.

Elle la trouva sur le lit. Elle était également brodée de fil d'argent. Elle la noua à sa taille.

Tariq vint jusqu'à elle.

— Laissez-moi vous aider.

Il ôta la ceinture et la drapa autrement, formant un motif. Laurel dit au-dessus de sa tête baissée :

— Si vous devez renoncer à être prince, vous pourrez toujours habiller des femmes.

Il se redressa avec un regard éloquent.

— Je préférerais de beaucoup les déshabiller. Une en particulier.

Une onde de chaleur envahit Laurel. Puis il s'écarta et l'air se rafraîchit autour d'elle.

Elle enfila ensuite la longue veste ample à manches longues. Au moment de mettre sa coiffe, elle lui demanda de nouveau de l'aide.

— Je ne sais pas m'y prendre non plus.

Il l'aida ; le voile lui tombait jusqu'aux hanches. Il recula et l'examina de la tête aux pieds.

— Vous faites une magnifique princesse de Zentar, dit-il avant de l'embrasser légèrement sur les lèvres.

Après leur nuit ensemble, elle avait moins l'impression de commettre une imposture, mais elle n'était toujours pas à sa place. Elle restait quelqu'un d'extérieur. Elle était devenue princesse sous un prétexte. Elle aimait peut-être bien les gens, mais l'accepteraient-ils pour de bon un jour ? Et Tariq ? Ils s'entendaient bien au lit, mais cela ne signifiait pas qu'ils pouvaient avoir un vrai mariage. Pouvait-elle être la personne dont il aurait toujours besoin près de lui ?

Il s'habilla rapidement et ils sortirent. Le jeune homme de la veille les attendait et les guida entre les tentes.

— Où nous emmène-t-il ? demanda Laurel, posant une main sur le bras de Tariq.

— Sous la tente du chef. Faites comme moi et tout ira bien.

Elle essaierait ; elle ne voulait surtout pas insulter ces gens aimables.

À leur arrivée, le chef les salua et les personnes présentes se levèrent. Tariq s'adressa chaleureusement à chacun. Laurel sourit et inclina la tête. On les conduisit à la place d'honneur, sur des coussins, et il l'aida à s'asseoir. Lorsqu'ils furent installés, les autres s'assirent à leur tour. Tous semblaient avoir revêtu leurs plus beaux habits. L'occasion était aussi spéciale pour eux que pour elle.

Il fallait qu'elle apprenne la langue. Ce n'était pas la première fois qu'elle y pensait. Envisagerait-elle de rester à Zentar si Tariq le lui demandait ? Pour faire partie de sa vie, de son monde ? Elle regarda le bel homme hors du commun à côté d'elle. En serait-elle capable ?

Tariq, qui parlait avec un homme, lui jeta un coup d'œil. Sa conversation terminée, il se tourna vers elle.

— Quelque chose ne va pas ?

Que répondre ? Tout allait bien et rien n'allait.

— Non, je pensais juste combien tout ceci est extraordinaire. Ma robe aussi. Remerciez la tribu pour moi.

Il lui pressa la main et s'adressa au chef.

Des jeunes femmes apportèrent de la nourriture sur des plateaux, pendant que d'autres versaient à boire avec des pichets en terre. Le repas servi, il y eut des chants et des danses. Laurel était enchantée. Cette soirée la ravissait. Et si elle était à sa place, finalement ? Si elle devenait princesse pour de bon ? Pourrait-elle se construire une vie ici ? Ou était-ce simplement un rêve trop bref qui lui glisserait entre les doigts ?

Elle regagna leur tente sur un petit nuage. La journée avait été quasiment parfaite. Le seul élément manquant avait été un véritablement engagement entre elle et Tariq. Mais dès qu'ils furent chez eux, il la serra fort contre lui.

— Toute la soirée, je n'ai pensé qu'à revenir ici avec vous.

Il joignit sa bouche à la sienne et toute son anxiété disparut, chassée par le bonheur suprême d'être dans les bras de son mari.

Le lendemain matin, Tariq n'avait aucune envie de quitter le lit douillet et la femme chaude lovée contre lui, mais ils devaient rentrer en ville. Laurel se plaignit un peu, puis ne tarda pas à bouger. Elle l'avait comblé plus d'une fois au cours de la nuit, avec un parfait mélange de timidité, d'audace, de générosité et d'exigence. Il n'aurait pu rêver d'une partenaire plus désirable.

Ils partirent au lever du jour. Des membres de la tribu étaient là pour leur dire au revoir. Un peu plus tard, sur un replat, Tariq saisit l'excuse de laisser les chevaux se reposer de leur poids pour marcher un peu. Il avait envie de toucher Laurel et ils cheminèrent un moment main dans la main.

Vers midi, ils arrivèrent au bassin où ils s'étaient arrêtés en montant et déjeunèrent. En fin d'après-midi, ils rejoignirent le 4x4. Laurel aida à mettre les chevaux dans le van, puis elle s'assit à côté de Tariq, la tête sur son épaule et un bras passé sous le sien pendant qu'il conduisait. Durant le trajet, ils parlèrent de leur expédition et de ce qui pouvait être fait pour la tribu montagnarde.

Ce peu de temps passé avec Laurel rendait Tariq heureux. Il souhaitait d'autres moments comme celui-là. Lorsqu'ils entrèrent dans la cour du palais, le soleil s'était couché. Il posa les mains sur ses épaules.

— Je n'en ai pas la moindre envie, mais je dois me rendre à mon bureau.

Il l'embrassa.

— Je ferai aussi vite que possible.

— D'accord. Vous allez me manquer.

Elle passa une main sur sa barbe.

Une heure plus tard, il était toujours plongé dans ses dossiers. Le travail qu'il avait à rattraper semblait sans fin. *Vous allez me manquer,* lui avait-elle dit. Quand quelqu'un lui avait-il dit cela pour la dernière fois ? Repoussant son fauteuil, il alla se rafraîchir dans sa chambre. Laurel l'attendait-elle ?

Vêtu d'un seul pantalon en jersey, il traversa le couloir et frappa légèrement à sa porte. Pas de réponse. La déception l'envahit. Dormait-elle ? Il frappa de nouveau. Rien. Même si elle était endormie, il n'irait pas se coucher seul.

Il entra. Elle dormait en travers du lit. Il la prit doucement dans ses bras et retraversa le couloir.

— Tariq ?

Elle passa les bras autour de son cou et embrassa sa mâchoire.

— *Habibi.*

— Que faites-vous ?

— Je porte ma femme dans mon lit, où est sa place.

— Hum, voilà qui me plaît.

Elle se blottit contre lui.

Sa femme. Cela lui plaisait aussi.

10.

L'existence de Laurel était devenue un cycle parfait où elle se réveillait dans les bras de Tariq, passait la journée au laboratoire et revenait bien avant minuit afin de rejoindre son mari pour dîner et aller nager. Ensuite, il la conduisait à son lit et c'était de nouveau le paradis.

Ils ne parlaient pas de leurs sentiments, ni de l'avenir, ce qui convenait à Laurel. Elle était satisfaite de se savoir désirée, incluse dans un cadre. Pendant tant d'années, elle avait été l'élément extérieur ! Elle faisait désormais partie de la famille royale, avait son travail et, surtout, était au centre de l'attention d'un homme qu'elle admirait. Peut-être, avec le temps, Tariq prendrait-il conscience de ce qu'il ressentait. En tout cas, il ne faisait aucun doute qu'elle était amoureuse.

Ils étaient rentrés depuis une semaine de leur expédition quand l'Interphone du laboratoire retentit. Laurel rangea le tube qu'elle tenait dans le support.

— Oui ?

— Il y a un appel pour vous des États-Unis.

— S'il vous plaît, demandez-leur de rester en ligne. J'arrive tout de suite.

Une fois dans l'entrée, elle prit le téléphone.

— Docteur Al-Marktum.

— C'est vous, Laurel ?

Stewart. Elle s'était mise à se voir comme une Al-Marktum. Ce nom lui avait échappé sans réfléchir.

— Stewart ?

— Oui.

— Je suis si contente de vous entendre. Comment allez-vous ?

Si elle le faisait parler, peut-être ne lui poserait-il pas de questions gênantes.

— Bien, répondit-il d'un ton un peu bizarre. J'ai des nouvelles pour vous.

Avait-elle obtenu son financement ? Si oui, ce serait quelque chose de doux-amer. Pourrait-elle quitter Tariq ? Son cœur s'emballa.

— Ah oui ?

— Vous avez le financement. Mais j'ai aussi découvert quelque chose que vous devriez savoir.

— C'est une nouvelle formidable, dit-elle sans le penser vraiment.

— Laurel, apprenez que le prince a entravé votre obtention des fonds aux États-Unis.

Ses mains se mirent à trembler.

— Pardon ? Qu'a-t-il fait ?

— Il a fait courir le bruit que vous partiez pour Zentar avant même que vous ayez accepté. On ne vous a pas offert de financement parce qu'on pensait que vous n'en aviez plus besoin.

Et voilà. Tout recommençait. Elle avait été dupée et utilisée. Tout ce temps, elle avait cru Tariq différent. Non ! Elle s'était persuadée qu'il était différent. Sa première impression avait été la bonne. Il ne valait pas mieux que Larry. Il avait voulu quelque chose et avait fait ce qu'il fallait pour l'avoir, sans tenir compte d'elle ni de ses sentiments.

— Laurel, ça va ?

— Oui.

À sa vive surprise, sa voix était ferme, résolue, même.

— Je vous verrai bientôt. Je suis ravie pour le financement. Merci de m'avoir prévenue.

Elle raccrocha et appela Nasser.

— Venez me chercher maintenant, s'il vous plaît.

Une fois au palais, elle se rendit tout droit dans le bureau de Tariq. Elle pénétra en trombe dans l'antichambre, sous le regard choqué de son secrétaire.

— Le prince est-il avec quelqu'un ? demanda-t-elle d'un ton tranchant.

L'homme était si surpris de la voir qu'il répondit en secouant la tête.

Elle se dirigea vers la porte du bureau. L'assistant se leva, atterré.

— Vous ne pouvez pas entrer comme ça…

— Essayez de m'en empêcher.

Elle tourna la poignée et poussa la lourde porte.

Tariq leva les yeux. Il parut incrédule, puis un sourire se peignit sur son visage.

— Laurel, quelle agréable surprise. Tout va bien ?

Elle marcha droit jusqu'à son bureau, posa les mains à plat dessus et se pencha vers lui.

— Comment as-tu osé ?

— Je suis désolé, Votre Altesse, dit le secrétaire qui l'avait suivie, impuissant.

Tariq le congédia d'un geste. Ses yeux s'étaient vidés de toute émotion.

— Comment ai-je osé quoi ?

— Tu as fait en sorte que je n'aie pas d'autre choix que de venir à Zentar. Tu as fait savoir que je venais ici pour que personne ne m'accorde de financement. Tu m'as manipulée comme une marionnette.

Il se leva.

— Cela ne s'est pas passé ainsi.

— Comment, alors ? Dis-moi !

Elle se redressa tandis qu'il contournait le bureau pour venir se placer devant elle.

— J'avais besoin de toi ici. Et ce n'a pas été si mal, n'est-ce pas ?

Il tendit la main vers elle ; elle recula.

— La question n'est pas là. Tu as bouleversé ma vie dans ton propre intérêt. Tu n'en avais pas le droit. Par-dessus le marché, tu m'as convaincue que je devais t'épouser pour pouvoir mener mes recherches. C'était un mensonge.

Elle pointa un doigt sur lui.

— Tu ne vaux pas mieux que Larry. Tu voulais quelque chose et mes sentiments ne comptaient pas.

— C'est faux ! J'ai peut-être dit à quelques personnes

que je te voulais dans mon laboratoire. C'est tout. Je ne me suis jamais servi de toi pour gagner un pari. Mon pays avait besoin de tes compétences.

— Ce qui t'autorisait à faire le nécessaire pour que cela se produise ? En désorganisant sciemment ma vie ?

— Quelle vie ? Celle que tu menais enfermée dans une cage de verre ? Celle où tu n'utilisais jamais tes connaissances pour soigner des patients ? Celle où tu avais peur de laisser les gens te connaître ?

L'estomac de Laurel se contracta.

— Par opposition à la tienne ? Celle où tu portes ta culpabilité comme un fardeau, pour quelque chose qui échappe à ton contrôle ? Celle où tu refuses ce que tu désires le plus au monde, des enfants ? Tu te caches derrière tes fonctions et ta position, pour éviter d'avoir des sentiments personnels.

Il fit un pas en arrière.

— Cela suffit.

— Ne prends pas tes grands airs d'Altesse avec moi. Cela ne marchera pas. Tu as mal agi. On ne peut rien y changer maintenant, mais j'en ai fini ici. Le laboratoire, Zentar et toi, c'est terminé pour moi !

Elle se dirigea vers la porte.

— Laurel, tu ne peux pas partir ainsi. Et nous ?

Elle pirouetta, le fusillant du regard.

— Il n'y a pas de « nous » ! Il n'y en a jamais eu. Il n'a été question que de toi, tout le temps. De ton pays, de ton laboratoire, de tes besoins. J'en ai assez de te fournir tout cela. Il est temps que je m'occupe de moi. Envoie-moi les papiers d'annulation — non, il s'agira de papiers de divorce, maintenant, n'est-ce pas ? Je serai heureuse de les signer.

Trois semaines plus tard, Tariq siégeait dans le bureau du roi pour une réunion de ministres. Son esprit revenait au jour où sa vie avait été ravagée. Il entendait encore la porte de son bureau claquer derrière Laurel, et il frémit à ce souvenir. Il avait été très heureux durant les semaines où elle avait fait partie de son monde, et maintenant il vivait dans les affres du désespoir. D'une certaine manière elle s'était implantée dans sa vie, pour devenir la lumière autour de laquelle il tournait. Il payait cher ses actions, à présent.

La honte lui échauffa le visage. Il avait failli envers elle comme personne ne l'avait jamais fait. Elle avait cru en lui. Cela brillait clairement dans ses yeux. Et son amour pour lui, qu'il avait stupidement refusé de reconnaître, avait également étincelé dans son regard. Elle avait essayé de le cacher, mais en plus d'une occasion, lorsqu'elle pensait qu'il ne faisait pas attention, il avait été aveuglant.

Laurel aimait de tout son cœur et de tout son être. Il s'en était rendu compte très tôt dans leur relation, quand elle avait parlé de sa famille. Il avait pu goûter à cette eau douce et purifiante et brûlait d'y goûter de nouveau. Non seulement il voulait Laurel, il avait besoin d'elle.

Elle avait eu raison lorsqu'elle lui avait craché ses reproches à la figure. Il avait tellement pris l'habitude d'avoir ce qu'il voulait, qu'il ne songeait pas à ce que cela faisait aux autres. Le besoin de se libérer de sa culpabilité l'avait poussé, toutes ces années. Il était médecin, et intelligent, il n'était plus un jeune garçon essayant de comprendre pourquoi ses frères vivaient quelque chose d'horrible et lui non. Pourtant, il avait laissé la culpabilité diriger sa vie. L'avait laissée le conduire à faire quelque chose qu'il regrettait et dont il avait honte. À cause d'elle, il avait même forcé une femme à l'épouser.

Avec Laurel, il avait ri, il avait été défié. Il était devenu un homme différent. Le seul fait de la regarder expérimenter quelque chose de nouveau lui donnait de la joie. Elle l'avait taquiné et lui avait appris à ne pas prendre la vie aussi au sérieux. Mais elle avait la tête sur les épaules ; en cas d'urgence, c'était elle qu'il voulait pour l'aider.

Les journées étaient horribles, les nuits pires encore. Son corps brûlait d'être touché par Laurel. Il faisait plus de longueurs à la nage qu'il ne l'aurait cru humainement possible, pourtant il n'était jamais assez fatigué pour faire disparaître la tension et pouvoir dormir. Il avait besoin de son corps chaud contre le sien pour traverser la nuit. Ne l'ayant pas, il passait des heures à longer les couloirs ou à arpenter son bureau. Quand il le pouvait, il montait Turo, mais rien ne semblait capable de diminuer sa souffrance.

— Tariq, qu'en penses-tu ?

La question du roi le ramena au présent. Il releva brusquement la tête.

— Je ne sais pas très bien.

— Nous allons clore la réunion pour le moment, dit son frère aîné, une pointe d'irritation dans la voix.

Les autres ministres quittèrent la table. Tariq s'apprêta à en faire autant.

— Tariq, je veux te parler, déclara le souverain.

Tariq se rassit. Une fois la porte fermée, le roi reprit sa place.

— Je vais te dire ceci en tant que frère : ton travail souffre de ton état. Je ne peux pas le tolérer, pour le bien du pays.

Tariq se redressa.

— La question est réglée.

— Vraiment ?

Son frère l'étudia avec trop d'attention.

— Tu sais que je t'ai soutenu pour le laboratoire. Je comprends mieux que quiconque la nécessité du travail qui y est fait. Je comprends aussi pourquoi tu voulais la meilleure spécialiste.

Tariq voulut parler ; le roi l'arrêta d'un signe de main.

— Je sais que tu détestes cette maladie autant que moi. Je sais aussi que tu te sens coupable de ne pas l'avoir. Je suis plus âgé, je pouvais voir la peur sur ton visage quand Rashid ou moi-même avions un problème. Cela te terrifiait autant que nous. Je sais également que tu t'es senti exclu. Or ni Rashid ni moi ne t'en avons jamais voulu de ne pas être hémophile ; nous étions contents que tu ne le sois pas.

Ils n'avaient jamais parlé de tout cela auparavant. Mis mal à l'aise par cette franche discussion, Tariq remua sur sa chaise.

— Je n'aurais pas pu être plus heureux quand tu as pris une épouse. J'en ai été surpris, mais heureux. Je craignais que tu ne te maries jamais, parce que tu étais obsédé par ton travail et le besoin de trouver un remède à l'hémophilie. J'étais inquiet que tu ne saisisses jamais la chance d'avoir des enfants, ou de connaître la joie qu'apporte une famille.

Tariq le regarda, surpris.

— Oui, je le savais. Je le sais depuis notre jeunesse. Je t'ai entendu le dire à Rashid cette nuit-là, à l'hôpital.

C'était un soir où Rashid avait été hospitalisé après une chute. Tariq s'était cru seul avec lui.

— Quand tu as épousé Laurel, j'ai espéré que tu avais changé d'avis. J'ai été très déçu lorsqu'elle est partie. Ce que je sais, c'est qu'elle te faisait du bien. J'ignore ce qui s'est passé entre vous. Je ne suis pas sûr de souhaiter le savoir, mais je vais te dire ceci : la vie est trop précieuse et trop fragile pour la gaspiller, nous le savons mieux que beaucoup. Dans l'état où tu es, c'est ce que tu fais.

— Puis-je dire quelque chose, à présent ? demanda Tariq.

Le roi se leva.

— Non, je n'ai pas fini. En tant que ton roi, je t'ordonne de renoncer à ta culpabilité et de régler le problème avec Laurel.

Tariq attendit qu'il en dise davantage, mais comme il ne le fit pas, il redemanda :

— Je peux parler, maintenant ?

— Oui.

Tariq se leva et alla étreindre son frère.

— Puis-je prendre le jet privé ?

Depuis son retour aux États-Unis, Laurel s'était fixé des horaires pour le laboratoire, et s'y tenait. Huit heures par jour, pas plus, à moins qu'elle ne réalisât un test particulier. Avoir autant de temps libre en dehors du travail avait été difficile, au début. Elle avait trop l'occasion de penser à Tariq, mais il fallait qu'elle trouve un équilibre, ce qui commençait par se poser des limites dans son métier.

Elle avait déjà trouvé une clinique disposée à la laisser travailler une journée par semaine avec des patients. Sa famille était contente de sa décision de passer plus de temps avec eux. Elle avait même accepté une invitation à aller jouer au bowling avec certains collègues du labo, à leur vive surprise. La soirée avait été distrayante, mais pour elle le cœur n'y était pas. Zentar lui manquait. Les nuits dans le jardin. Nager. Les lumières de la ville. Et si elle admettait la vérité, Tariq lui manquait aussi. Désespérément.

Ce jour horrible où elle était allée dans son bureau, elle avait ensuite fait ses bagages et appelé un chauffeur pour l'emmener à l'aéroport. La seule chose qu'elle avait emportée en plus de ses affaires était la robe bleue que les villageois lui avaient donnée. Elle n'avait pas pu la laisser.

À l'aéroport, elle avait été rejointe par Nasser. Il avait reçu l'instruction de l'escorter jusque chez elle, le jet royal l'attendait. Elle avait refusé, puis découvert que le prochain vol commercial ne partait que le lendemain. Avec réticence, elle avait accepté de prendre l'avion privé.

La perspective du vol l'avait rendue nerveuse, mais son trac était surpassé par sa détresse. Comment Tariq avait-il pu la manipuler ainsi ? En particulier après avoir appris ce que Larry lui avait fait ? Dès qu'ils avaient été dans les airs, et ne voulant pas que Nasser mette Tariq au courant de son chagrin, elle s'était enfermée dans la chambre à coucher et avait pleuré jusqu'à ce que l'avion soit loin sur l'océan, puis elle avait dormi. Elle n'était sortie qu'au moment de débarquer.

Lorsqu'elle avait quitté l'appareil, Nasser lui avait dit :

— Cela a été un grand honneur de vous connaître, Votre Altesse.

Elle l'avait embrassé sur la joue.

— Merci d'avoir été un ami, Nasser.

Il avait incliné la tête et elle avait descendu les marches, laissant à jamais derrière elle le peu qui restait de Zentar.

Comme elle l'avait fait toutes ces années auparavant, Laurel s'était tournée vers sa sœur pour pleurer sur son épaule. Elle avait passé la nuit avec elle. Elle lui avait raconté comment Tariq l'avait dupée pour qu'elle accepte le poste et lui avait parlé de leur faux mariage.

— Tu l'as *épousé ?* cria Sharon. Tu es une princesse ! Je ne peux pas croire que ma sœur soit princesse.

— Ce ne sera pas pour longtemps. Il va bientôt envoyer les papiers du divorce.

Cette pensée l'avait rendue encore plus triste.

— Tu vivais au palais ?

— Oui.

— Est-ce qu'il était fabuleux ?

Laurel y avait été heureuse. Bien plus que dans son appartement.

— Oui.

Sa sœur avait posé une main sur la sienne.

— Qu'est-ce que tu ne me dis pas ?

— Rien.

— Je te connais trop bien pour le croire. Accouche.

— Je suis tombée amoureuse.

C'était encore bien plus douloureux de l'admettre à haute voix.

Sharon l'avait serrée dans ses bras.

— Oh ! chérie, je suis désolée. Le lui as-tu dit ?

— Non, avait répondu Laurel en reniflant.

— Alors tant pis pour lui. Il n'est pas une bonne personne, de toute façon.

Sa sœur lui avait tapoté le dos et Laurel s'était dégagée.

— Si, c'est quelqu'un de bien ! Il adore son pays et sa famille. Grâce à lui, je suis montée à cheval, j'ai dormi sous une tente, j'ai pris le temps de découvrir un marché, de nager dans la mer. J'ai appris à vivre, pas seulement à exister.

— Apparemment, tu as beaucoup changé en quelques semaines.

— Être avec Tariq m'a changée, avait doucement dit Laurel.

Bien plus qu'elle ne s'en était rendu compte ou ne l'avait cru possible.

Sharon l'avait secouée.

— Mais il ne t'a pas bien traitée, tout de même !

— Non, mais il l'a fait pour des raisons qui n'étaient pas égoïstes. Pour aider autrui.

— Tu te rends compte que tu défends l'homme que tu as quitté ?

Sa sœur avait raison, mais cela n'avait plus d'importance. Ce qu'il y avait eu entre Tariq et elle n'aurait pas duré. Cela aurait dû finir tôt ou tard, de toute façon. C'était aussi bien que cela se soit terminé à ce moment-là.

*
* *

Au cours des semaines qui suivirent, Laurel travailla pour se tenir occupée. Moins elle avait de temps pour penser à Tariq, mieux c'était. Quand sa mère l'appela pour l'inviter à un dîner impromptu, elle accepta volontiers, ne voulant pas passer plus de temps seule que nécessaire.

Lorsqu'elle arriva chez ses parents, il n'y avait aucun des véhicules de la famille mais une voiture inconnue était garée dans la rue. Une brillante voiture de sport rouge qui la fit penser à Tariq. Elle refusa de laisser sa tristesse gâcher ce moment avec les siens.

Affichant un timide sourire, elle gravit le porche de la maison. Des rires venaient de l'intérieur. Elle frappa à la porte et entra.

— Hé, je suis là ! Qui a dévalisé une banque pour acheter cette belle voiture ?

Le silence se fit. Comme il n'y avait personne au salon, elle continua vers la salle à manger.

Tariq parut sur le seuil. Elle fut parcourue d'une chaleur intense et son cœur se mit à battre la chamade. Il était vêtu d'une chemise à col montant, d'un jean et de baskets, et il n'avait jamais été plus beau. La bouche de Laurel s'assécha et son cœur s'emballa de plus belle. Elle saisit le dossier d'une chaise pour se stabiliser.

— C'est ta voiture. Que fais-tu ici ?

— En vérité, c'est *ta* voiture, si tu la veux.

Les yeux de Tariq ne quittaient pas les siens.

— Tu as fait tout ce chemin pour m'offrir une voiture ?

— Et il fallait que je parle à tes parents. Mais surtout, tu me manquais.

Oserait-elle laisser ses espoirs se déployer ? Pourrait-elle repasser par une telle souffrance ?

— Vraiment ? Je suis surprise qu'un prince de Zentar s'abaisse à faire des visites personnelles.

Ses paroles étaient plus âpres qu'elle n'en avait eu l'intention, en particulier alors que tout ce qu'elle souhaitait était d'aller se jeter dans ses bras.

— Je suis désolée, Tariq. C'était méchant.

Il grimaça légèrement.

— Je le méritais. Et j'en méritais même plus.

La mère de Laurel apparut derrière Tariq. Il s'écarta pour la laisser passer et elle alla étreindre sa fille. Son père les rejoignit et en fit autant.

— Bonjour, mon chou.

Elle observa Tariq. Son regard resta ferme. Que pensait-il ?

— Si vous alliez tous les deux discuter dehors, dans le jardin ? dit Mme Martin.

Son mari opina du chef.

Laurel regarda ses parents. Ne voyant pas d'aide à attendre de leur part, elle se résigna à sortir seule avec Tariq.

— S'il te plaît, Laurel, demanda-t-il d'une voix suppliante.

Il était rare qu'il implore quelque chose.

— Par ici.

Elle le précéda à travers la salle à manger, la cuisine, et le fit passer par la porte de derrière. S'arrêtant au milieu du jardin, elle se tourna face à lui.

— Pourquoi es-tu ici, Tariq ? Et as-tu fait intervenir mes parents ?

— Je ne pensais pas que tu me laisserais venir à ton appartement, alors je leur ai demandé de m'aider à te parler.

— Qu'as-tu à dire qui n'ait pas déjà été dit ?

— Je te demande pardon pour la façon dont je t'ai traitée, manipulée. J'ai eu tort. Je ne referai jamais une chose pareille, ni à toi ni à quelqu'un d'autre. Tu avais raison. J'ai laissé la culpabilité orienter ma vie et mes actions. Or mes frères ne m'en ont jamais voulu de ne pas être comme eux. J'étais le seul à me blâmer. Je vais continuer à faire une priorité de trouver un remède contre l'hémophilie, mais cela ne passera plus avant ma propre vie. J'envisage même d'avoir des enfants.

Quel père merveilleux il ferait ! Cet homme fier et sûr de lui s'était abaissé, il avait reconnu sa faiblesse.

— Je suis contente de l'entendre et je te pardonne. Mais je te dois également des excuses.

— Ce n'est pas ce qui manque, aujourd'hui.

— En effet. C'est ce qui arrive quand vous vous décidez

enfin à affronter qui vous êtes devenu. Tu avais raison. Pendant des années, je me suis cachée derrière mes livres, puis ce qui m'est arrivé à l'université et enfin mon travail au laboratoire. Grâce à toi et à mon séjour à Zentar, j'ai commencé à vivre vraiment. Je me suis fixé des horaires de travail et j'ai trouvé une clinique qui a besoin de mon aide. Sans ton autorité, ce ne serait sans doute jamais arrivé. Je t'en serai toujours reconnaissante.

— Merci de me le dire. Je craignais que tu ne me détestes pour toujours.

— Je ne pourrais jamais te détester.

Si elle n'y prenait pas garde, elle allait lui dire des choses qu'elle devrait garder pour elle.

— Mais je ne comprends toujours pas pourquoi nous avons cette conversation dans le jardin de mes parents. Pourquoi es-tu venu ici ?

— Je souhaitais les rencontrer. Pour expliquer ce qui s'était passé et surtout pour m'excuser de ma malhonnêteté. Ils méritaient de savoir pourquoi tu étais partie pour Zentar, et que si tu t'es mariée dans leur dos cela a été de ma faute, pas de la tienne.

Elle s'avança vers lui. *Comment avait-il pu leur dire une chose pareille ?*

— Tu leur as dit que nous nous sommes mariés ?

— Il le fallait bien, si je voulais leur demander leur bénédiction.

Elle le dévisagea, incrédule.

— De quoi parles-tu ?

Il lui prit la main.

— Je dis simplement que je t'aime et que je veux que tu sois ma femme, *habibi*. Pour toujours.

Elle rêvait sûrement.

— Tariq, es-tu certain de ne pas faire cela simplement pour être honorable ?

Il rit doucement.

— C'est bien de toi de mettre en doute la parole de quelqu'un qui te dit qu'il t'aime.

Il sortit quelque chose de sa poche et se mit sur un genou.

Le souffle de Laurel se coinça dans sa gorge. La bague était magnifique.

— Elle appartenait à ma mère. J'ai omis de te la donner quand tu as accepté de m'épouser, mais je veux que tu l'aies maintenant. Laurel, veux-tu rester ma princesse ?

Elle se jeta dans ses bras ouverts, plus heureuse qu'elle n'aurait jamais cru pouvoir l'être.

— Oui, mon amour. Pour toujours.

AMALIE BERLIN

Amoureuse d'un pompier

Traduction française de
ÉLISA MARTREUIL

Blanche

HARLEQUIN

Titre original :
RESCUED BY HER RIVAL

1.

Comme le reste des stagiaires, le pompier et élève parachutiste Lauren Autry gagna au pas de course le grand terrain de sport d'un ancien camp militaire. En prévision de la saison des incendies, tous les printemps depuis les années 1950, l'Office des Forêts transformait ce site en centre de formation et de remise à niveau pour les nouvelles recrues comme pour les pompiers parachutistes expérimentés. Les participants suivaient un entraînement intensif. À l'issue de celui-ci n'étaient retenus que les meilleurs, ceux jugés capables, tant au niveau physique que psychique, d'être largués au milieu des flammes dans des zones isolées et accidentées.

Deux ans plus tôt, la candidature de Lauren avait été refusée. Depuis, elle s'était employée à combler ses lacunes : elle s'était entraînée plus intensivement que jamais, repoussant des limites personnelles déjà démentes, suivant toutes les formations théoriques et pratiques imaginables, même celles qui n'étaient pas exigées. Malheureusement, son travail et des contraintes familiales ne lui avaient pas permis de suivre le cours de parachutisme qu'elle avait visé. Mais tant pis. Elle apprendrait à sauter ici, puisque cela n'entrait pas dans les conditions d'admission au stage.

Bref, si elle avait trouvé un moyen de grandir de quelques centimètres, tout aurait été parfait. Si elle intégrait une brigade de pompiers parachutistes — non, *quand* elle en intégrerait une — plus personne ne pourrait l'attaquer sur ses capacités, sa taille ou sa force physique. Et surtout pas ses frères et son père qui, comme leurs ancêtres depuis des générations, servaient au même endroit, dans une caserne de San Francisco fondée au XIXe siècle.

Finies les questions insidieuses qu'elle essuyait depuis son entrée, six ans plus tôt, dans le corps des sapeurs-pompiers.

Finies les perpétuelles remises en cause de son choix professionnel que son échec d'il y avait deux ans avait multipliées.

Plus personne pour guetter le moment où son projet de vie avorterait.

Cette année, elle avait franchi l'étape de sélection dirigée par le capitaine Treadwell, celui-là même qui l'avait éliminée la fois précédente au profit d'un Marine.

Rien de tout cela n'avait plus d'importance à présent. Elle était là. Son rêve se réalisait.

La petite troupe s'arrêta sur la zone herbeuse du terrain. Lauren, noyée au milieu d'une masse d'immenses gaillards baraqués, ne voyait rien de ce qui se passait alentour.

Qu'à cela ne tienne. Elle se plia en deux et se faufila jusqu'au premier rang où elle découvrit — spectacle quelque peu décevant — trois hommes d'un certain âge, bloc-notes en main, en train de bavarder tranquillement pendant que tout le monde attendait. Mais qu'attendait-on au juste ? Elle n'avait pourtant qu'une envie : commencer le test, faire ses preuves, démontrer à Treadwell qu'il avait fait une erreur en lui préférant ce type, la dernière fois.

Enfin, les trois gradés se décidèrent à faire l'appel et répartirent les stagiaires en trois groupes. À en croire les badges jaunes autour de Lauren, elle avait été placée parmi les bleus. Normal après tout.

Son groupe fut dirigé vers la piste cendrée, c'était là qu'ils recevraient les consignes.

En premier, le test d'endurance, auquel elle se préparait assidûment depuis deux ans. Deux kilomètres et demi minimum. Une rigolade ! Elle commença à s'échauffer, par habitude plus que par nécessité.

— Ellison ! Vous êtes en retard !

Ellison…

Elle sursauta.

Beck Ellison. Son ennemi juré, ce dont il n'avait probablement même pas conscience...

C'était le petit veinard qui lui avait soufflé sa place, elle avait cherché son profil sur Internet après ce camouflet. En fait, elle n'avait trouvé que des renseignements louangeurs de ses camarades sur ses faits d'armes et des articles tout aussi élogieux de journaux spécialisés pour les pompiers. Chaque récit de ses exploits l'avait agacée un peu plus.

On le surnommait « Charmeur de fumée » ! N'importe quoi !

Cela dit, quitte à être battue, autant que ce soit par quelqu'un d'exceptionnel. *Si* elle devait être battue.

Mais que fabriquait-il ici ? Serait-il venu leur apprendre à devenir « charmeurs de fumée », eux aussi ?

De la ligne de départ où elle se trouvait, elle vit un homme de haute taille, les cheveux en bataille, les rejoindre au petit trot. Incroyable ! Pas de coupe en brosse comme les autres mais des boucles noires qui voletaient dans la brise. Seule sa condition physique trahissait son passé d'ancien Marine.

Tout aussi incroyable, il portait un badge jaune ! Il ne venait donc pas comme instructeur mais pour courir avec eux. Avec les débutants ! Pourtant, il avait réussi son stage, deux ans auparavant. Quel besoin avait-il de venir frimer au milieu d'eux ?

Elle reprit, mâchoires serrées, sa position sur la ligne. Il ne s'agissait pas d'une compétition, elle le savait bien. Mais... Comment dire ? Elle voulait être meilleure que lui. Aujourd'hui et tous les jours pendant les six semaines à venir.

— Aurions-nous contrarié vos projets de grasse matinée ? demanda Treadwell, narquois, au nouveau venu.

Ellison ne répondit pas. Il se contenta de poser un objet noir à côté de la piste et se prépara à prendre le départ.

Avec les bleus !

N'y pense plus et concentre-toi !

Elle chercherait une explication à sa présence plus tard. Quand elle l'aurait écrasé. Il avait peut-être des jambes plus longues qu'elle, mais les siennes étaient plus rapides.

Au coup de sifflet du capitaine elle s'élança, libérant enfin l'énergie qui s'était accumulée en elle pendant les soixante-trois minutes de présentation du stage. Tout se mit en place. Tandis qu'elle filait dans le couloir central de la piste en terre, l'inquiétude qui pesait sur elle depuis des jours s'envola d'un coup.

Le crissement régulier de ses semelles sur les gravillons de la piste lui apportait force et sérénité. Elle se sentait aux commandes de son destin et capable de surmonter le petit mensonge qu'elle avait fait lors de son inscription…

En quelques secondes, le groupe autour d'elle s'était éclairci et, avant même que ses poumons commencent à la brûler, elle n'entendit plus ni à côté ni derrière elle le martèlement des chaussures de ses seize compagnons.

Alors lui revint qu'il s'agissait d'une course d'endurance, pas de vitesse. On n'attendait pas d'elle qu'elle dépasse Ellison ou qui que ce soit d'autre mais qu'elle tienne le plus longtemps possible. Pour arriver sans encombre à la fin de la journée, elle devait s'économiser.

Elle s'obligea à ralentir.

On leur demandait six tours minimum. Elle en ferait davantage pour montrer qu'elle en était capable. Elle n'irait pas plus vite, mais courrait plus longtemps que les autres. Plus longtemps qu'Ellison.

Arrivée au troisième tour, elle céda à la tentation de regarder derrière elle. Qui la suivait au plus près et progressait à un rythme plus régulier ? Ellison bien sûr ! Il était plus grand et, avec ses longues jambes, il n'avait aucun mérite à suivre sa cadence.

Peu importait.

Au quatrième tour, ses poumons commencèrent à piquer.

Au sixième, elle se serait bien arrêtée, elle en avait le droit, d'autant qu'elle aurait terminé première. Mais elle devait se montrer supérieure à Ellison.

Au septième il l'avait rattrapée et, lorsqu'elle se risqua à lui jeter un coup d'œil, il lui rendit son regard avec un sourcil levé qui disait trois choses.

« Je te connais. »

« Je me rappelle que tu as l'esprit de compétition. »

« Je continue à penser que tu te comportes comme une imbécile. »

Un instant, elle s'imagina avec délectation en train de décocher un coup de pied dans les côtes de ce type ébouriffé et arrogant pour l'envoyer mordre la poussière. Mais comme elle était d'un naturel pacifique, elle se concentra de nouveau sur la piste et continua à courir.

Huit tours. Tous les autres avaient déjà jeté l'éponge.

Quand donc allait-il s'arrêter ? Rêvait-elle ou se livraient-ils bel et bien à une compétition, à présent ?

Huit et demi…

Un coup de sifflet strident de Treadwell mit fin à l'épreuve. Lauren parcourut encore quelques mètres sur sa lancée avant de s'immobiliser, les mains sur les genoux, haletante, son polo collé au dos par la sueur, ses jambes nues transformées en toile émeri par les gravillons qu'elle avait projetés pendant la course. Elle n'aurait pas dû poursuivre au-delà du septième tour.

— Ce n'est pas une compétition, Autry.

Arrêté à quelques couloirs du sien, Ellison était essoufflé lui aussi. La transpiration sculptait ses boucles, qu'elle admirait bien malgré elle. Évidemment ! L'effort l'embellissait encore. Bref ! Là n'était pas la question.

Pas une compétition ? Alors, pourquoi lui avait-il collé aux talons dans son entreprise ridicule ?

— Tu parles ! fit-elle.

Elle se redressa, un peu consolée d'avoir été supplantée la fois précédente par un rival de valeur, et gagna lentement le centre du terrain où Treadwell avait rassemblé sa troupe.

Oublie Ellison et prépare-toi à l'épreuve suivante.

Beck suivit Lauren en respirant plus rapidement que ne fonctionnaient ses cellules grises. Pendant toute la semaine précédente, il avait essayé de déterminer quelle direction donner à sa vie. Il avait espéré qu'une fois sa décision prise son cerveau embrumé s'éclaircirait et qu'il saurait s'il possédait encore la motivation pour répondre à ce qu'il avait toujours considéré comme sa vocation.

Hélas ! Une seule chose lui apparaissait nettement aujourd'hui : la boussole qui guidait sa vie était cassée. Qui plus était, il venait, bien malgré lui, d'irriter cette jeune femme qu'il avait croisée deux ans plus tôt. D'ailleurs, elle avait dû être sacrément surprise de le retrouver parmi les bleus.

Elle semblait en forme. Peut-être un peu plus aguerrie, ce qui lui permettrait de prendre du recul, de mieux contrôler ses réactions et d'opter pour de meilleures solutions dans des situations critiques. Mais son agacement trahissait une incontestable fragilité psychologique. Celle-là même qu'il avait constatée au stage précédent, lorsqu'elle avait manqué éclater en sanglots en apprenant qu'elle n'était pas admise. Elle avait aussitôt déclaré à Treadwell qu'elle ne s'avouait pas vaincue et qu'elle reviendrait l'année suivante. C'est-à-dire l'an dernier. Avait-elle été de nouveau recalée ? Après tout, il s'en moquait. Qu'elle gère son émotivité. Il avait d'autres chats à fouetter.

Avant de rejoindre le groupe, il récupéra la radio qu'il avait laissée sur la ligne de départ et enfonça un des écouteurs dans une oreille pour suivre l'évolution de l'incendie de forêt qu'il surveillait depuis la veille. À cause de la sécheresse des six derniers mois, la saison des feux avait démarré en avance et avec des incendies particulièrement violents. Les stagiaires allaient vraisemblablement être appelés en renfort. Ce qui, avec un peu de chance, lui fournirait l'occasion de regagner l'estime de Treadwell.

La radio grésilla et… rien d'autre. La chance n'était pas avec lui. Comme depuis un certain temps.

En fait, depuis la dernière campagne, où son manque d'esprit d'équipe lui avait joué des tours. Il avait toujours préféré travailler seul au prétexte que, n'ayant personne de qui se soucier, il pouvait davantage se concentrer. Cela n'avait pas posé de problème jusqu'à l'année précédente. Une erreur de sa part et l'opinion du capitaine sur lui avait changé du tout au tout. Ce revirement l'avait déstabilisé.

Il espérait que sa participation au stage lui ferait retrouver ses repères, ce à quoi il n'était pas parvenu après les quatre mois passés en solitaire à soigner sa forêt comme garde forestier.

Si le capitaine n'avait pas entraîné les débutants tous les ans, peut-être l'occasion de se racheter ne se serait-elle jamais présentée. Or il n'envisageait pas d'exercer un autre métier que celui qu'il avait choisi. Il allait donc devoir obéir à tous les ordres de Treadwell pendant les prochaines semaines. Porter son badge jaune. Accepter les critiques.

Au même titre qu'Autry.

Autry qui se tenait droite et raide comme un soldat pendant la revue et fixait son attention sur le capitaine avec une acuité de laser. Pourtant, rien de ce que Treadwell expliquait sur les exigences physiques requises ne devait être nouveau pour elle.

Sentant qu'il l'observait, elle se tourna vers lui et, bras croisés sur la poitrine, l'affronta d'un regard revêche. Elle était visiblement toujours fâchée.

Grand bien lui fasse ! Les grésillements de sa radio attirèrent soudain son attention.

Le temps qu'il penche la tête vers le poste, Lauren l'avait rejoint !

— Alors comme ça, ils t'ont collé avec les bleus ?

Seul le rose de ses joues témoignait à présent des efforts qu'elle venait de fournir.

— Faut croire, fit-il en marmonnant avant d'augmenter le volume de son oreillette car un jingle annonçait l'imminence d'une alerte.

Il aurait sans doute dû lui demander ce qui lui était arrivé l'année précédente mais il n'avait aucune envie d'entamer une conversation avec elle et de s'exposer à des questions de sa part.

— Qu'est-ce que tu écoutes ?

— Des bulletins.

— Sur quoi ?

Pour toute réponse, il fixa son regard au loin d'un air important, et enfonça un peu plus l'écouteur dans son oreille. Si des renforts étaient appelés pour combattre ce feu au nord du camp, il irait avec Treadwell car, bleu ou pas, il appartenait toujours à sa caserne. Son badge jaune n'était qu'une pénitence.

Lauren renonça à l'importuner avec d'autres questions. Elle ne manquait pas de personnes avec qui discuter et ignorait que l'annonce était depuis longtemps terminée. Beck n'écoutait plus que du silence.

Treadwell reconduisit les trois groupes et affecta celui des débutants à la barre de traction. Beck, un peu à l'écart, observa Lauren qui serrait des mains, souriait, liait connaissance, bref se mettait en frais avec l'équipe. Elle avait visiblement recouvré sa bonne humeur. Elle semblait même réjouie. Pourtant, ce qui les attendait — pompes, tractions et autres abdominaux… — n'avait rien de très joyeux.

Il l'entendit dire :

— Ellison n'est pas un débutant. Il s'est qualifié il y a deux ans. Je suppose qu'on l'a mis avec nous pour lui faire payer son retard.

Beck retint le « Faux ! » qui lui venait aux lèvres.

— Ellison ! appela Treadwell, lui épargnant les mondanités.

Après avoir posé sa radio par terre, il se dirigea vers la barre sous le regard du capitaine.

Treadwell se mit à compter ses tractions. Dès que Beck eut atteint le nombre imposé, il se laissa tomber à terre et entama la série d'abdominaux, puis de pompes, se contentant toujours du minimum requis.

— Je me ménage pour la suite, dit-il devant le regard surpris de son supérieur.

Les muscles vibrants, il ramassa sa radio et alla prendre une boisson dans la glacière avant de s'asseoir sur l'herbe pour regarder la prestation des autres tout en guettant le prochain bulletin.

Mais la radio demeurait silencieuse.

Il vit Lauren se mettre en dernière position. Elle apprendrait bientôt que, pour survivre à la formation, il fallait essayer de passer dans les premiers, saisir toutes les occasions de se reposer plutôt que de perdre son énergie à frimer.

Après tout, tant mieux pour lui. Si elle terminait trop vite, elle reviendrait le harceler avec ses questions et son enthousiasme de novice.

2.

Beck bondit sur ses pieds. La radio venait de réclamer des renforts. Enfin ! Il allait s'échapper de ce stage !

Il se dirigea vers Treadwell qui, bloc-notes en main, évaluait les performances d'un stagiaire.

Beck avait pensé que Lauren serait venue bavarder avec lui après son passage à la barre. Mais Treadwell l'avait obligée à arrêter ses tractions dans les limites du raisonnable et elle était allée bouder dans l'herbe, son front habituellement si lisse froncé au-dessus de ses jolis yeux verts.

Jolis ? Hé ! Reprends-toi, mon vieux !

C'est vrai qu'ils étaient d'une beauté étrange et saisissante, avec leur iris vert pâle bordé d'un anneau plus foncé. Peu importait. S'il commençait à être fasciné par des yeux, il devait s'en aller, et vite. Il avait passé trop de temps seul dans les bois, perdu dans ses pensées.

Cela dit, dans la forêt, personne ne le serinait sur l'absurdité d'espérer changer grâce à quelques semaines de stage. Les gens consultaient pendant des années pour se défaire des habitudes et des façons de penser acquises au cours de leur vie. Mais une thérapie, ce n'était pas pour lui, merci bien.

— Capitaine ! dit-il en agitant sa radio pour signaler l'arrivée de l'alerte.

Treadwell hocha la tête et ordonna à la recrue de cesser ses pompes. Depuis deux ans, il avait appris à interpréter la concision de Beck, lequel appréciait en retour son supérieur pour cela. En fait, il l'appréciait tout court.

Sa première année d'exercice, à l'époque où tout lui réussissait, les gradés se fiaient à son flair. Ils le laissaient s'éloigner du groupe pendant un incendie et tenaient compte de ses conclusions une fois qu'il avait confirmé son intuition.

Où était passé ce sixième sens ? Il ne pouvait qu'espérer que l'hiver le lui avait rendu, car il vivait mal la perte de l'estime de Treadwell.

Bloc-notes toujours en main, ce dernier vint à la rencontre de Beck. Dans la cinquantaine, l'homme était costaud et vraisemblablement en aussi bonne condition physique qu'au début de sa carrière.

— Que réclament-ils ?

— Nous et deux autres unités. Quarante-cinq minutes de vol. Kolinski prépare l'équipement et s'assure que l'avion est prêt à partir.

Treadwell approuva de la tête mais, au lieu de se retourner pour donner leur après-midi aux nouvelles recrues, il fixa Beck et déclara :

— Pas vous.

— C'est un gros incendie. Vous aurez besoin de moi.

— Non. Pas dans les circonstances actuelles.

Beck aurait volontiers argué que personne dans la brigade ne décryptait un feu comme lui, s'il avait été certain de posséder encore ce don. S'il n'avait pas commis d'erreur l'année précédente et pas été piégé par les flammes. Aussi tint-il sa langue, malgré son envie de répliquer.

Treadwell lui tendit le bloc-notes.

— Vous êtes sûr ? Je suis encore bon sur le terrain, dit Beck malgré tout.

— Vous n'en faites qu'à votre tête. C'est le premier jour. Prouvez-moi que je me suis trompé et nous discuterons.

Pourquoi ne savait-il pas obéir à des ordres dont il avait la conviction qu'ils étaient mauvais ? Au moins ce stage de mise à l'épreuve, aussi humiliant qu'il fût, lui permettrait de faire le point.

Beck n'ajoutant rien, Treadwell se tourna vers Autry et lui fit signe d'approcher. Comme le reste du groupe, elle avait observé les deux hommes. Elle sortit de sa bouderie et accourut.

— Tous les deux, vous allez diriger la fin de la séance de sport, dit Treadwell avant d'ajouter à l'intention de Lauren :

— Un incendie s'est déclaré et Ellison a déjà trop dépensé d'énergie pour être opérationnel à cent pour cent ce matin.

— Je suis en pleine forme, dit encore Beck à qui la perspective de s'occuper des bleus répugnait davantage encore qu'un affrontement avec son chef.

Treadwell lui décocha un regard appuyé que Beck sut interpréter : mis à l'épreuve ou puni, peu importait, il était hors circuit pour le moment ; Treadwell essayait juste de lui sauver la face devant Lauren.

Beck aurait aisément accepté une blessure d'amour-propre si cela lui avait permis de monter au front au lieu de traîner, un bloc-notes à la main, à noter des bleus pendant que ses collègues affrontaient le danger.

Treadwell lui donna une bonne tape sur l'épaule et, avant qu'Autry ne pose une des nombreuses questions qu'il voyait tourbillonner dans ses étranges yeux verts, il précisa ses ordres :

— Gérez la fin de l'entraînement de la matinée. Ensuite, à la place du cours sur les protocoles d'intervention qui ne pourra être dispensé, la plupart des formateurs étant en opération, Ellison organisera une séance de questions-réponses sur le métier et les leçons qu'il a tirées de ses deux premières années d'exercice. Après, quartier libre pour le reste de la journée. Mais attention : tout le monde devra être sur le terrain de sport demain matin avant la sirène.

Autry semblait perplexe, mais elle opina, se tourna vers Beck, et il lut sur son visage ce qu'il ne voulait pas savoir : elle avait deviné à quel point la décision de Treadwell lui pesait.

— De quoi veux-tu que je me charge ? demanda-t-elle.

De tout !

Il lui tendit aussitôt le bloc-notes et lui fit signe de le suivre. Plus vite ils commenceraient, plus vite ils en auraient fini.

— Trois équipes ont été demandées pour combattre un incendie. Treadwell nous a mandatés pour le remplacer. Après l'entraînement de ce matin, déjeuner et ensuite cross de huit kilomètres dans les bois.

Autry toussota et compléta :

— Et avant, séance de questions-réponses en salle.

D'un imperceptible froncement de sourcils, elle le défia de

la contredire. Il ne pouvait pas lui reprocher de respecter les ordres, bien sûr. Mais le résultat, c'était qu'il ne pourrait pas se dérober et se verrait contraint de parler en public.

— Limitée à cinq questions, précisa-t-il.

« Si ça te fait plaisir… » sembla lui dire le haussement de sourcils de Lauren, qu'il ignora.

S'il n'avait tenu qu'à lui, il aurait laissé Autry assurer la séance toute seule, mais s'il voulait remonter dans l'estime de Treadwell…

D'un signe de tête, il ordonna au stagiaire qui attendait toujours par terre de poursuivre et compta en silence le nombre de mouvements.

Après le déjeuner, Lauren et les autres débutants gagnèrent comme prévu le terrain de sport. Mais pas d'Ellison en vue. Probablement traînait-il les pieds à la perspective de la séance de questions-réponses.

Durant l'entraînement de la fin de matinée, il avait à peine décroché quelques mots, et seulement pour compter à voix haute ou appeler « suivant ! ». Il s'était montré plus bavard deux ans auparavant.

Enfin, bavard, façon de parler pour quelqu'un qui ne s'exprimait que par monosyllabes, grognements réprobateurs et mimiques agacées. Mais c'était déjà plus qu'aujourd'hui. Comment expliquer ce mutisme qu'on réservait en général aux gens qui vous avaient blessé ? Elle ne lui avait rien fait !

À moins que…

La trouvait-il tellement nulle qu'il ne comprenait pas qu'on lui ait donné une seconde chance ? Ce ne serait pas la première fois qu'elle serait confrontée à ce genre de mépris.

Les femmes pompiers n'étaient pas monnaie courante. En outre, avec le nom qu'elle portait, les gens s'attendaient à ce qu'elle soit exceptionnelle, ce que son échec deux ans plus tôt avait démenti. Elle avait pourtant fait ses preuves : elle avait intégré la caserne « familiale » à sa sortie du lycée — son père renâclait à la voir partir dans une autre unité où elle aurait échappé à son emprise — et pendant six ans elle avait acquis de haute lutte le droit d'être soldat du feu.

À 13 heures tapantes, Ellison arriva au petit trot, le visage fermé, la posture quasiment agressive. Au point que personne n'osa poser de questions, jusqu'à ce que Lauren finisse par lever la main, plus pour voler à son secours que pour le mettre en difficulté. Et aussi parce qu'elle refusait de se laisser intimider par un garde forestier grincheux.

— Cela fait deux ans que vous intervenez comme pompier parachutiste. Vous êtes-vous déjà trouvé dans des situations critiques ? Pourriez-vous nous parler de votre expérience chez les Marines ?

Il mit une éternité à répondre, avec une extrême économie de mots et à la première partie de la question seulement. Comme une autre main se levait, Lauren ne le poussa pas dans ses retranchements.

« Où avait-il vu l'incendie le plus impressionnant ? »

« Que faisait-il pendant la saison morte ? »

Garde forestier. Il débroussaillait les forêts et creusait des tranchées.

« Quelle était la plus grosse erreur à éviter sur le terrain ? »

« Quel était le conseil le plus utile qu'il pouvait donner à un débutant ? »

Sur cette dernière question, il vacilla. Il ouvrit et ferma la bouche au moins trois fois, hésitant, pour finalement débiter une recommandation dont il ne semblait pas croire un traître mot :

— Votre équipe est votre atout principal. Soyez solidaires. Veillez sur vos camarades. Obéissez aux ordres.

Là-dessus, cinq questions ayant été posées, il mit fin à la séance et envoya tous les stagiaires courir. Lauren qui, elle, avait très bien retenu les ordres du capitaine, alla prendre ses bagages dans le coffre de sa voiture et, au retour, s'arrêta à côté de Beck qui était installé dans l'herbe, appuyé sur ses bras.

— L'esprit d'équipe, tu disais ?

Il feignit de ne pas avoir entendu, les yeux perdus dans le vide.

— Tu ne cours pas ? demanda-t-il.

— Ce n'était pas prévu, me semble-t-il.

— C'est un exercice important.

Bien sûr ! Elle n'avait jamais remis cela en question. Cette première semaine ne s'appelait pas « la semaine en enfer » pour rien. Chacun d'eux était censé la terminer en meilleure condition physique qu'au départ et on n'améliorait pas sa forme en se prélassant au soleil comme Beck.

— Je ne le conteste pas. Je vais y aller, d'ailleurs. Mais je veux d'abord déposer mes affaires dans une baraque.

— Les chambres n'ont pas encore été attribuées, à cause de l'intervention en urgence.

Quel esprit de contradiction ! Il cherchait en permanence le conflit. Probablement parce que sa présence l'insupportait bel et bien.

Dans ce cas, histoire de l'agacer un peu plus, elle allait lui tenir compagnie sur l'herbe où il était confortablement assis, ses belles jambes vigoureuses étalées devant lui. Il était puissant mais loin d'être corpulent. En fait, il était si mince que ses muscles se dessinaient sous la peau duveteuse de ses membres.

Depuis la dernière fois, il avait quelque peu perdu de son aspect militaire. Il avait laissé pousser ses cheveux. Il portait d'amples vêtements en coton, blancs et gris. Ni kaki ni verts. Et ses longs séjours en forêt avaient estompé son bronzage.

Ces détails l'adoucissaient. Du moins pour ce qui concernait son apparence physique. Dans son comportement, il était nettement plus dur. Pourtant, à en juger par la façon dont il se tenait à l'écart des autres, il devait être terriblement fragile.

— Et alors ? Tu crois vraiment que le capitaine n'a pas l'intention de nous faire tous dormir dans un lit ?

— L'organisation est assez spéciale ici.

Dans un haussement d'épaules, elle changea de sujet.

— C'est quoi, ton plan à toi ?

— Camionnette, répondit-il en levant enfin les yeux vers elle.

— Tu bégayais quand tu étais gosse ? Tu avais tendance à déformer les mots ? Tu souffres d'un syndrome Samson à l'envers ? Ton vocabulaire diminue-t-il au fur et à mesure que tes cheveux allongent ?

— C'est quoi ce délire ?

— Tu étais plus bavard la dernière fois que nous nous sommes croisés, même si tu n'étais pas vraiment une pie jacasse. Tu as eu un traumatisme ?

En le voyant pâlir, elle regretta sa question et perdit toute envie de le mettre en boîte. Quelque chose de grave lui était de toute évidence arrivé. Et il avait été renvoyé chez les bleus.

En tout cas, il n'y avait pas eu de morts parmi les pompiers, elle en aurait entendu parler. Ils étaient si bien entraînés et préparés que les accidents mortels étaient rarissimes.

— Non.

Il mentait sacrément mal.

Devant cette dérobade manifeste, elle avait le choix entre plusieurs options. Après quelques hésitations et pour éviter un affrontement, elle feignit de le croire et continua sur le mode de la plaisanterie afin de lui laisser une échappatoire… En espérant qu'il ait le sens de l'humour.

— Tu as couché avec la fille de Treadwell, alors ? demanda-t-elle en lui lançant un regard faussement effaré par-dessus ses bagages.

— Non !

Il avait répondu avec une telle véhémence que ses joues avaient repris un peu de couleur.

— Il n'a pas de fille.

— Bon. Alors, c'est autre chose. Je n'ai jamais rencontré quelqu'un d'aussi peu bavard.

— Qu'est-ce que tu veux que ça me fasse ?

Elle leva les yeux au ciel et secoua la tête.

— OK, monsieur Aimable. Moi, je vais m'installer, puis faire le cross dans la forêt avec mon sac chargé comme pour une marche commando. Et comme il est clair que ta jovialité ne t'attirera pas beaucoup d'amis, je t'invite à prendre l'autre chambre de la baraque, à moins que tu ne préfères te réveiller avec un torticolis dans ta camionnette. Si tu ne veux pas salir un lit, il y a le canapé. Ou le sol.

Deux choses tracassaient Lauren : la perspective de la course commando, où elle craignait de ne pas se montrer à la hauteur, et surtout son mensonge lors de sa candidature au stage. Elle avait rempli son dossier en anticipant sur l'avenir, attestant avoir suivi une formation de parachutiste et sauté plusieurs fois. Malheureusement, la vie et des problèmes familiaux l'avaient empêchée de respecter son programme. Après son admission, des mois plus tard, elle n'avait pas su comment revenir sur ses déclarations. Elle se trouvait dans une situation d'autant plus ridicule que cette compétence n'était pas obligatoire pour intégrer le stage.

Allez ! Va courir ! Cela t'évitera de penser au reste.

— Ne te charge pas d'un sac, dit Beck en se levant. C'est un parcours difficile.

— Tu crois que je vais tomber ?

— Tu voulais des conseils, non ? Ne prends pas de risques inutiles, dit-il tandis qu'il brossait de sa main les brins d'herbe collés à ses fesses — si fermes ! — et à ses jambes — si musclées ! Si tu te plantes dès maintenant, tu devras attendre encore un an avant d'espérer revenir.

Oui, elle avait voulu des conseils. Elle en voulait toujours. Et ceux qu'il venait de lui donner semblaient sincères — pour une fois il avait terminé ses phrases, spontanément — mais ils résonnaient comme une attaque voilée. Comment prendre ce « dès maintenant » ? Elle se hérissa de colère mais se sentit en même temps soulagée : les critiques implicites de cet Ellison lui retiraient beaucoup de son charme.

— Avec mon entraînement, un parcours dans les bois ne me fait pas peur.

— Sur un terrain accidenté, dit-il en insistant.

Sur cet avertissement et après quelques étirements, il partit au petit trot vers le parcours de cross où il avait envoyé les autres un peu plus tôt.

OK ! Il continuait à douter de ses capacités et il ne répondait pas à son invitation ? Grand bien lui fasse ! Qu'il dorme dans sa camionnette !

En se dépêchant, elle pourrait le rattraper après avoir déposé ses affaires dans une baraque. Il verrait alors qu'elle avait le pied sûr. Hors de question qu'elle tombe. Ni aujourd'hui. Ni demain. Ni « dès maintenant ».

Et elle ne désespérait pas de le faire trébucher pour lui ôter de sa superbe.

3.

Sur le sentier qui serpentait à travers la forêt, seuls les accidents de terrain interrompaient le rythme régulier de la course de Beck.

À quelques mètres devant lui se trouvait le seul attrait de ce stage : le chêne à tan planté parmi les conifères près de la borne indiquant le milieu du parcours. Lors de son premier stage, il s'était pris d'affection pour ce vieil arbre noueux qu'il en était venu à appeler « vénérable vieillard » comme s'il s'agissait d'un être humain.

Comme l'arbre du jardin dans lequel il avait grandi, ses branches s'évasaient à moins d'un mètre du sol, en une main à six doigts dressés vers le ciel qui offrait un siège confortable, dans un cadre paisible et ombragé agrémenté par le chant des oiseaux. Là, Beck pouvait tout oublier et en particulier les raisons de sa présence dans ce camp.

Treadwell le prenait pour un imbécile doublé d'un entêté ou, au mieux, pour un individualiste qui ne s'intéressait pas à l'équipe. Pourtant, s'il avait enfreint les consignes, c'était toujours pour sauver des vies, grâce aux indices qu'il avait remarqués.

Ou *pensait* avoir remarqués. Là résidait peut-être le problème.

Il grimpa au creux de l'arbre et, adossé à la plus grosse branche, la tête renversée vers les taches de ciel crépusculaire qui apparaissaient à travers le feuillage, se mit à rêvasser.

Sans sa fascination pour le feu, il serait volontiers devenu garde forestier à plein temps. Dans ce domaine-là, il aurait su quels conseils donner aux recrues !

Soudain, un bruit de course dangereusement rapide sur ce

terrain le tira de sa torpeur. Inutile de regarder pour savoir qui c'était. Lauren s'était donnée à fond pour le rattraper et y serait parvenue même sans la pause qu'il s'était accordée.

Elle s'arrêta en dérapant et Beck baissa la tête… à temps pour la voir trébucher sur une racine. Dans un mouvement réflexe, il sauta de son perchoir pour la retenir, mais elle était hors de portée. De toute façon, après quelques pas chancelants, elle réussit à reprendre son équilibre.

— Ça va ? demanda-t-il en lui prenant la main pour l'aider à se stabiliser.

À ce contact, une onde électrique le traversa et il se raidit. Elle, de son côté, se figea, les yeux écarquillés. Ils restèrent à se regarder, leurs mains jointes comme s'ils avaient voulu se saluer et avaient oublié comment procéder.

De nouveau et malgré la lumière déclinante, il fut frappé par la couleur éclatante et étrangement familière de ses yeux. En outre, avec ses joues rosies par sa course effrénée, elle était diablement jolie. Beaucoup plus que dans son souvenir.

— Très bien, répondit-elle en baissant la tête vers leurs mains.

Il suivit son regard et, s'apercevant qu'il était en train de caresser le pouce de Lauren avec le sien, il la lâcha et recula, cherchant désespérément que dire après ce moment étrange.

Elle le devança.

— Tu ne cours pas ?

Elle avait le souffle court. À cause de ses efforts ou d'autre chose.

— Je ferai mes deux tours quand j'aurai fini ici.

— Il commence à être tard.

— Pas de souci. J'ai déjà effectué ce parcours dans le noir.

— Cette année ?

Il dut admettre à contrecœur qu'elle avait marqué un point.

— OK, je viens avec toi. Mais tu as bien compris qu'il ne s'agit pas d'une compétition ?

— Oui.

— Tu n'en donnais pas l'impression, à l'instant.

— J'essayais de te rattraper, pas de gagner.

« Tu parles ! » se dit-il à part lui en démarrant sans prévenir.

Mais il ne la distança pas longtemps.

— Pourquoi lèves-tu les yeux au ciel ? demanda-t-elle.

— Parce que je n'arrive visiblement pas à te mettre dans la tête que nous ne faisons pas la course. Ni maintenant ni en opération. Durer, se battre, ça c'est important. Pas d'arriver en premier.

— Je sais. Je suis pompier depuis six ans et j'ai été élevée par des soldats du feu. Par des générations d'entre eux, en fait. Je ne suis pas idiote.

— Peut-être, il n'empêche que rien dans ton comportement ne montre que tu as compris. Travaille à t'améliorer, pas à essayer d'impressionner tout le monde.

Là-dessus il se perdit dans ses pensées. Il regrettait de s'être arrêté à son arbre ce soir. Au lieu de faire le vide dans sa tête comme il l'avait espéré, il avait fantasmé sur Lauren et ses yeux verts lumineux. Alors surgit dans son esprit l'image d'une pierre verte chatoyante rainée de veines plus sombres. Celle du pendentif de sa mère. Celle, soigneusement polie, des boules avec lesquelles elle méditait et celle, brute, des petits cristaux qu'elle disséminait dans différents recoins de la maison.

De la malachite. Le mot lui revint de Dieu savait où. Une gemme aux vertus médicinales.

— Tu t'inquiètes pour ceux qui sont partis en intervention, c'est pour ça que tu es d'aussi méchante humeur ?

Nom d'un chien ! Si la conversation prenait cette direction, il allait devoir semer Autry.

Il ne répondit pas.

— Je ne peux qu'interpréter ce silence comme un oui.

— Non. Les règles de sécurité sont très strictes, et ils sont toujours très prudents.

C'était à cause de lui que les bonnes statistiques concernant le faible nombre de morts en intervention avaient failli déraper. Mais inutile qu'Autry le sache.

— Mais ce doit être frustrant de rester avec les débutants quand tes collègues sont sur le terrain.

Elle allait poser la question fatale. Il le pressentait. Et dès qu'il lui donnerait une bribe d'information, elle le harcèlerait pour en savoir davantage. Jusqu'à ce qu'elle le force à avoir avec Treadwell la conversation à laquelle il renâclait.

Aussi, autant pour la faire taire que pour terminer l'épreuve au plus vite, il accéléra. Elle suivit, mais cessa de le cuisiner. Ses foulées devinrent plus lourdes, plus laborieuses. Et ce fut lui qui reprit finalement la conversation.

— C'est vrai. Je devrais être avec eux.

— Les incendies se produisent de plus en plus tôt tous les ans. Un ordre d'intervention risquait de tomber alors que tu étais en stage ici.

— Où veux-tu en venir ?

— Tu ne peux pas tout faire. Qu'est-ce que tu as ? Pourquoi tu ricanes ?

— C'est toi qui dis ça ? Toi qui veux être la meilleure dans tous les domaines ?

Elle ne répondit rien mais secoua la tête avec un regard meurtrier vers lui.

— Qu'est-ce que tu as ? demanda-t-il à son tour.

— Tu ne comprends pas. Je suis obligée d'être la meilleure.

Après cet aveu, imitant la tactique de Beck, elle força l'allure.

— N'importe quoi ! répondit-il en la rattrapant.

Plus ils s'affrontaient, plus la cadence augmentait.

— D'accord, il n'y a pas beaucoup de femmes chez les pompiers, dit-il, mais elles sont traitées comme les hommes.

Ce qu'il croyait vraiment.

— Tu le leur as demandé ? lança-t-elle sans ralentir.

— Demandé quoi ?

— Si c'est ce qu'elles vivent effectivement ?

Il s'arrêta. Lauren avait-elle été victime de discrimination ?

Dans une élégante glissade, elle cessa à son tour de courir, et se tourna vers lui.

— Nous ne sommes pas censés faire de pauses, dit-elle.

— Nous n'étions pas obligés de faire ce cross, riposta-t-il, brûlant de lui demander des explications et y rechignant tout à la fois.

Dans un haussement d'épaules, elle mit ses mains sur ses hanches en respirant à grandes goulées rapides et attendit qu'il réponde à sa question.

— Je ne les fréquente pas.

Ni ces femmes ni personne d'autre. Pour autant qu'il s'en souvienne, il n'avait jamais autant parlé qu'aujourd'hui avec un être humain.

— Du coup, je ne leur ai pas demandé.

— C'est bien ce que je disais. Comment peux-tu savoir ce qu'elles ressentent sans leur poser la question et sans passer de temps avec elles ?

Elle venait de marquer un autre point.

— Je ne le sais pas, finit-il par concéder, pour éviter une vérité plus pathétique encore.

Elle le dévisagea une bonne seconde, hocha la tête et dit :

— L'offre d'un canapé ou d'un lit tient toujours.

— Pourquoi ?

— Parce que ça tombe sous le sens, asséna-t-elle avant de se remettre en route en le laissant réfléchir quelques mètres derrière elle à ce qu'il allait décider.

Une collègue lui offrait, par solidarité, un endroit où dormir. En la prenant au mot, il apporterait la preuve à ses supérieurs qu'il s'efforçait de s'intégrer à la communauté. Il aurait donc tout intérêt à accepter. A priori. Car il se rappelait comme le simple contact de leurs mains l'avait troublé. Alors, s'il logeait avec celle qui lui était soudain apparue comme une femme et plus seulement comme une collègue, ne donnerait-il pas raison à Treadwell de le prendre pour un imbécile ?

Comme ils franchissaient la ligne d'arrivée, Beck, soudain peu désireux de quitter Lauren, la retint par le bras… et oublia sur-le-champ ce qu'il voulait lui dire. Sa peau était si chaude, si douce, si ferme !

À ce contact, pourtant furtif, elle s'arrêta net. Elle se tourna lentement vers lui et s'avança d'un pas, envahissant son espace vital.

Autour d'eux, tout était paisible. Alors, dans la nuit embaumée par les chèvrefeuilles qui commençait à les envelopper et la lumière des réverbères qui s'allumaient peu à peu, il vit ses incroyables yeux verts braqués sur lui.

Il brûlait d'envie de la toucher de nouveau mais se força à s'écarter.

— Si quelqu'un s'en prend à toi parce que tu es une femme, préviens-moi.

Là-dessus, avant même de voir la surprise éclairer le visage de Lauren, il partit au pas de course vers les douches, loin des peaux dorées comme du miel et des regards verts pénétrants.

Hors de question qu'il accepte sa proposition de loger avec elle. Pour lui qui était habitué à vivre à la dure, dormir à la belle étoile dans un sac de couchage était presque un luxe.

Le lendemain matin, Beck se réveilla dans sa camionnette avec mal au cou et la tête farcie de pensées importunes. C'était la première fois qu'il rêvait d'une femme depuis… depuis… Il n'aurait su le dire.

Oh ! rien de torride. Ils avaient tout simplement joué aux cartes sous le porche de chez lui en buvant de la bière et elle l'avait regardé par-dessus ses cartes — rouges — avec une lueur espiègle dans ses yeux rendus plus verts encore par la proximité.

Il y avait quelque chose de charmant dans ce tableau pourtant d'un ennui confondant. Des cartes à jouer… De la bière… On pouvait imaginer mieux ! Il aurait préféré une scène d'amour débridé avec elle.

Bref… Il se leva tôt et arriva sur le terrain de sport couvert de rosée et d'un voile de brume au moment où le soleil se levait.

— Tiens !

Son cou lui interdisant tout mouvement de rotation, Beck tourna d'un bloc son buste vers la voix. Lauren, fraîche comme une rose, portait dans chaque main un gobelet en carton fumant. Elle lui en tendit un.

— Je me suis dit que tu n'aurais pas de cafetière dans ton coffre. Il est noir, mais j'ai du sucre dans ma poche.

— C'est parfait. On s'habitue aux conditions de vie spartiates. Dans mon régiment, les hommes engrangeaient des grains de café contre leur lèvre inférieure quand ils montaient la garde. Quand tu es épuisé et que la menace de la cour martiale est suspendue au-dessus de ta tête, rester éveillé est…

Elle lui sourit et, dans la lumière de l'aube, il vit… de

la malachite. Magnifique. Lauren n'était pas d'une beauté exceptionnelle, mais ses yeux…

Il but une gorgée de café.

Parle. Pose-lui une question. Arrête de cogiter.

— Evidemment, tu ne peux pas comprendre. Tu n'as pas fait l'armée.

— Tuuut ! hurla la sirène qui appelait les recrues pour la séance de sport.

Lauren sursauta et renversa une partie de sa boisson.

— J'aurais dû te prévenir, dit Beck en la regardant pester et secouer sa main dégoulinante. C'est comme ça tous les matins. Faudra t'y faire.

— Je vais m'acheter un gobelet de bébé, fit-elle en s'essuyant la main sur la cuisse.

Ainsi, en plus d'être jolie, elle était drôle et capable d'autodérision. Voilà qui était inattendu et loin de l'image de dure à cuire qu'elle affichait !

Il s'apprêtait à faire un commentaire quand, entendant du bruit derrière lui, il se retourna. Les autres stagiaires arrivaient mais en nettement moins grand nombre que la veille. Les équipes en intervention n'étaient donc pas rentrées. En dehors de Treadwell qu'il vit sortir du bâtiment principal.

— Il a toujours cette allure après un incendie ? murmura Lauren à Beck.

Treadwell offrait effectivement un spectacle saisissant, avec ses épis collés de sueur qui se dressaient sur sa tête, signe qu'il avait porté pendant des heures un casque soumis à une forte chaleur. Mais, plus inquiétant selon Beck, l'homme solide et énergique de la veille donnait l'impression que le moindre souffle d'air le mettrait à terre. Aussi se dirigea-t-il vers le capitaine pour l'intercepter avant qu'il rejoigne le groupe.

— Tout le monde va bien ?

C'était une façon détournée de prendre de ses nouvelles.

— J'ai dû déléguer à Kolinski, répondit le capitaine en secouant la tête. Je n'ai jamais vu un pareil sinistre aussi tôt dans la saison.

— Je peux vous remplacer ce matin, si vous voulez dormir un peu, proposa Beck rebondissant sur le non-dit de la réponse.

Le capitaine lui sourit pour la première fois depuis longtemps et Beck s'en trouva ragaillardi.

— Ça va aller pour ce matin. En revanche, cet après-midi, je vous remets tous entre les mains des autres formateurs. Vous allez commencer la tour d'entraînement.

— Déjà ? Vous n'attendez pas la deuxième semaine, comme d'habitude ?

— Je veux que tout le monde soit opérationnel le plus rapidement possible.

Traduction : il serait peut-être amené à envoyer quelques bleus sur le terrain plus tôt que prévu. Le feu devait être particulièrement méchant.

Au loin, vers le nord, Beck aperçut en effet une brume de fumée estomper les roses et les bleus de l'aube.

Alors que Treadwell s'éloignait vers les stagiaires, Beck regarda Autry, qui semblait toujours soucieuse. Après une brève hésitation, il revint vers elle.

— Incendie dévastateur.

— Avons-nous eu des pertes ?

« Nous ». Elle pensait déjà collectif alors même qu'elle ne connaissait personne. Et il avait entendu l'angoisse dans sa voix. La même qui l'étreignait lui-même, mais que lui savait tenir à distance pour continuer à prendre les bonnes décisions. Et elle, en était-elle capable ? Impossible de le savoir pour le moment.

— Il l'aurait dit, s'il y en avait eu. Au fait, tour d'entraînement cet après-midi.

— Quoi ?

La voix soudain suraiguë de Lauren interpella Beck.

— Ça te pose un problème ?

— Nous n'avons pas encore fait la marche commando, dit-elle posément pour tenter de faire oublier sa première réaction.

Mais la panique persistait dans son regard. Aurait-elle peur de sauter ? Un sacré handicap !

Non, il devait y avoir une autre explication.

— C'est le changement de programme qui te perturbe ?

Elle toussota et avala le reste de son café.

— Non, pas du tout.

Pas dupe, il n'insista cependant pas.

— Je parie que la marche tiendra lieu d'entraînement sportif ce matin, dit-il.

Ils se turent car Treadwell annonçait le programme : portage de blessé autour du terrain.

— J'ai perdu ! dit Beck dans un souffle.

Comme le capitaine demandait avec qui ils souhaitaient faire l'exercice, Lauren leva la main et les désigna tous les deux, Beck et elle.

— Ellison et Autry. Je note.

— Tu veux que je te porte ? demanda Beck.

— Non. C'est moi qui vais te porter. Comment veux-tu soulever qui que ce soit avec un torticolis ?

— Je n'ai pas besoin qu'on me porte.

— La ferme, Beck !

Elle l'avait appelé par son prénom ! Et loin d'en être agacé, il se surprit à sourire.

— Dis donc, tu sais t'imposer, Lauren.

— Je veux, oui ! J'ai grandi dans une famille de pompiers. Uniquement des hommes qui, en plus, sont opposés à mon choix de carrière. Papa est le capitaine de la caserne où sont également affectés mes trois frères aînés. Je m'étonne que tu ne le saches pas.

— C'est toi qui sembles obsédée par moi.

Elle pâlit avant de le pousser suffisamment fort de la main pour le faire légèrement vaciller.

— La ferme ! dit-elle de nouveau. Je ne suis pas obsédée. Je me souviens de toi, c'est tout. Les gens ne tarissaient pas d'éloges sur toi pendant que moi, j'avais l'impression que l'univers entier ricanait sur mon compte.

— Ah bon… Je ne sais pas de quoi tu parles, mais peu importe.

Il ne taquinait pas les gens. Ne blaguait pas. Ne flirtait pas. Mince ! C'était pourtant ce qu'il était en train de faire. Il flirtait avec Lauren ! De quoi parlaient-ils donc avant qu'il s'aventure sur cette voie peu familière ?

Ah oui ! La famille de Lauren.

— Pourquoi devrais-je être au courant de ta situation familiale ? demanda-t-il.

Signal du regroupement sur la piste, un coup de sifflet impérieux de Treadwell les interrompit.

— « Autry » est quasiment un nom de légende chez les pompiers. Mais peut-être n'a-t-elle pas atteint les gardes forestiers ?

À cet instant, il regretta presque de ne pas prêter attention à ce genre de choses. Le père et les frères de Lauren avaient sans doute largement contribué à faire d'elle cette petite boule d'énergie animée d'un incroyable esprit de compétition.

Il espérait quand même qu'elle n'avait pas présumé de ses forces en se proposant pour le porter.

— Je suis plus lourd que je n'en ai l'air, tu sais.

— Voyons déjà si tu es capable d'aller jusqu'à la piste, Iron Man. Je t'y rejoins.

— Si tu n'arrives pas au bout, on est tous les deux fichus.

Elle se retourna et planta son regard dans le sien.

— Fais-moi confiance.

C'était plus facile à dire qu'à faire. Mais après tout, c'était elle qui risquait gros. Lui, était déjà pompier parachutiste. En outre, ne montrait-il pas à Treadwell son esprit d'équipe en acceptant la situation humiliante d'être porté par une femme qui, de surcroît, faisait trente centimètres et trente kilos de moins que lui ?

Quoi qu'il en soit, quelques instants plus tard ils se trouvaient tous les deux sur la piste.

— Un tour, Ellison, ordonna Treadwell. Ne la laisse pas tomber.

— C'est moi qui porte, rectifia Lauren.

Le capitaine les scruta tour à tour, avec toujours ce même air las.

— Je lui ai dit que j'étais lourd.

— Et moi, je lui ai dit de me faire confiance, riposta-t-elle avant de tourner lentement les yeux vers deux stagiaires qui ricanaient à trois couloirs de là.

Soudain, elle comprit qu'ils riaient à ses dépens parce que

elle, une femme, se proposait de porter un homme. En plein dans le sujet qu'elle avait évoqué avec Beck la veille au soir.

Ce dernier eut un peu honte : lui aussi avait émis des doutes. Et pour être franc, il continuait à mettre en question sa décision. Mais il avait accepté de lui accorder sa confiance.

En outre, sa promesse de la veille l'obligeait à intervenir contre ces deux odieux crétins.

Il s'élança, ignorant la douleur qui irradiait dans son cou, et ne s'arrêta qu'une fois torse contre torse avec celui qui avait ri le plus fort.

— Il y a un problème ?

L'homme, torse bombé, soutint son regard dans une attitude provocatrice mais, que ce soit à cause de l'ancienneté de Beck ou de la profondeur du mépris qu'il affichait, recula finalement et se contenta de lancer :

— Elle est vraiment petite. Je parie une caisse de bières qu'elle ne fera pas un tour de piste avec vous dans les bras.

— Oui, elle est plus petite que toi mais probablement plus résistante, répondit Beck sans lâcher la pression mais sans envenimer non plus la situation. Et on ne parie jamais contre un membre de son équipe, abruti.

— Ça suffit tous les deux, dit Treadwell d'une voix lasse mais avec suffisamment d'autorité pour que les deux hommes se séparent. Porteurs, prenez votre blessé pour un tour de piste.

Puis il ajouta, à l'adresse de Lauren :

— Ne le lâchez pas, aussi pénible qu'il soit.

Beck s'interrogea. Avait-il vraiment contrarié Lauren ? Elle le regardait avec des yeux éberlués. Pourtant il lui avait promis qu'il la défendrait si quelqu'un lui donnait du fil à retordre.

Il n'eut pas le temps de résoudre la question. Elle lui saisit un poignet, lui planta sans ménagement son épaule dans le ventre et commença à le soulever. Elle vacilla… Mais, dans un grognement rageur, réussit à se redresser.

Il fut tenté de s'assurer qu'elle voulait réellement continuer. Pour être mis dans le même sac que l'imbécile qui s'était moqué d'elle ? Hors de question !

Comme elle l'avait « jeté » sur son épaule, il avait le visage à hauteur de ses fesses à elle, une vue imprenable même.

À cette distance, rien ne lui échappait de ce spectacle réjouissant. Et surtout pas la façon dont son postérieur se mit à remuer sous son short de gymnastique lorsqu'elle commença à marcher. À marcher beaucoup trop vite.

— Ce n'est pas une course, rappela-t-il au derrière de Lauren.

— Tu es lourd. J'ai intérêt à me dépêcher.

Les efforts qu'elle fournissait se répercutaient dans sa voix, mais elle continuait à avancer et ses fesses à se balancer… Il se sentit frissonner de désir et ferma aussitôt les yeux pour penser à des choses moins émoustillantes : du pain moisi, l'odeur d'un cadavre d'animal…

Au premier virage, Lauren se mit à trembler de fatigue. Ses foulées se raccourcirent. Elle ralentit, vaincue par les lois de la physique.

— Vas-y mollo, dit-il.

Il essaya de la soulager en lui entourant la taille avec son bras libre pour se stabiliser et diminuer le ballant.

— Ton père serait fier de toi.

Jouer sur les sentiments était parfois un soutien moral efficace et, effectivement, elle eut un regain d'énergie. Mais la façon dont elle lui agrippa la cuisse n'exprimait ni soulagement ni gratitude.

Il s'était manifestement trompé en évoquant son père, capitaine de la caserne où elle exerçait. D'après sa réaction, il ne devait pas être fier d'elle ou elle ne souhaitait pas qu'il le soit.

De toute évidence, elle s'était lancé ce défi pour se venger de quelque chose. Encore fallait-il qu'ils terminent l'épreuve.

Arrivée aux trois quarts du parcours… elle accéléra ! Mais aussitôt la ligne d'arrivée franchie, elle se pencha en avant pour se débarrasser de lui et s'étendit à plat dos à même la terre battue et les gravillons.

— Bravo, dit Treadwell alors que Beck tendait le bras à Lauren pour la relever.

Il dut en fait la tirer pour la mettre debout. Puis, la jetant sur son épaule comme elle avait procédé avec lui, il alla la poser dans l'herbe, qui offrait un matelas plus confortable et où elle s'étendit de tout son long sur le ventre.

— Nous sommes les premiers, la félicita-t-il avec une tape amicale.

Elle se mit à applaudir… avec des gestes saccadés et mal contrôlés.

— Tu ne manquerais pas de sucre ? demanda-t-il, soudain inquiet.

Ils n'avaient pas encore pris leur petit déjeuner et elle venait de fournir de gros efforts.

— Non, répondit-elle d'une voix ferme en tendant la main pour qu'il l'aide à se redresser. Je me suis surestimée et j'ai sous-estimé ton poids, c'est tout. Tu bats Iron Man à plates coutures.

4.

— Plus impressionnant qu'Iron Man, c'est ça ? dit Beck en éclatant de rire.

Et de nouveau, il toucha Lauren. Il ne pouvait pas s'en empêcher, lui qui pourtant avait depuis longtemps abandonné l'idée d'une relation sérieuse avec une femme. Lui qui avait sciemment choisi le célibat et qui vivait habituellement cette situation sans état d'âme particulier et sans qu'un furtif contact physique ne suffise à tout remettre en cause.

Il serra sa main pour finir de la relever. Elle titubait.

— Marche un peu. Ça ira mieux.

— N'importe quoi !

Mais elle obéit et il l'accompagna. Toujours un peu instable sur ses jambes, elle lui heurta accidentellement le bras de l'épaule et, au lieu de s'écarter, s'appuya légèrement sur lui.

Il sentait le corps en sueur de Lauren agité de tremblements. Il lui aurait volontiers enlacé la taille. Pour la soutenir bien sûr, mais aussi — surtout ? — pour la maintenir contre lui, tout contre lui, et l'emmener là où ils seraient seuls.

— Si je tombe, dis à Treadwell que tu m'as fait un croche-pied.

Elle plaisantait encore. Si seulement il pouvait suivre son exemple et évacuer ses pensées déplacées !

Mais Treadwell l'y aida à son insu. En effet, la vue de son supérieur stoppa net ses fantasmes : le capitaine était livide et, fait rare chez lui, il avait les épaules voûtées.

— Il a besoin de sommeil, chuchota-t-il en même temps que Lauren lui soufflait :

— Il n'a pas l'air bien.

Tous deux s'approchèrent, alarmés par le teint gris de leur chef. Lauren ne s'appuyait plus sur Beck. Ils ne se touchaient plus. Beck put se concentrer.

— Capitaine ?

Treadwell lui fit signe d'attendre et Beck se tut pendant que le capitaine notait les performances des derniers stagiaires qui franchissaient la ligne d'arrivée en zigzaguant.

— Liste des binômes, dit-il alors en tendant son bloc-notes à Beck, comme la veille.

— Des binômes ?

— Cette année, vous travaillerez par deux. On court moins de risques quand on n'agit pas seul.

Treadwell accompagna sa déclaration d'un regard appuyé à Beck, qui en resta pantois. Il n'était pourtant pas du genre à se prendre pour le nombril du monde — en fait il savait que le monde l'oubliait plus souvent qu'à son tour — mais en l'occurrence, avec les critiques très précises de Treadwell à son encontre sur son côté loup solitaire, il s'interrogeait. Cette politique de binôme n'était-elle pas destinée à lui donner une leçon à lui, personnellement ?

— Si quelqu'un échoue à cause de ses capacités physiques, c'est une chose. Mais si c'est par manque d'esprit d'équipe, alors les deux partenaires recevront un avertissement. Après, ce sont les règles du base-ball qui s'appliquent.

— Élimination au bout de trois rappels à l'ordre ? demanda Lauren qui avait un peu récupéré.

— Exactement, répondit Treadwell. Après le petit déjeuner, lisez cette liste aux stagiaires. Chaque duo partagera aussi une baraque. Les instructeurs Ying et Olivera dirigeront l'entraînement à la tour. Ensuite, marche commando.

En un seul jour ? Beck s'étrangla intérieurement et se contenta de demander :

— La marche commando sera sous la direction de Ying et Olivera ?

— Non, sous la vôtre, asséna Treadwell avant de s'éloigner vers les baraquements d'une démarche mal assurée.

L'incapacité de Beck à travailler en équipe tenait à une seule raison : il n'avait jamais pu accepter qu'on l'aide, alors qu'il était lui-même prêt à secourir les autres. Et aujourd'hui, en dépit de tout, il aurait voulu porter assistance à son capitaine, ce chef d'habitude si vigoureux, si droit, qui avançait en titubant, le dos courbé. Beck le surveilla jusqu'à ce qu'il ait gravi — péniblement — le petit escalier des baraquements et ait disparu.

— La dernière fois que j'ai vu quelqu'un avec ce teint-là, il a fait une crise cardiaque peu après, dit Lauren à voix basse.

— Moi aussi. Mais avant de l'embêter, je veux voir comment il se sentira après s'être reposé.

— Tu ménages son amour-propre ? demanda Lauren qui, de toute évidence, désapprouvait cette décision.

— Non, je le respecte en tant que personne, répondit-il en la regardant droit dans les yeux.

Alors lui revint à l'esprit la discussion qu'ils avaient eue avant l'épreuve de portage de blessé.

— Au fait Lauren, je te dois des excuses.

Elle se figea, les yeux écarquillés.

— Pourquoi ?

— Je ne t'ai pas prise au sérieux quand tu assurais être capable de me porter. Comme Treadwell, d'ailleurs. Et tu es la seule dont on a douté des capacités.

Il inspira profondément pour se donner le temps de choisir ses mots.

— En fait, j'avais peur que tu veuilles faire tes preuves à tout prix, quitte à te blesser. Que cela te plaise ou non, tu es plus petite que nous. Cela dit, tu as réussi. J'essaierai donc de ne plus commettre cette erreur, c'est promis.

Un bref hochement de tête et des yeux humides lui prouvèrent combien Lauren appréciait ses excuses, ce dont il tira une vive satisfaction. Quoi que le capitaine pense de lui, il était quelqu'un de bien.

Elle dut se racler la gorge avant de demander d'une voix encore rauque :

— Que faisons-nous maintenant ?

— On annonce les binômes.

Il baissa les yeux vers le bloc-notes sur lequel les huit duos étaient notés de la main même de Treadwell.

« Ellison et Autry ».

Les premiers sur la liste. Liés l'un à l'autre. Partageant une baraque malgré toutes les raisons qui auraient dû s'y opposer.

Mais à cette simple perspective, tout son corps se mit à le picoter d'excitation et d'inquiétude. Excitation parce qu'il allait se trouver seul avec une femme qui l'attirait et inquiétude parce qu'il ignorait ce qui allait naître de ce rapprochement. Déjà, sans qu'il se l'explique, il se sentait enclin à la protéger.

Une inclination dangereuse, quelle qu'en soit la cause. Si elle l'apprenait, Lauren le prendrait très mal et le punirait probablement d'un bon coup de pied dans les parties.

— Il nous a mis ensemble, dit-il pour revenir au sujet présent en faisant signe à Lauren de le suivre vers le groupe.

— Pour le moment, petit déjeuner. Puis entraînement à la tour de saut. Déjeuner. Marche commando. La journée va être éprouvante.

— Où en est le feu ? demanda un stagiaire dont — ô miracle — Beck réussit à se rappeler le nom.

— Toujours très menaçant, Alvarez.

— Ils vont abandonner ?

— Pour autant que je sache, seul Treadwell est rentré aujourd'hui. Mais seulement pour quelques heures, je présume, dit-il en passant sous silence ses doutes sur l'opportunité pour le capitaine de retourner au combat.

Il respecterait ses choix et serait là si son supérieur avait mal évalué ses limites. Comme ce dernier avait fait pour lui, Beck, dans la montagne, l'année précédente quand il s'était surestimé.

— Concentrez-vous sur ce qui vous attend. Après le petit déjeuner, tour d'entraînement avec Wang et Olivera. Je donnerai les consignes pour la marche commando après le repas de midi.

Il allait devoir parler. Beaucoup parler et il n'aimait pas ça. Mais c'était un petit sacrifice auquel il pouvait consentir pour son capitaine.

Lauren resta à ses côtés.

— Tu veux que j'annonce la constitution des binômes ? demanda-t-elle.

Elle accompagna sa question d'un regard qui disait sans équivoque : « Je suis avec toi. » Elle comprenait ses difficultés à prendre la parole en public et cherchait à l'aider. Elle ne le poussait pas à changer. Elle ne se moquait pas de lui. Elle le soutenait tout simplement. Ce n'était pas grand-chose, mais il saisissait encore mieux ce que ses propres mots avaient signifié pour elle tout à l'heure.

— Ils savent lire, répondit-il tout bas avant de tendre le bloc-notes au stagiaire qui se trouvait le plus près de lui et d'ajouter, pour le bénéfice de tous : Cantine, à présent ! Prenez des forces et n'oubliez pas de boire !

Pendant tout le petit déjeuner, Lauren s'employa à ne pas penser à l'épreuve de la tour, préférant savourer les excuses sincères de Beck qui lui réchauffaient encore le cœur.

Si elle avait deviné sa puissance de séduction lorsqu'il disait ce qu'il fallait, de la bonne façon, au bon moment, elle aurait mis autant de distance que possible entre eux, quitte à ne pas profiter de ce que leur collaboration pouvait lui apporter professionnellement.

Pour le moment cependant, un danger plus imminent que Beck l'attendait. En effet, après avoir calé son estomac avec un burrito copieusement garni, elle se dirigeait vers l'endroit où son mensonge involontaire allait peut-être éclater au grand jour. Si elle n'osait pas sauter ou même si elle manquait simplement d'assurance, tout le monde découvrirait la vérité et elle serait mise à la porte si rapidement que ne pas avoir défait ses bagages serait un soulagement.

Si par bonheur elle passait l'épreuve sans se ridiculiser, alors elle réfléchirait à un moyen de se prémunir contre l'attirance de l'homme séduisant et compétent qui la traitait en égale. Une première étape serait peut-être de répertorier tout ce qui lui déplaisait chez lui plutôt que de se focaliser sur ce qui lui plaisait.

Il n'était en effet pas très avisé d'entretenir une liaison avec un collègue qui ne manquerait pas de conseiller à la femme qu'elle était de faire attention à elle, de ne pas postuler à tel ou tel poste, de ne pas se surestimer et blablabla et blablabla. Certes, Beck ne lui avait rien dit de tel. Il avait même soutenu le contraire. Tout à son attendrissement, elle se retrouva soudain au pied de la tour de béton.

Haute de plusieurs étages, celle-ci était équipée d'une plate-forme d'où s'élançaient les élèves, et de câbles qui descendaient en pente douce, le tout permettant de simuler en raccourci un saut en parachute, du largage à l'atterrissage.

— Ça va ? demanda Beck, manifestement inquiet, derrière elle.

Elle s'arrêta et tourna la tête vers lui.

Elle regrettait de plus en plus amèrement de ne pas avoir rectifié son dossier de candidature quand il en était encore temps. Sachant par expérience les détenteurs de l'autorité peu enclins à lui donner sa chance, elle avait fait l'autruche et compté sur ses compétences pour s'en sortir. Aujourd'hui, elle se trouvait au pied du mur.

— Oui, oui. Je viens seulement de m'apercevoir que le camp est quasiment vide.

Elle avait répondu la première chose qui lui était passée par la tête. Cela dit, elle avait raison : du fait de l'incendie, il ne restait que les seize débutants et quelques cadres.

Puis les deux instructeurs réclamèrent le silence, et elle écouta leur exposé sur l'équipement type du parachutiste. Un exposé beaucoup trop court à son goût, à la suite duquel les chefs répartirent les stagiaires en deux groupes : treize dans l'un et trois dans l'autre, ces derniers étant Ellison, Alvarez et… Autry.

— Vous trois, venez avec moi, ordonna Olivera. Habillez-vous et montez en haut de la tour. Les autres, suivez Ying.

Ce dernier emmena sa troupe vers les plates-formes à seulement un mètre du sol. Elle se sentit défaillir. Elle avait été mise avec les stagiaires expérimentés. Beck avait déjà sauté, elle en était sûre, et elle était prête à parier qu'Alvarez aussi. À moins que, comme elle, il n'ait anticipé sur les résultats de sa formation en remplissant son dossier ? Peu probable.

— Je vais voir où vous en êtes, dit Olivera. Je regarderai d'en bas. Si vous êtes trop rouillés, adieu !

Dans le vestiaire à la base de la tour, ils enfilèrent leur combinaison de saut et harnachèrent le sac contenant le parachute. Heureusement, elle maîtrisait ces opérations pour les avoir suffisamment répétées lors des cours qu'elle avait réellement suivis avant que son père et ses frères y mettent un terme.

— Qu'est-ce qu'il y a ? demanda-t-elle à Beck qui l'observait.

— Tu es blême, répondit-il à voix basse.

— Le petit déjeuner ne passe pas.

C'était la vérité mais cela n'expliquait pas sa pâleur. Dieu qu'elle détestait être obligée de mentir !

Une fois équipée, elle alla se présenter à Olivera.

— C'est bon, dit ce dernier après avoir vérifié son harnachement. Grimpez là-haut. Ne sautez pas avant mon signal.

Ouf ! Une étape sur trois de passée.

Malgré ses craintes, quand, après des kilomètres d'escalier, elle parvint au sommet de la tour, tout était rentré dans l'ordre côté digestif et rien ne lui paraissait irréalisable, pas même sa collaboration et sa cohabitation avec Beck. Après tout, grâce à ses quelques cours, elle savait dans quelle position se mettre au moment du saut et jusqu'à combien compter avant d'ouvrir le parachute.

Elle serait la première à se lancer. Une instructrice qu'elle ne connaissait pas était assise en haut de la tour et cette présence féminine la mit encore un peu plus en confiance. En un rien de temps, son harnais fut sanglé et quand Olivera donna le signal elle prit une profonde inspiration et sauta.

Après une chute de quelques mètres, le harnais la retint avec un à-coup si brutal que ses dents s'entrechoquèrent, mais elle effectua tous les gestes attendus et, moins d'une minute plus tard, elle atterrissait. Olivera l'aida à se décrocher du câble pour qu'elle remonte et recommence l'exercice.

Elle savait que, soucieux de sécurité comme l'étaient les pompiers, ils procéderaient par étapes : d'abord des entraînements à la tour, puis plusieurs largages à faible altitude et loin de tout danger, jusqu'à ce qu'ils aient acquis suffisamment de pratique et de réflexes pour sauter près d'un feu. C'était la règle pour la formation initiale comme pour le perfectionnement. Les supérieurs s'y tiendraient même avec les incendies précoces.

Tout irait bien.

5.

À la connaissance de Beck, tous les pompiers parachutistes, qu'ils soient civils ou militaires, clamaient que leur stage de bleus avait été le pire qui ait jamais existé. C'était une façon de se faire passer pour de vrais durs.

Mais, même en prenant en compte ces fanfaronnades, il n'avait jamais entendu parler d'un deuxième jour aussi exigeant que celui de cette année. Sa propre « semaine en enfer » n'avait pas tourné aussi vite au cauchemar. Le portage des « blessés », particulièrement éprouvant pour Lauren, n'avait marqué que le début des joyeusetés.

La tour s'était avérée un vrai supplice. N'étant que trois dans le groupe, ils avaient sauté, atterri, regagné la tour en courant, grimpé vingt et un étages encore et encore pendant deux heures d'affilée. Même la descente n'offrait pas de répit car l'à-coup à l'ouverture du parachute était plus que désagréable et sa répétition incessante causait des dégâts.

Si au moins ils en étaient restés là… Hélas ! Malgré leurs courbatures, ils étaient passés directement à la marche commando : un parcours de cross en forêt suivi de deux tours du terrain de sport, le tout avec un énorme sac sur le dos.

Une journée vraiment harassante.

Et maintenant, alors qu'il attendait dans le réfectoire, il ne voyait Lauren nulle part. Tout le monde était là, sauf elle.

Juste avant la tour, elle était passée d'une volubilité joyeuse à un mutisme renfermé, un revirement qui l'avait intrigué. Quelque chose lui était-il arrivé qu'il n'aurait pas remarqué ? Un autre débile lui aurait-il mal parlé ? Avait-elle soudain pris pleinement conscience qu'ils faisaient équipe ?

À ce propos, il fallait qu'ils discutent de ce qu'elle attendait de leur association. En attendant, il allait devoir partir à sa recherche. Si elle n'était pas dans sa chambre, il irait inspecter les bois et arrangerait une explication pour qu'elle ne soit pas renvoyée malgré un dépassement du temps imparti.

Comme il allait quitter le réfectoire, la porte s'ouvrit sur une Lauren cramoisie, en sueur, couverte de boue et prête à s'effondrer. Ses cheveux soigneusement tressés du matin ressemblaient à présent à une crinière de lion.

— On dirait un zombie.

Au lieu des yeux au ciel avec lesquels elle aurait accueilli cette remarque en d'autres circonstances, Lauren se contenta d'un « merci » sec et las.

Il la saisit par les épaules pour lui faire exécuter un demi-tour et la pousser hors de la salle, direction la baraque.

— J'ai faim, protesta-t-elle sans offrir cependant de réelle résistance.

Elle ne paraissait même pas avoir la force de marcher, alors se mettre à discuter, n'en parlons pas !

— Je t'apporterai à manger, répondit-il avec fermeté. Tu as réussi à boucler la marche en quatre-vingt-dix minutes ?

— Quatre-vingt-neuf, répondit-elle dans un souffle. Tu t'es déjà douché ?

À la note douloureuse dans sa voix, il s'arrêta net.

— Oui, avoua-t-il.

Il avait donc mis moins de temps qu'elle. L'expression de défaite de Lauren se mua en amertume, un sentiment auquel lui-même essayait d'échapper depuis la dernière campagne. Si elle contrôlait si mal ses émotions, comment tiendrait-elle le coup dans des situations critiques ? En même temps, son désir de se dépasser donnait envie de la soutenir.

Sans rien ajouter, elle se remit en route vers la baraque d'une démarche laborieuse qui rappela celle de Treadwell à Beck. Mais les traits tirés et les rougeurs sur les joues de sa coéquipière ne le préoccupaient pas autant que la pâleur du capitaine. Les symptômes de Lauren disparaîtraient, eux, avec du repos et quelques soins.

Un quart d'heure plus tard, quand il revint avec les repas

à la baraque au confort spartiate, Lauren dormait, assise sur une chaise, la joue appuyée contre le faux bois de la minuscule paillasse.

Il l'aurait volontiers laissée récupérer mais cela ne lui aurait pas rendu service. Pour survivre le lendemain à une nouvelle journée comme celle qui venait de s'écouler, il était impératif qu'elle se nourrisse.

— Lauren ? fit-il doucement.

Pas de réaction. Il répéta son nom, un peu plus fort. Toujours rien. Elle était vraiment partie.

Comme elle ne bronchait toujours pas, il renonça à la méthode douce et hurla :

— Autry !

Elle se redressa en sursaut, le regard perdu, les yeux troubles, le cerveau en dormance. Quand, enfin, elle repéra dans les bras de Beck les repas dans des boîtes en carton, elle tendit les deux mains.

— Tu vas avoir la force de mâcher ?

— Prépare-toi à me faire les gestes de premier secours si je m'étouffe, répondit-elle, moqueuse.

— Dîner, douche et dodo, ça te va ? demanda-t-il.

— Non. Dîner et dodo.

À même le sol s'il le fallait.

— Les draps ne seront changés que dans une semaine, répondit-il en l'observant un peu trop intensément à son goût.

— Je sais que je pue. Inutile de tourner autour du pot.

— Tu ne pues pas. Certes, tu es pleine de sueur. Mais rien de comparable avec l'odeur que je dégageais tout à l'heure.

— Ma transpiration sent moins mauvais que la tienne ? Tu m'en vois ravie.

Il resta un instant sans savoir que dire, puis bougonna :

— Tu sens… le miel et le sale.

Elle sourit, cette description aurait pu passer pour un compliment.

— Tu devrais inventer des parfums.

— À défaut, je conçois des perles de bain.

Elle s'immobilisa, fourchette en l'air.

— Arrête !

— En fait, ce sont des sels de bain sans forme précise. Mais très efficaces contre les courbatures.

Elle n'en doutait pas mais elle avait une autre priorité.

— Tu pourrais m'étirer les épaules ?

Il demeura coi.

— Le trapèze, là, précisa-t-elle. Aide-moi juste à lever mes bras en arrière. Il y en a pour une minute.

Il hocha la tête, toujours perplexe, et continua à manger.

— On ne t'a pas appris les étirements, chez les Marines ? Au fait, ce sont eux qui t'ont donné la recette des perles de bain ?

Il demeura encore un long moment silencieux. Quand enfin il répondit, la douceur de sa voix trahissait un profond chagrin.

— C'est ma mère.

Elle connaissait cette tonalité pour l'avoir entendue chez son père chaque fois qu'il évoquait sa femme défunte — sa mère à elle. La mère de Beck n'était plus de ce monde, elle le comprit intuitivement.

— Je suis désolée.

Fronçant les sourcils, il leva d'un coup les yeux vers elle.

— Comment sais-tu qu'elle est morte ?

— J'ai perdu ma mère quand j'avais cinq ans. Mon père ne s'est pas remarié. Il porte toujours son alliance et il n'a jamais fait son deuil. Il a la même façon de parler que toi à l'instant… C'est difficile à définir…

— Des regrets. Ce que tu entends, ce sont des regrets. Qu'est-il arrivé à ta mère ?

— Un peu après ma naissance, on lui a découvert un cancer du sein. Apparemment, ce n'est pas rare chez les femmes qui deviennent mères un peu tardivement. Je ne l'ai connue que malade. En fait, j'ai gardé peu de souvenirs d'elle. Pendant les longues périodes où la chimio détruisait son système immunitaire et où elle ne pouvait pas avoir quatre petits monstres pleins de microbes autour d'elle, mes grands-parents nous prenaient chez eux, mes frères et moi.

— Je suis désolé, dit-il à son tour.

Il la regardait avec dans les yeux tant de compassion et une douleur si tenace qu'elle sut que son deuil était plus récent que le sien. Cela expliquait-il sa présence parmi les débutants ?

Elle avait passé en revue les raisons possibles : rôle pédagogique ? Problèmes d'effectifs ? Sanction ? Cette dernière hypothèse lui paraissait la plus plausible vu l'irritation qu'il semblait susciter en Treadwell, mais elle n'osa pas éclaircir le mystère… Pour le moment.

— Du coup, ton père est devenu un papa poule, c'est ça ? Comme il n'a pas pu te dissuader de devenir pompier, il t'a gardée près de lui dans sa caserne.

— Oui. Probablement parce qu'il n'a pas réussi à la protéger, elle. Et mes frères font comme lui. Ils avaient peur de me perdre moi aussi. C'est ce qui m'a retenue de ruer dans les brancards.

— Mais tu es ici.

— C'est vrai, dit-elle avec un lent hochement de tête.

— Pendant la saison morte, tu seras employée par l'office des forêts. Tu ne seras pas avec eux.

— Je sais.

Elle avait consciencieusement évité de s'appesantir sur la question. Elle n'était toujours pas sûre d'être faite pour le métier de garde forestier. La vie au grand air lui plaisait, mais elle n'était pas particulièrement ferrée en matière d'arbres et de faune.

— J'ai dû en avoir assez de nager à contre-courant, dit-elle. À vrai dire, je ne sais pas trop où j'en suis. J'essaye de ne pas penser à comment je réagirai si quelque chose leur arrive en mon absence.

Il s'abstint de tout commentaire, mais elle ne lut aucun jugement dans ses yeux noir expresso. Simplement de la compassion. Et de la tristesse.

Lui était resté très discret sur sa mère, preuve qu'il ne souhaitait pas aborder le sujet. Mais à présent qu'il était son coéquipier, elle avait besoin de lever un peu le voile sur son passé et en particulier sur la cause de ses ennuis. Quelle qu'elle soit.

— Quand as-tu perdu ta maman ?

— Quand j'avais dix ans, répondit-il finalement alors qu'elle commençait à désespérer.

Cela remontait donc à au moins quinze ans.

Il aurait dû prendre un peu de recul, après tant d'années. À moins qu'elle-même ne soit pas normale de l'avoir fait ?

— Comment est-elle morte ?

Un long silence, de nouveau. Parce qu'il n'avait pas envie d'en parler ou parce que la douleur le rendait muet ?

— Un incendie.

Cette réponse lapidaire effaça toute autre pensée de l'esprit de Lauren.

— Oh, mon Dieu ! Beck…

— Je ne veux pas en parler.

Il avait dix ans. Sa mère était morte dans un incendie. Lauren avait-elle vraiment besoin d'en savoir plus sur les raisons qui l'avaient poussé à devenir pompier parachutiste ? À s'engager comme soldat du feu dans l'armée ? De toute façon, ce qu'elle pourrait dire suffirait-il jamais ?

Elle comprit au plus profond d'elle-même, là où elle rangeait toutes ses douleurs, qui était cet homme. Cependant, le mystère restait entier, pourquoi avait-il été renvoyé ici après avoir été porté aux nues ? Mais elle ne se sentait pas d'insister. Ni d'abandonner définitivement le sujet, d'ailleurs.

— Comment ça se fabrique, les perles de bain ?

Si elle avait eu la force de caractère d'observer des silences aussi longs que ceux de Beck, elle aurait peut-être trouvé quelque chose de plus délicat ou compatissant à dire. Elle espérait seulement que sa question, liée indirectement à la mère de Beck, ouvrirait une brèche dans son mur de souffrance.

Il leva de nouveau les yeux de son repas et dressa la liste des ingrédients nécessaires.

— J'en ai quelques-unes de prêtes. Il ne manque que les aiguilles de pin, un excellent décontractant musculaire. Je peux aller en chercher si tu veux.

— Merci. C'est…

Elle s'arrêta, ravalant les dénis auxquels elle recourait habituellement pour cacher ses faiblesses.

— Ce ne sera pas du luxe.

— Plus tard, tout le monde se vantera auprès de toi que

sa semaine en enfer était la pire qui ait jamais existé, dit-il en fermant la boîte en carton de son dîner. Crois-moi, ce ne sont que des fanfaronnades par rapport à ce que tu as fait aujourd'hui.

— Le programme a été le même pour toi.

— On ne m'a jamais demandé de porter sur une telle distance quelqu'un de beaucoup plus lourd que moi. Sauf imprévu, en intervention on est toujours deux pour transporter un blessé. Et on dispose de brancards pliants.

Le sujet les détendit. Et qu'entendait-elle dans sa voix à présent ? De l'admiration ! Son sourire lui revint en même temps que la force de terminer son repas.

Comme promis, il alla chercher des aiguilles de pin, qu'il enveloppa dans un mouchoir pour que Lauren ne se pique pas, et fit couler le bain.

Pour la première fois de sa vie, elle rencontrait quelqu'un qui l'aidait sans essayer de la brider. Elle n'était pas sortie qu'avec des goujats, mais elle n'avait fréquenté que des pompiers — normal vu le milieu dans lequel elle évoluait — qui exerçaient dans sa caserne et subissaient donc la pression de son père et de ses frères. Troy par exemple se montrait si charmant quand ils étaient seuls et hors du cadre professionnel qu'elle l'avait cru de son côté… Jusqu'à ce qu'il prenne le parti de son père contre elle. Cette trahison l'avait profondément meurtrie.

Voilà en quoi Beck était différent — et beaucoup plus dangereux… Il l'aidait pour qu'elle soit prête pour le lendemain. Il n'essayait pas de la convaincre d'arrêter.

Le temps qu'elle aille dans sa chambre et qu'elle en sorte avec des vêtements propres, il était de nouveau assis à la table, le regard dans le vide.

— Le bain est prêt. Tu veux qu'on s'occupe de tes épaules avant ou après ?

Elle se planta devant lui, bras pliés vers l'arrière, poings appuyés sur le milieu de son dos.

— Tire mes coudes vers toi jusqu'à ce que je demande grâce.

De ses larges mains vigoureuses, il s'exécuta jusqu'à ce qu'elle pousse involontairement un petit cri. Puis elle dut plaider pour qu'il accepte de forcer davantage. Il répéta ensuite la même opération vers l'avant.

Elle le remercia et se dirigea vers la salle de bains… qu'elle n'atteignit pas car il la retint par le dos de son chemisier.

Sans un mot, il lui massa les trapèzes avec des mouvements circulaires de la paume. Il poursuivit de chaque côté de la colonne vertébrale jusqu'au milieu du dos. Elle baissa la tête et puisa dans le peu de forces qui lui restaient pour ne pas se recroqueviller sur elle-même.

Au bout de quelques minutes, qu'elle aurait donné cher pour prolonger quitte à ravaler sa fierté, il la libéra.

— Ne t'endors pas dans la baignoire.

Elle entra en titubant dans la salle de bains, résolue à se dépêcher, et s'aperçut soudain qu'il avait raison : une fois dans l'eau chaude, jamais elle ne resterait éveillée. Si elle était seule en tout cas.

— Je suis désolée de t'embêter encore, mais je crains vraiment de ne pas résister au sommeil dans la baignoire.

— Ce n'est pas grave.

— Tu ne voudrais pas me tenir compagnie ?

Comme s'il avait été piqué par un insecte, il se leva d'un bond de la chaise où il s'était déjà rassis.

— Je ne crois pas que ce soit une bonne idée, Lauren. Tu es charmante, mais prendre un bain ensemble… C'est une mauvaise idée… Je n'avais pas ça en tête…

Pour une fois il parlait à toute allure, et si nerveusement qu'elle sut que leur attirance était réciproque.

S'il lui était resté un tant soit peu d'énergie, elle aurait été gênée qu'il pense qu'elle lui faisait des avances. Mais elle était trop fatiguée même pour rougir et elle le trouvait vraiment très séduisant.

— Je ne te demande pas de prendre un bain avec moi mais de me parler à travers la porte de là où tu es pour que je ne me noie pas.

Après encore quelques hésitations, il accepta d'un lent signe de tête et reprit place sur sa chaise.

Quelques minutes plus tard, la porte de la pièce entrebâillée, Lauren plongea son corps endolori dans l'eau chaude parfumée à la lavande. Quel bonheur cela aurait été, de s'abandonner aux bras de Morphée !

— De quoi veux-tu parler ? demanda-t-il.

De lui. De sa mère. De sa vie. De pourquoi il avait été renvoyé chez les bleus.

— Nous sommes liés l'un à l'autre, dorénavant, dit-elle. Tu dois craindre que je te freine, après ce que tu as vu aujourd'hui.

— Non, pas du tout.

— De toute façon, ne t'inquiète pas. Je n'ai aucune intention d'être recalée.

« Ni de te faire recaler », faillit-elle ajouter car les attentions de Beck, quelles qu'aient été ses arrière-pensées, étaient une véritable bénédiction et elle voulait rembourser sa dette.

— Si l'un de nous deux échoue, ce sera moi, répondit-il après un moment. Treadwell a mis ces binômes en place parce que je ne sais pas travailler en équipe.

Ce qui voulait dire qu'un incident ou même un accident s'était produit… à cause de lui.

— Que s'est-il passé ?

— Une catastrophe évitée de justesse. Un risque que je n'aurais pas dû prendre.

Pas très précis tout ça…

— Quel risque ?

— Un chien dans un incendie. J'ai voulu le sauver. J'ai été encerclé par les flammes. On a dû venir me chercher.

Rien de vraiment répréhensible, alors.

— Tu as sauvé le chien ?

— J'ai dû l'assommer. Ils ont réussi à nous héliporter mais il s'en est fallu de peu que… Les flammes… La chaleur… J'ai mis mes collègues en danger.

— Mais tout le monde s'en est sorti ?

— La question n'est pas là.

Elle aurait voulu voir son visage, cela l'aurait aidée à décrypter ses propos. Comment interpréter cette note critique dans sa voix ? Était-elle dirigée contre lui-même ? En voulait-il à Treadwell de l'avoir sanctionné ? À ses collègues de lui avoir porté secours ?

— Pourquoi ne saurais-tu pas travailler en équipe ?

— Je ne sais pas, c'est tout.

— Tu ne demandes pas la permission avant d'agir ? Tu ne demandes pas d'aide ? Tu…

— Je ne demande pas d'aide.

Ça, elle comprenait !

— Mais les amis apportent parfois de l'aide sans qu'on le leur demande. Regarde, tu m'as aidée ce soir et tu continues en ce moment même…

— Nous ne sommes pas en danger.

Elle attrapa d'un air rêveur le mouchoir contenant les aiguilles de pin. Pas en danger ? Oh que si ! Elle était sur le point de s'aventurer sur un terrain périlleux avec cet homme, qu'en outre elle ne laissait manifestement pas indifférent.

Et tremper dans l'eau chaude tout en lui parlant risquait de précipiter les choses…

Changement de programme, ma petite : dépêche-toi de te laver, souhaite-lui bonne nuit et dodo !

Elle mit son plan à exécution. Lorsqu'elle sortit en pyjama de la salle de bains, Beck était toujours assis sur sa chaise.

— Tu as été génial ce soir, Beck. Merci.

Ce compliment n'était qu'un pâle reflet de la gratitude qu'elle éprouvait, mais elle n'avait rien trouvé de mieux pour le moment.

— Tu n'aimes pas demander de l'aide ? Très bien. Alors, au lieu de demander, donne-moi des ordres.

— Tu le prendrais mal.

— Exact, sauf si je sais qu'il s'agit d'un code. Nous sommes partenaires, ne l'oublie pas. Mais de toute façon, je serais prête à t'aider.

— Pourquoi ?

— Parce que tu es quelqu'un de bien, répondit-elle en se dirigeant vers sa chambre.

Cette incontestable vérité ne rendait pourtant pas compte de l'attirance qu'il exerçait sur elle.

Elle n'avait toujours pas appris pourquoi il avait été renvoyé avec les débutants. À son avis, avoir des difficultés à travailler en équipe et avoir dû être secouru ne justifiait pas une sanction.

Si c'était exceptionnel. Et dans le cas contraire, comment expliquer qu'elle n'ait lu que des articles élogieux sur lui ?

Mais il était l'heure d'aller dormir, pas de se poser des questions.

6.

Lauren, trop épuisée pour penser au-delà de l'instant présent, avait passé le troisième jour dans le brouillard.

Même sans marche commando, la journée avait été rude. Après le portage de blessé du matin, où elle avait inversé les rôles avec Beck, il y avait eu deux séances à la tour. Physiquement éprouvantes malgré la présence d'un nombre plus important de participants, elles avaient été entrecoupées par une kyrielle d'exercices dignes d'un camp d'entraînement militaire, et par plusieurs courses à pied.

La fatigue accumulée au cours des trois premiers jours l'aidait à ne pas ressasser les questions délicates qu'elle se posait sur Beck — sa mère, l'incendie, sa faute…

Ils n'avaient parlé que du feu qui continuait à se propager au nord, et de la santé de Treadwell. Ce dernier avait vertement éconduit Beck venu prendre des nouvelles par un cinglant « Mêlez-vous de vos oignons ».

Beck et Lauren avaient tacitement et fort judicieusement convenu de ne plus renouveler le moment d'intimité de la veille. Ils avaient efficacement travaillé de concert et s'étaient même stimulés l'un l'autre. Le soir, il lui avait donné d'autres sels de bain et elle avait procédé à ses étirements sans son aide.

Le quatrième jour, une intervention imprévue pour laquelle tous les deux se portèrent spontanément volontaires interrompit la routine.

Tôt le matin, un car les conduisit vers le nord, entre le feu qui faisait rage et une zone qui serait menacée si le vent tournait. Aucunes flammes n'étaient visibles mais l'air était saturé d'une fumée que les rayons de soleil teintaient en orangé et si épaisse qu'ils suffoquaient avant même d'avoir commencé à travailler.

Très vite, on leur distribua des pelles pour creuser les tranchées autour des zones de broussailles ou d'herbes sèches où ils allumeraient ensuite un contre-feu pour priver l'incendie de combustible. Ils devaient attaquer le travail à la route et avancer jusqu'à la limite des arbres.

Tout le monde se mit à l'œuvre en silence. Entre l'air irrespirable et la dureté du sol, la tâche était harassante. Quand ils arrivèrent au bout de leur ligne, Lauren alla chercher de l'eau. À son retour, Beck avait disparu.

Elle le chercha partout — dans le car, derrière le car, dans le camion… — jusqu'à ce que Treadwell lui désigne d'un regard sévère les arbres à l'autre extrémité du champ. Une silhouette s'y tenait debout, les mains sur les hanches. Elle attrapa sa pelle, de l'eau et traversa le champ au pas de course.

À l'orée de la forêt, Beck sondait le sol avec sa pelle. À cette distance des autres, Lauren pouvait parler sans crainte d'être entendue.

— Beck ? fit-elle en approchant, gourde tendue vers lui pour adoucir les reproches qu'elle se préparait à lui adresser. Tu joues à cache-cache ou tu essaies seulement de te soustraire à l'odeur de sueur de quatorze types en train de creuser ?

— Je sens de la fumée, répondit-il sans l'ombre d'un sourire et sans prendre la gourde. Il faut commencer les tranchées ici.

— Tout le monde la sent. La zone est en alerte rouge pour la pollution de l'air aujourd'hui.

— L'odeur est plus forte que tout à l'heure.

— Tu l'as dit à Treadwell ou à Kolinski ? demanda-t-elle… pour la forme.

— Ils m'ont vu.

Voilà donc ce que Treadwell entendait par « ne pas savoir travailler en équipe ».

— Effectivement, Treadwell t'a vu… faire bande à part. Tu es pris en flagrant délit.

Il ne leva pas les yeux au ciel mais la regarda fixement quelques secondes avant de recommencer à ameublir le sol à coups de pelle.

— « Autry, viens avec moi sentir les arbres là-bas », dit Lauren d'un ton aussi viril et autoritaire qu'elle put. Tu vois ? Fastoche. Et comme ça, nous travaillons en binôme même si nous nous isolons du reste du groupe.

— OK, marmonna-t-il sans commenter le petit numéro de Lauren. Le feu va venir par ici. En un rien de temps, il va engloutir cette zone de broussailles, grossir trop vite et dégager trop de chaleur pour être contrôlé. Pour le ralentir, il faudrait faire une tranchée ici et commencer le brûlage dirigé dans ce secteur.

Il avait beau savoir qu'ils avaient été appelés par précaution et que les responsables ne pensaient pas que le feu se dirigerait vers leur zone, dès qu'il était question d'incendie il semblait entrer en mode guerrier comme sur une zone de combat.

Peut-être était-ce ce que le feu représentait pour lui ?

— Je vais expliquer ça à Treadwell, pour le cas où il voudrait nous envoyer des renforts. Bois, dit-elle en lui lançant la gourde, qu'il accepta cette fois.

À deux reprises encore Beck disparut, laissant Lauren partir à sa recherche.

Malgré ses prédictions et les vents changeants, le feu ne les atteignit pas. Vers 15 heures, ils embrasèrent la première section de champ et se relayèrent avec des pelles et des lances à incendie pour venir à bout des flammèches. Ils progressèrent ainsi, méthodiquement, de parcelle en parcelle. Après le travail de terrassement, cette activité leur paraissait presque agréable, et Lauren n'eut même pas à courir après Beck.

Toute l'équipe étant absorbée par la surveillance du contre-feu, personne ne vit Treadwell s'effondrer. Lauren fut la première à le remarquer. Alors qu'elle posait sa pelle pour boire, elle l'aperçut allongé dans les hautes herbes marron.

— Capitaine !

Son hurlement parvint aux oreilles de Beck par-dessus le rugissement des flammes. Il se précipita à sa suite vers Treadwell.

— Je sens son pouls mais il est faible et irrégulier, dit-elle après s'être agenouillée à côté du capitaine. Ce teint gris et cette respiration courte ne me disent rien qui vaille. Il faut lui donner de l'oxygène.

— Ne m'obligez pas à vous faire du bouche-à-bouche, capitaine, dit Beck, se forçant à plaisanter tout en tapant le numéro d'appel d'urgence sur son portable.

— La première année vous vous y seriez peut-être risqué, mais plus maintenant, dit Treadwell en haletant d'une voix pleine de reproches. Autry serait encore en train de courir après vous si nous n'avions pas allumé le contre-feu. Vous ne vous seriez aperçu de rien.

Il reprit son souffle et poursuivit :

— Il n'écoute plus un mot de ce qu'on lui dit, fit-il pour lui-même en secouant la tête, davantage comme un père déçu que comme un supérieur en colère.

Il parlait si difficilement que Lauren pria pour qu'il se taise enfin. Sans résultat.

— Mais peut-être qu'il fera attention aux paroles d'un mourant.

Elle risqua un regard vers Beck et lut inquiétude et tristesse dans ses yeux.

— Vous n'allez pas mourir, répondit Beck d'une voix un peu rauque avant d'aller chercher dans le camion un brancard et un concentrateur d'oxygène portable.

Lauren sortit d'une pochette une canule nasale qu'elle fixa sur Treadwell.

— Respirez lentement et à fond, capitaine.

— Impossible, répondit Treadwell, pantelant. J'ai un dix tonnes garé sur la poitrine.

— Nous sommes loin de la route et la voie d'accès est barrée par le car, répondit Beck.

Il s'agenouilla pour prendre à son tour le pouls de Treadwell.

— Trop rapide, dit-il en chuchotant.

— Tachycardie, répondit Lauren dans un souffle. Pourquoi n'avons-nous pas de défibrillateur, bon sang ?

— Je ne sais pas. Bon. Transportons-le jusqu'à la route.

Un ordre. Une requête. Il y avait des progrès même si, en l'occurrence, il n'avait guère eu le choix.

En une minute, à tous les deux, ils transférèrent le capitaine sur le brancard, l'y sanglèrent, et gagnèrent la route aussi vite que le permettait le terrain accidenté.

Treadwell, comme presque tous ceux qui secouraient ou soignaient les autres, se révéla un malade épouvantable. Pendant le trajet, il critiqua sans cesse Beck, même quand le manque d'air lui rendait la parole difficile, même quand une douleur fulgurante lui traversait la poitrine.

Derrière eux, tout le monde s'était remis au travail sous les ordres de Kolinski. Rien, pas même la crise cardiaque du gradé aux commandes, ne justifiait qu'on suspende la lutte contre le feu.

Les ambulanciers, dont l'un était très jeune et l'autre de mauvaise humeur, arrivèrent à peu près en même temps que Lauren et Beck, et arrimèrent directement le brancard sur la civière à roues.

— À quoi vous jouez ? hurla soudain Beck en voyant le petit jeune hésiter à ouvrir la combinaison de Treadwell.

Sans attendre la réponse, il se précipita et, d'un mouvement sec, fit descendre la fermeture Éclair puis déchira le T-shirt. De son côté, Lauren arracha des mains de l'autre ambulancier les électrodes qu'il était allé chercher et les appliqua sur le torse à présent dénudé de Treadwell.

— Qu'est-ce que vous fabriquez tous les deux ? demanda ce dernier.

Plutôt que de perdre du temps à répondre, Lauren brancha le moniteur, laissant Beck et l'ambulancier plus expérimenté prendre le relais avec les électrodes. Au jeunot, qui restait les bras ballants, elle réclama un masque à oxygène, plus efficace que la canule nasale.

Bientôt, un trait irrégulier se mit à onduler sur l'écran sous l'œil angoissé de Beck.

Treadwell ayant catégoriquement refusé que Lauren et Beck l'accompagnent, ils s'écartèrent pour laisser les secouristes charger la civière dans le véhicule. Lauren n'avait jamais vu Beck avec la mine aussi sombre, nul doute qu'il ressassait toutes les piques du capitaine.

Treadwell regrettait manifestement l'ancien Beck. Celui de la première année. Le problème, quel qu'il fût, datait donc de la saison précédente. Il s'était passé quelque chose d'autre que cette histoire avec le chien. Et pour que leur binôme survive, ou que chacun d'eux survive, Beck devait affronter ce « quelque chose d'autre ».

Le brûlage contrôlé se termina avec succès peu après le départ de l'ambulance. La caserne locale envoya une équipe de pompiers surveiller les cendres encore fumantes et les stagiaires, épuisés, se préparèrent pour un long trajet de retour à la base.

À l'aller, Lauren avait évité Beck. Mais à présent, elle se dirigea droit sur lui à sa montée dans le car.

Assis de travers, le dos contre la paroi métallique, il avait étalé les jambes sur le siège à côté de lui et fermait les yeux. Du pied, elle libéra la place.

Il commença à jurer et s'arrêta net en la voyant, mais ne se redressa pas tout de suite. Il cherchait visiblement à la faire déguerpir.

— Il y a de la place ailleurs, dit-il finalement comme elle ne bougeait pas.

— Je sais, répondit-elle, lui tendant sa gourde en guise de calumet de la paix.

Elle était résolue à ne plus attendre qu'il veuille bien affronter ce « quelque chose d'autre ». Que cela plaise ou non à Beck, ses problèmes la concernaient directement.

— Treadwell a-t-il toujours été ton chef ? demanda-t-elle lorsqu'ils eurent atteint l'autoroute où le vent par les fenêtres ouvertes et le bruit des six gros pneus sur l'asphalte permettaient de parler en privé.

Il confirma d'un signe de tête, le regard fixé sur la couture du dossier de devant. Il ne desserrait pas les lèvres, mais il écoutait.

Il n'allait pas bien. Et pas uniquement parce que la santé de Treadwell le préoccupait. De toute évidence, il ruminait les propos du capitaine, un homme qui l'aimait incontestablement mais qui, lui non plus, ne le comprenait pas.

Pour le moment, ne lui pose pas de questions trop person-

nelles. Vas-y doucement, avec délicatesse. Tâche de le faire parler.

— Tu avais remarqué un changement chez Treadwell avant cette semaine ?

— Je ne l'ai pas vu beaucoup, ces derniers mois. Comme je te l'ai expliqué, en dehors de la saison à risque, je suis garde forestier. L'autre facette du métier.

— Et ça te plaît ?

Il hocha de nouveau la tête mais son regard devint soudain pensif. Un événement lui était apparemment revenu en mémoire.

— Qu'y a-t-il ?

— Maintenant que j'y pense, quand Treadwell m'a convoqué, il était essoufflé et semblait fonctionner au ralenti.

Ainsi, Treadwell l'avait convoqué ? Pour lui expliquer les choses de la vie ? Elle avait de plus en plus l'impression qu'il jouait le rôle de père de substitution pour Beck.

— Il a voulu te voir parce que le travail en équipe n'est pas ton fort ?

— Inutile de tourner autour du pot, Autry. Je sais que j'ai foiré.

Il s'emportait, mais cette colère était dirigée contre lui-même.

— Alors pourquoi continues-tu à jouer en solo ?

— Je ne sais pas.

— Je ne te crois pas. Un solitaire comme toi se livre nécessairement à l'introspection. Toutes les décisions ont une motivation, même absurde. Je pense que tu sais parfaitement pourquoi, ou bien que tu fais l'autruche.

Comme toujours, il prit son temps pour répondre. Plus que d'un homme s'adonnant régulièrement à l'auto analyse, il donnait l'impression de quelqu'un qui n'aimait pas du tout ce qu'il avait déjà découvert sur lui-même.

Elle brisa le silence pour essayer de l'amener à parler.

— C'est quoi pour toi un feu, Beck ?

— Quelle question idiote ! Du feu.

— Ça représente davantage pour toi.

— Si tu le dis..., répondit-il les yeux au ciel. Et pour toi, alors ?

Elle n'avait jamais réfléchi à la question, aussi mit-elle

quelques longues secondes à trouver l'image — apparemment ridicule puisqu'elle associait feu et eau — qui rendait compte de sa vision personnelle.

— Pour moi, c'est comme le grand bain d'une piscine dans laquelle je suis maître-nageur affectée au petit bain. Je vois des gens en train de se noyer, mais chaque fois que j'essaye de les secourir, un des responsables me fusille du regard et me tend des flotteurs en m'enjoignant de m'occuper du bassin des enfants. Ou comme un bal auquel j'ai été invitée, mais uniquement pour servir les rafraîchissements. Ou comme…

— Merci, j'ai compris, coupa-t-il avant de se murer dans le silence, tête tournée vers la vitre.

Réfléchissait-il ou lui signifiait-il que la discussion était terminée ?

— C'est mon adversaire, dit-il au bout d'un long moment. Je me vois comme un flic lancé à la poursuite du tueur en série qui a massacré sa famille.

Il avait parlé calmement mais ce qu'il décrivait était tellement énorme qu'elle se sentit un instant perdre pied. Sa poitrine la brûla. Le mot « adversaire » n'était même pas le bon. Trop policé.

Oui, c'était énorme, mais cela n'expliquait pas tout et en particulier pas ce qui avait changé pour lui l'année précédente.

— Le jour où tes collègues ont dû voler à ton secours a-t-il ravivé le souvenir de ce qui est arrivé à ta mère ? demanda-t-elle avec douceur en se penchant vers lui.

Il eut une expression douloureuse, puis secoua la tête et répondit de nouveau :

— Je ne sais pas.

Il n'était pas prêt à explorer ce terrain. Et elle ne pouvait pas l'y forcer.

— Je sais que ton métier compte beaucoup pour toi. Comment puis-je t'aider ?

— Je ne sais pas, dit-il de nouveau.

— Treadwell est-il au courant pour ta mère ?

Il ne répondit cette fois que par un haussement d'épaules sans équivoque. Les deux hommes n'avaient pas abordé le sujet.

— Il faut que tu tires les choses au clair, Beck. Et n'imagine pas que je vais te lâcher. Je sais que c'est pénible pour toi de revivre l'accident et d'écouter quelqu'un essayer de donner un autre éclairage à ce que tu as vécu, mais tu as un problème, Beck, et il faut que tu le règles.

— Quel autre éclairage peut-il y avoir ? répondit-il presque méchamment.

L'agression. Une esquive classique chez les hommes pour changer le cours d'une conversation. Il fallait le remettre dans les rails.

— Par exemple, imaginer l'enfer pour ta mère si c'était toi qui étais mort et elle qui avait survécu.

À l'instant même où la phrase sortait de sa bouche, elle sut qu'elle n'aurait pas dû la prononcer. Beck s'était décomposé. Il se retourna vers la vitre et plongea de nouveau dans un silence morose. Elle tendit le bras vers lui et s'arrêta avant de le toucher de peur qu'un des stagiaires ne la surprenne.

Instinctivement, elle se leva à moitié pour inspecter le car où tout le monde était endormi à l'exception de Copeland, l'homme qui s'était moqué d'elle lors du portage de blessé. Il la regardait avec un petit sourire narquois. Levant un sourcil d'un air provocateur, il articula silencieusement :

— Tu vas te mettre à le peloter, maintenant ?

À ce moment précis, Beck se retourna et vit Lauren qui fixait Copeland. Sans comprendre de quoi il s'agissait, il sentit la soudaine électricité entre eux et s'apprêta à régler le problème d'homme à homme.

Laisser Beck prendre une deuxième fois sa défense ? Lauren réfléchit en un éclair. Cela aurait seulement encouragé Copeland à pousser le bouchon de plus en plus loin. Et Beck avait suffisamment de problèmes personnels sans qu'elle ajoute les siens !

Elle se leva d'un bond, se pencha un peu en arrière et lança de toutes ses forces à la tête de Copeland la seule arme à sa disposition : sa gourde en plastique encore à moitié pleine, qui lui heurta la joue de plein fouet. Grâce à ses trois frères, Lauren ne ratait jamais une cible.

Aussitôt, Copeland vira au rouge écarlate et se leva lui aussi, comme mû par un ressort. Grâce à ses frères encore, elle connaissait cette expression sur un visage : celle d'un homme prêt à en venir aux mains.

Elle ne pouvait plus reculer. Après une profonde inspiration, elle sauta de son siège et se jeta sur Copeland. Mais Beck fut plus rapide. D'un bras, il la retint et l'obligea à se rasseoir tandis que d'autres stagiaires ceinturaient Copeland.

— Tu veux vraiment te battre avec ce débile ? hurla Beck. Il est deux fois plus gros que toi.

— Je suis capable de me défendre toute seule, Ellison. Et j'en ai marre de me faire importuner par ce type.

Là-dessus, échappant à Beck, elle se planta dans l'allée. Cette fois cependant, elle ne se rua pas sur Copeland. Elle se contenta de ne pas céder de terrain.

— Ça suffit ! intervint Kolinski, réveillé par le bruit, en se positionnant au milieu des stagiaires. Ai-je bien vu Ellison empêcher sa partenaire de faire une bêtise ?

— Ce n'est pas une bêtise, dit Lauren en ignorant le discret éloge de Beck qui avait enfin fait preuve d'esprit d'équipe en l'empêchant de piétiner les parties sensibles de Copeland. Je n'accepte plus l'attitude sexiste de cet imbécile. Il me cherche en permanence. Si vous voulez me sanctionner pour mauvais comportement avec mes camarades, sanctionnez-le lui aussi.

Kolinski se tourna vers Copeland.

— Quelle attitude sexiste ?

Copeland, l'air soigneusement contrit, recourut à l'excuse habituelle des misogynes :

— Je plaisantais. Ce n'est pas ma faute si elle n'a pas le sens de l'humour.

Lauren secoua la tête d'un air incrédule mais renonça à relever de pareilles âneries. Inutile. Copeland s'était fait prendre. Il ne se risquerait probablement plus à ce petit jeu. Et il n'aurait pas remis ça aujourd'hui si elle n'avait pas laissé Beck lui voler dans les plumes la première fois.

— Et si c'était un homme qui voulait parler à son binôme, tu l'aurais aussi accusé de le draguer ? fit-elle malgré tout, histoire d'enfoncer le clou.

Copeland se tourna d'un air rageur vers la vitre et tout le monde regagna sa place.

Devant le regard dur de Beck, toute la colère retenue de Lauren explosa.

— Je vais juste ajouter ça et après je te fiche la paix pour aujourd'hui. Je ne te rendrais pas service si je n'attirais pas ton attention sur le fait que, devant un feu, tu te laisses dominer par tes émotions.

— Dit la femme qui a été à deux doigts de se livrer à un combat de chihuahua contre un bouledogue ?

Il avait élevé la voix et, du coin de l'œil, elle vit des têtes se tourner vers eux. Ils allaient devoir en rester là.

— Et tu recommences ! Tu ne me crois toujours pas capable de gérer ce que je déclare pouvoir gérer. Arrête ça, Beck. Je t'aime bien, vraiment, mais si tu t'imagines que je vais lâcher prise, tu n'as jamais entendu parler de la ténacité d'un chihuahua.

Là-dessus, elle alla s'asseoir sur le siège devant Beck. Elle n'était pas en colère contre lui, seulement extrêmement fatiguée après cette longue journée et déçue de ne pas avoir trouvé de terrain d'entente avec lui.

Elle n'aspirait plus qu'à se doucher, manger, dormir et survivre au prochain jour de la « semaine en enfer ».

7.

Après l'intervention sur le terrain, la crise cardiaque de Treadwell et les critiques qu'il lui avait adressées, Beck passa le genre de nuit dont on sort groggy, incapable de dire si on a dormi ou pas. Pourtant, dès le retour au camp, il avait filé dans la fraîcheur nocturne de la forêt s'abandonner à l'étreinte des branches de son chêne à tan favori.

Il y aurait peut-être trouvé le sommeil… s'il y était resté. Mais il n'avait pas eu le cœur d'abandonner Lauren, dont les paroles et les yeux de malachite l'obsédaient. Alors il était rentré à la baraque où il s'était tourné et retourné dans son lit jusqu'au matin.

Accablé par une fatigue physique et morale qui s'était amplifiée au fil des heures, il s'était traîné toute la journée. Des nouvelles de Treadwell leur étaient parvenues, mitigées : le capitaine avait été opéré en urgence, mais on ignorait s'il garderait des séquelles de son infarctus. Cet accident signait a priori la fin de sa carrière. Un nouveau chef serait donc nommé, qui ne connaîtrait pas le flair de Beck.

C'était l'une des raisons de son insomnie, l'autre étant sa colère sourde contre Lauren — qu'il évitait soigneusement depuis la veille — parce qu'il se sentait coincé : soit il parlait, preuve qu'elle avait touché une corde sensible, soit il continuait à lui faire la tête, preuve, comme elle l'avait dit, qu'il laissait ses émotions altérer son jugement.

Il se retourna une énième fois sur son matelas et… se leva d'un bond.

Va lui dire. Raconte-lui ce qui s'est passé l'année dernière. Vide ta tête et tu trouveras le sommeil.

Sans allumer la lumière, il se précipita hors de sa chambre, alla cogner à la porte de Lauren et entra sans attendre la réponse.

Elle se redressa d'un coup mais, dans le noir, il ne vit pas son expression. Tant mieux !

— Je suis crevé et je n'arrive pas à dormir. Je n'arrête pas d'y penser. Malgré moi. Je voudrais évacuer ça.

— D'accord, dit-elle d'une voix pâteuse en cherchant à tâtons l'interrupteur de sa lampe de chevet.

— Non ! N'allume pas. Je veux juste te raconter et aller me coucher. D'accord ?

— D'accord.

— Pendant une intervention dans l'Oregon, l'été dernier, un des pompiers s'est trouvé séparé du groupe et on a refusé que j'aille le chercher alors que j'aurais pu traverser le mur de flammes à un endroit où elles étaient moins denses, dit-il en s'éloignant du lit. Il est mort. Et je ne peux pas… abandonner quelqu'un. Ça m'est impossible. S'il y a la moindre chance… Et il y en a toujours une.

— Comment ça ? Tu as obéi aux ordres ?

— Non. En fait… Trois collègues m'ont ceinturé et enfermé dans une voiture de police qui était garée là.

Elle resta un instant muette de stupeur.

— Parfois, il n'y a vraiment aucune chance, dit-elle finalement.

— Ce n'est pas vrai.

— Alors, disons qu'il y a toujours une chance, jusqu'à un certain point au-delà duquel elle est si infime qu'il devient déraisonnable de la tenter.

— Si quelqu'un est prêt à courir le risque…

— Ce n'est pas à toi de décider.

— Les pompiers parachutistes qui m'ont sauvé ont bien bravé les ordres pour me secourir, eux.

— Treadwell ne les a pas envoyés ?

— Non. Et quand j'étais gamin non plus, ils n'ont pas obéi aux ordres de celui qui avait décidé qu'il ne fallait pas courir le risque. Ils sont venus en hélicoptère et j'ai survécu.

Il peinait à traduire ses émotions en mots.

— Les gens qui t'ont sauvé quand tu étais gosse ont risqué

leur vie pour une *famille*, pour un *enfant*, répondit-elle doucement en sortant du lit.

Impulsivement, il se rapprocha d'elle. Ses mains le démangeaient. Son corps tout entier le démangeait. Son esprit le démangeait.

— Ils sont venus récupérer une famille et ils sont repartis avec un enfant seulement. Ils ont été obligés de l'abandonner, elle. Moi aussi, j'ai été obligé de l'abandonner. Est-ce que tu… ? Tu comprends bien qu'on ne peut pas demander à quelqu'un de vivre deux fois la même horreur. Or on ne m'a pas laissé aller chercher mon collègue. Alors je ne demande plus la permission. Je fais ce que je pense devoir faire.

Quand elle fit un pas vers lui, il battit en retraite de l'autre côté de la pièce.

— Pourquoi n'ont-ils pas pu arriver jusqu'à ta mère ? demanda-t-elle, revenant à la charge.

— L'incendie progressait trop vite. C'était trop tard. Ils ne l'ont pas trouvée. C'est ce qu'ils ont dit. Les flammes avaient tout envahi jusqu'à la rivière.

Des images jaillirent dans son esprit : celles des arbres calcinés ou fendus, celles des décombres de leur maison. Et avec elles une amertume sourde contre lui-même parce qu'il continuait de refuser de croire à leur réalité.

— Tu as vu ce qui restait ?

— Deux ans plus tard.

Le feu était totalement éteint bien sûr mais, dans son souvenir, de la fumée s'élevait de leur maisonnette près de l'eau, des arbres dans le jardin, de la forêt. Et même de l'herbe.

Il s'était menti pendant des années sur ce qui s'était passé ce jour-là. Il s'était raconté que sa mère avait préféré sauter dans la rivière plutôt que d'être brûlée vive et qu'elle avait réchappé à la noyade. Qu'elle avait perdu la mémoire après s'être violemment cogné la tête. L'absence de corps laissait toutes les possibilités ouvertes, c'était la seule pensée qui le réconfortait.

Les pompiers qui avaient sauvé Beck ne pouvaient pas savoir que leur version, vraie ou fausse, ne serait pas celle qui l'apaiserait le plus. C'était sa perversité à lui, de croire qu'il se sentirait moins coupable si sa mère avait été brûlée vive. Car il n'aurait pas pu l'aider à survivre au feu. En revanche, s'il l'avait suivie dans l'eau, s'il n'avait pas laissé les pompiers l'emmener… il l'aurait peut-être sauvée.

Les premières années, il s'était menti pour garder un espoir et il avait puisé du réconfort dans ce déni, cela lui avait permis de continuer à vivre. Mais à présent il ne pouvait plus croire à ce rêve d'enfant et il était incapable d'abandonner qui que ce soit.

Lauren cessa d'avancer quand Beck atteignit le seuil de la pièce.

Soudain saisi de l'envie irrésistible de voir les yeux de Lauren, il s'aperçut que, s'il faisait un pas de plus en arrière, il se retrouverait dans le couloir.

Il chercha à tâtons l'interrupteur et alluma le plafonnier, les aveuglant tous les deux. Quand ils se furent habitués à la brusque luminosité et que Lauren ouvrit complètement les yeux… il fut une fois de plus hypnotisé par le vert de leur iris, pâle au centre et incroyablement foncé sur le pourtour.

Inévitablement, il pensa à sa mère. Sa mère qui ne se séparait jamais de son pendentif en malachite et qui disséminait dans la maison des cristaux de cette pierre pour les protéger tous les deux de dangers réels ou imaginaires et soulager leur âme d'éventuels tourments.

— Tu en veux à Treadwell de t'avoir empêché de porter secours à ton collègue ?

— Je ne sais pas.

Et non seulement il n'avait réellement pas la réponse, mais il n'avait en outre aucune envie d'y réfléchir de peur de s'exposer à une nouvelle insomnie. À présent qu'il s'était libéré, il n'aspirait qu'à dormir.

— Il faut que tu parles de cette histoire à quelqu'un, Beck. Sans rien taire.

— Il n'y a rien d'autre à raconter. Je t'ai tout dit.

— Ce n'est pas vrai, répondit-elle sans ambages en lui prenant le visage entre les mains pour l'obliger à la regarder.

Il faut que tu vides ton sac. À moi ou à quelqu'un d'autre. Hier, dans le car, tu as comparé le feu à un adversaire. Moi, je le vois comme quelque chose qu'on tient en dehors de ma portée, toi comme un être vivant, comme une espèce de monstre tapi dans un coin prêt à sauter sur les gens qui t'entourent. Et je comprends. C'est normal, avec ce que tu as traversé. Mais tu ne peux pas jouer au plus fin avec le feu. Ce n'est pas une partie d'échecs avec un tueur en série.

— Je le sais.

— Tu en es sûr ? demanda-t-elle en lui secouant un peu la tête pour avoir son attention pleine et entière. Treadwell a eu raison de ne pas t'envoyer dans le brasier. Il devait décider s'il perdait un ou deux hommes. Et cela aurait aussi été un mauvais calcul de te sacrifier toi pour sauver l'autre. La vie de ton collègue n'était pas plus précieuse que la tienne. De toute façon, c'était une tragédie.

Il y eut un silence.

— Je sais qu'on t'appelait le charmeur de fumée, reprit-elle, mais tu t'es trompé le jour du chien. Et hier aussi, lorsque tu as voulu modifier le lieu où creuser les tranchées. Peut-être ce qui t'est arrivé a-t-il encrassé ta boule de cristal ? Dans ce cas, et en attendant qu'elle reprenne sa transparence, il faut te fier au jugement des autres. Et il faut que tu parles à quelqu'un.

Ce discours lui fit passer sur-le-champ sa tentation de se mettre au lit avec Lauren et de s'imprégner de sa sérénité ; il sortit de sa chambre.

Elle eut le bon goût de ne pas le suivre. Elle resta simplement sur le pas de la porte à l'observer d'un air soucieux.

— Treadwell voudrait comprendre, dit-elle.

— Il est malade. Je ne vais pas l'embêter avec tout ça.

— Il va se remettre. Et de toute façon, il mérite de savoir contre quoi il se cogne la tête depuis l'année dernière. C'est injuste pour lui de ne pas comprendre ce qui a changé en toi, parce qu'il t'estime. Et c'est injuste pour toi aussi.

Comment ça injuste pour lui ? Il secoua la tête. Peu importait. Depuis deux jours, il puisait dans son énergie et dans ses réserves de sommeil. Il devait absolument récupérer.

S'il ne dormait pas maintenant, alors tous ses efforts n'auraient servi à rien.

Aux alentours de l'heure à laquelle les stagiaires se rendaient habituellement à l'entraînement, une sirène se mit à hurler dans le camp. Lauren se réveilla en sursaut.

Mince ! Elle était en retard !

L'esprit encore embrumé, elle se dirigea vers la commode d'où elle sortit à l'aveuglette un short, des chaussettes, des sous-vêtements, un T-shirt, le tout dans des couleurs hétéroclites. Elle s'habilla à la va-vite et, sans prendre le temps de se peigner, s'attacha les cheveux avec un élastique avant de se précipiter dans la salle commune où elle arriva en même temps que Beck. Il avait l'air tout aussi hébété qu'elle.

— Panne d'oreiller, toi aussi ? demanda-t-elle en sautant à cloche-pied jusqu'à la porte tandis qu'elle enfilait une basket.

La question arrêta net Beck.

— Mais on est samedi…

— Samedi ? répéta-t-elle en tombant sur les fesses. Nous ne sommes pas en retard, alors ?

— Non.

— Ils nous font une blague ?

— Ce n'est pas le genre de la maison, dit-il en se chaussant à son tour.

Deux possibilités : soit on les testait en changeant leurs habitudes soit quelque chose était arrivé.

Après avoir noué ses lacets, Lauren resserra l'élastique de ses cheveux et accepta la main de Beck pour se relever.

— Il y a un problème, n'est-ce pas ?

— J'ai l'impression, oui.

Ses yeux noirs, un peu gonflés, avaient la douceur de ceux d'un gamin de cinq ans après une nuit de sommeil profond. Au moins sa séance de confessionnal nocturne avait atteint son but.

Ils coururent tous les deux vers le terrain de sport en même temps que les autres stagiaires. Kolinski les rejoignit peu après et donna ses ordres. Avec l'orage qui se préparait, l'incendie qui ravageait les montagnes depuis une semaine et avait déjà englouti des milliers d'hectares de forêts, nécessitait de nouveau des renforts. Seulement trois personnes avaient été retenues : Ellison, Alvarez et… Autry.

Comme le jeudi, ils étaient chargés d'allumer des contre-feux, mais plus près de l'incendie. Ce qui exigerait de sauter en parachute.

Lauren se mit à transpirer.

On les larguerait à un endroit difficile d'accès mais d'où, avec un peu de chance, ils réussiraient en creusant des tranchées à empêcher les flammes de se propager vers des zones habitées. Ils n'atterriraient donc pas au cœur du brasier. Ouf !

Elle se sermonna. Allons ! Tout irait bien. Elle sautait à la tour depuis presque une semaine. Et elle s'était déjà entraînée dans une soufflerie. Alors, pas de panique !

— Ça va ?

Ayant depuis longtemps appris à simuler l'assurance, elle regarda Beck comme si sa question était la plus ridicule qu'elle ait jamais entendue. Mais elle fanfaronnait moins avec sa voix intérieure, celle qu'elle cachait à tout le monde, sans toujours y réussir complètement. D'où l'air soupçonneux de son binôme.

— Bien sûr que ça va. C'est juste… un saut. Un vrai.

Mentir, mentir, jusqu'à ce que le mensonge devienne vérité.

— Je suis prête et même très impatiente.

Au regard qu'il lui lança, il n'était pas dupe. Tant pis !

Une fois qu'elle serait montée dans l'avion, tout se passerait bien. Il suffisait de sauter non pas « dans » un feu mais à proximité. Et puis elle allait protéger des familles, épargner à des enfants ce que Beck avait vécu. De toute façon, si elle ne voulait pas porter un coup fatal à sa carrière, elle n'avait pas d'autre choix que de serrer les dents et de foncer.

Après ce saut, tout reviendrait dans l'ordre : elle aurait enfin acquis l'expérience qu'elle avait prétendu posséder dans son dossier de candidature, une erreur qu'elle regrettait toujours de ne pas avoir corrigée. Mais tout était bien qui finissait bien. Dorénavant, elle ne craindrait plus en permanence que son imposture soit démasquée et elle aurait la certitude que tout le monde, elle-même comprise, s'était bel et bien trompé sur ses capacités.

Sans pouvoir expliquer comment, Lauren se trouva brusquement dans les airs, en combinaison, derrière des hommes qui se jetaient à la suite les uns des autres par la porte ouverte du petit avion-cargo. À l'avant de la file les parachutistes les plus expérimentés, à l'arrière les bleus : Alvarez, Beck et elle.

Beck était derrière elle. Devant, le nombre de stagiaires qui la séparaient du vide se réduisait à vue d'œil. Son cœur battait la chamade. Alvarez sauta. C'était donc à son tour… À ce moment, au lieu de se projeter dehors, elle agrippa les bords de l'ouverture pour s'empêcher de basculer vers les flammes rouges et orange.

Elle sentit qu'on la poussait dans le dos. Pas très fort. Une simple incitation à se lancer. Mais loin de s'exécuter, elle recula d'au moins deux mètres, entraînant Beck avec elle.

Il lui hurla quelque chose qu'elle n'entendit pas. C'est donc avec surprise qu'elle le vit soudain la dépasser. Aucune pitié dans ses yeux noirs. Seulement un jugement réprobateur. Elle se décomposa un peu plus.

Il secoua la tête et quitta l'appareil sans un mot.

À présent, elle devait suivre son partenaire pour ne pas le laisser descendre sans personne pour le couvrir. Elle ne pouvait plus reculer. Elle avait signé. Elle avait donné sa parole. Elle avait assuré être à la hauteur de ce qu'on lui demanderait. Si elle ne sautait pas, elle donnerait raison à ceux qui n'avaient pas foi en elle. Hors de question !

L'avion s'inclina légèrement pour amorcer un demi-tour. Si elle tardait encore, elle allait laisser passer la fenêtre de saut…

Elle cessa de réfléchir, s'élança et exécuta automatiquement les gestes appris. Mais elle ne s'attendait pas à éprouver autant de difficulté à respirer. Les mains agrippées aux suspentes, elle enfouit son visage dans son bras pour se protéger du vent et reprendre son souffle.

Quand enfin elle comprit comment respirer, elle s'autorisa à regarder autour d'elle pour évaluer la situation. Sans surprise, elle découvrit un paysage en feu. Mais aucune trace d'autres parachutes. Elle eut beau se contorsionner dans son harnais et imprimer un mouvement de rotation à son parachute pour essayer d'en apercevoir, elle ne vit que les flammes qui s'approchaient à toute allure.

8.

D'un coup de couteau, Beck se débarrassa des sangles de son parachute qui le retenaient suspendu dans un arbre à proximité de la clairière visée. Il ne se libéra pas aussi facilement de la déception qui le suffoquait. Pas un instant il n'avait imaginé que Lauren ne sauterait pas. Elle avait paru tellement immune à la peur. Pourtant, elle s'était paralysée. Il se rappelait à présent sa réaction en apprenant leur participation au parachutage. Elle avait blêmi et s'était mise à parler à tort et à travers comme si elle perdait les pédales.

Alors que, du haut de sa branche, il inspectait les alentours pour savoir où récupérer son équipement, il aperçut dans les airs un parachute blanc qui dérivait et fut pris de sueurs froides.

Ce ne pouvait être que Lauren puisqu'il avait été le dernier à s'élancer ! Lui-même avait failli dépasser la fenêtre de saut. Elle s'était donc décidée trop tard.

Au lieu de descendre de l'arbre, il resta agrippé aux branches à observer Lauren s'approcher des flammes. La voilure changea d'angle et Lauren agita les jambes en tous sens, sans parvenir à se diriger. Elle allait atterrir dans le feu.

— Ellison ! hurla une voix dans sa radio.

Il ne répondit pas. Il y avait deux tâches prioritaires pour lui : ne pas lâcher sa branche et ne pas perdre Lauren de vue.

Lauren que les flammes allaient engloutir…

Non ! Au dernier moment, elle réussit à virer et à attraper un courant d'air propice qui allait, il l'espérait, l'éloigner vers une zone plus sûre.

Impossible de le savoir : elle disparut derrière une arête en feu.

— Ellison ! Répondez !

Les mains tremblantes, toujours accroché à sa branche, Beck alluma enfin son micro :

— Suis dans un arbre. Quelqu'un a-t-il vu où Autry s'est posée ?

Le mieux à présent était de descendre, de s'équiper et de chercher un moyen de la rejoindre.

Pourquoi avait-il sauté sans elle, bon sang ? On lui reprocherait probablement encore une fois son individualisme. Heureusement, personne n'était au courant. Dire qu'il lui avait promis de ne plus faire bande à part !

— Elle n'a pas quitté l'appareil dans les temps, dit Kolinski dans la radio. Apparemment, elle est dans une zone encore épargnée. Mais atterrissage brutal. Elle ne bouge pas. Ne répond pas.

Oh non ! Non ! Non ! !

— Il faut qu'elle se dépêche de reprendre connaissance. Il reste un passage libre. Mais pour combien de temps… ?

Beck se laissa tomber au sol et monta à flanc de montagne vers l'aire de saut. Il y trouva son équipe groupée autour des malles qui contenaient les tenues et le matériel.

— Je peux l'atteindre ? demanda-t-il en courant vers le groupe.

— Non, fit Kolinski de la tête.

La déferlante de terreur et d'adrénaline sur laquelle Beck avait surfé jusque-là sembla se solidifier, paralysant son cerveau et ralentissant tous ses mouvements.

Lauren était encerclée par les flammes. Elle ne bougeait pas. Elle ne répondait pas. Et c'était sa faute à lui. Elle n'avait pas renoncé à sauter à cause de lui : comme il était parti, elle l'avait suivi.

Pourtant, ils auraient pu se rendre utiles dans l'avion. Ou à terre.

— Ellison ! Reprenez-vous !

La tape sur la nuque dont l'avait gratifié Kolinski tira Beck de la spirale de ses pensées.

— Vous avez entendu ? J'ai dit qu'elle s'était levée.

Revenant d'un coup à la réalité, Beck appela Lauren sur

sa radio, deux fois, sans succès. Chacune de ses respirations le transperçait comme un poignard et ce fut avec difficulté qu'il répéta :

— Elle s'est levée ?

— Elle a atterri très brutalement. Apparemment, sa radio est cassée.

— Elle est blessée ?

— Je ne sais pas, mais elle est debout.

— Qui va la chercher ?

Kolinski le regarda une longue seconde avant de secouer la tête.

— Elle a une carte et une boussole, une trousse de survie. C'est à elle de se sortir de là. C'est la procédure normale.

Peut-être, mais Beck s'en moquait. Il n'hésiterait pas un instant à partir la secourir si seulement il connaissait sa position exacte.

Lisant les pensées de Beck sur son visage, Kolinski lui jeta une scie entre les mains.

— Au travail !

Beck ne put que hocher la tête et aller changer de combinaison.

— Surtout, tenez-moi au courant. Si elle prend une mauvaise direction, j'y vais, même si ça doit me coûter ma carrière.

— Il faut un gros coupe-feu là-bas, à la limite de la forêt, dit le lieutenant après avoir acquiescé de la tête. Sciez tout sans pitié.

Garde ton sang-froid.

La première règle de survie.

Malgré ses mains tremblantes, Lauren réussit à se libérer des suspentes de son parachute qui s'étaient emmêlées autour d'elle lorsqu'elle avait roulé au sol. Un vrai miracle qu'elle n'ait pas été transformée en torche vivante alors qu'elle ne portait pas sa combinaison ignifugée !

Elle n'était pas sortie d'affaire pour autant. Elle était cernée par les flammes sur trois côtés et ressentait une vive douleur dans l'épaule. Elle ne savait pas si sa radio fonctionnait, ni si ses camarades étaient en route pour la secourir, ni même si elle le souhaitait, d'ailleurs.

Hors de question donc de s'éterniser ici. Elle devait suivre le protocole et rejoindre les autres à la zone de saut. La voie semblant libre vers le nord, elle commença à remonter tant bien que mal le flanc de la montagne. Une fois qu'elle aurait atteint le sommet, qui n'était pas très loin, elle verrait si la zone relativement sûre où elle se trouvait continuait derrière le promontoire devant elle.

Son oreillette grésilla soudain… Puis, plus rien. Pas le temps de s'arrêter.

Haletant sous l'effet d'un cocktail de chaleur, d'effort physique, de peur et de douleur, elle parvint au but. Au-dessous d'elle, s'étendait une large vallée… de verdure ! Pas de flammes bondissantes ! Pas de fumée ! Le feu ne s'était pas propagé vers le nord. Pas encore en tout cas. En quelques secondes, elle avait établi son plan d'action : poursuivre dans la même direction, loin de la fournaise, descendre dans la vallée, y demander son chemin et regarder si sa radio était réparable.

« Allez ! s'encouragea-t-elle à voix haute pour clouer le bec à la petite voix intérieure qui la bombardait de doutes. C'est juste une petite marche. Sportive, un peu effrayante, d'accord. Mais en descente ! C'est génial de descendre. Tu n'en as pas pour longtemps. »

À mi-chemin, quand la pente s'adoucit, elle décrocha sa radio, la tapota énergiquement… Rien. Pourquoi n'avait-elle donc pas appris à bricoler ?

Plus rageant encore : pourquoi avait-elle sauté ? Pourquoi était-elle même montée dans ce fichu avion ? Elle aurait dû avouer son erreur. Car c'était seulement une erreur qu'elle n'avait osé rectifier. Elle n'avait pas voulu tricher.

Si elle leur avait dit, elle aurait évidemment été exclue de la formation, mais au moins elle n'aurait pas risqué de perdre la vie comme c'était le cas en ce moment.

Beck revint au camp à la tombée du jour et trouva la baraque vide.

Lauren avait-elle été récupérée ou crapahutait-elle encore dans la montagne, toute seule, à cause de lui ?

Il commença par se doucher pour chasser l'odeur de peur qui lui collait à la peau. Ensuite, il irait chercher à manger. *Deux* repas. Puis il s'occuperait à des tâches ménagères pour échapper aux visions qui le minaient depuis qu'il avait vu le parachute de Lauren dériver vers les flammes : Lauren transformée en torche vivante, le feu qui dévorait sa combinaison de saut, qui calcinait ses longs cheveux couleur caramel, sa peau dorée qui se craquelait…

S'il n'avait jamais vu personne brûler vif, il avait vu l'état de la forêt après un incendie. Même le bois se boursouflait et éclatait. Alors la peau… Il imaginait les dégâts avec une précision cauchemardesque.

Après s'être longuement douché, puis séché et habillé, il appela le commandement : on l'avait récupérée ! Elle n'était que légèrement blessée. Il courut chercher deux dîners et ramassa en chemin des aiguilles de pin en prévision du bain dont elle aurait certainement besoin. Au retour, il s'assit sur le perron de leur petite baraque et attendit en écoutant les grenouilles coasser dans le bois.

Il ne vit sa silhouette menue se traîner à travers le terrain qu'au dernier moment et il dut faire appel à toute sa volonté pour ne pas se précipiter vers elle, la soulever de terre, la palper à la recherche de plaies, l'agonir d'injures, la secouer… l'embrasser.

Lauren s'arrêta net et le regarda d'un œil mauvais comme si elle le rendait responsable de tout ce qui clochait dans sa vie.

— Tu es blessée ? demanda-t-il avec un détachement feint en se levant.

Pour toute réponse, elle le contourna pour monter les marches jusqu'à la baraque. Quel autre choix que de la suivre ? Et comme il sentait l'air chargé d'électricité, comme avant un orage, il ferma la porte.

— Tu n'as pas répondu.

Il voulut la prendre par l'épaule pour la tourner vers lui, mais elle se déroba et lui frappa la main. Même dans la demi-pénombre de la pièce, il remarqua son expression peu amène et comprit aussi qu'elle était blessée ; elle était droitière or elle l'avait repoussé de la main gauche et tenait son bras droit contre elle.

— Laisse-moi regarder.

— Tais-toi. Tu m'as abandonnée. Tu as sauté sans moi.

— Je sais…

Il n'essaya plus de la toucher. Mais il en brûlait toujours d'envie et sa main resta suspendue entre eux, aussi loin de lui qu'elle était proche d'elle.

— Fais voir ton bras. Comment t'es-tu fait mal ? Il est cassé ?

— Juste contusionné, répondit-elle en le repoussant une nouvelle fois. Tu es un partenaire nul. Tu en as conscience, j'espère ?

— Oui.

— Pourquoi es-tu sorti comme ça ? Sans me dire un mot. Sans me demander ce qui m'arrivait. J'avais peut-être une raison de ne pas y aller.

Une raison qui n'était pas liée à des circonstances extérieures — son équipement avait été vérifié — mais qu'il devait chercher en elle. Beck revit sa mine avant même qu'ils grimpent dans le car.

— Tu as été prise de panique.

Elle leva son bras valide comme pour le frapper mais le laissa retomber, les yeux brillants de larmes et ses joues sales, jusque-là rouges de colère, tout à coup livides.

— Je sais !

— Ce n'est pas grave. Ça arrive…

— Si, c'est grave. Ça n'arrive pas à ceux qui… qui ont… qui…

Elle s'arrêta, secoua la tête et voulut descendre la fermeture Éclair de sa combinaison de saut. Mais ses gestes étaient si maladroits que Beck s'approcha, les mains ouvertes devant lui pour lui montrer qu'il voulait seulement aider.

La fermeture s'ouvrit lentement sur un corps musclé et souple vêtu d'un short et d'un haut très sage. Envahi pourtant par une vague de désir, il dut se reculer.

— … Ceux qui ont déjà fait un saut en parachute, fit-elle dans un souffle.

— Quoi ?

— C'était ma première fois, dit-elle d'une voix un peu plus ferme.

— Tu veux dire d'une faible altitude ?

— Non. La première fois tout court.

Sa voix monta dans les aigus sous l'effet d'une nouvelle crise de panique.

— Pourquoi as-tu prétendu le contraire, alors ?

Son regard plein de désarroi le désarçonna. Elle, si douée pour simuler l'assurance, apparaissait terrorisée. Soit elle était débordée par ses émotions au point d'être incapable de cacher sa fragilité, soit elle n'attachait plus d'importance à son image. L'explication, quelle qu'elle fût, n'était guère rassurante.

Pourquoi n'avait-il pas compris ? Il s'en voulut de nouveau. Elle en avait envoyé des signaux, pourtant : sa pâleur soudaine à la perspective de la tour ainsi qu'à l'annonce du parachutage ce matin ; son refus de sauter et cet atterrissage non maîtrisé. Quel miracle qu'elle se soit posée sur un petit bout de terrain intact sans s'écraser dans les arbres… Et sans y laisser sa vie !

— Pourquoi n'as-tu rien dit, bon sang ? demanda-t-il en serrant les poings pour résister à l'envie de la secouer.

— Je me suis affolée. Je ne sais plus où j'en suis. Papa avait raison sur tous les points. Je n'ai pas planifié ce qui est arrivé. Un petit grain de sable et tout s'est emballé. Je n'ai plus su comment arrêter la machine. Maintenant, je suis fichue. On va me demander des comptes. Je vais être obligée d'avouer et on va me virer pour avoir truqué mon dossier. Avant que je ne me tue ou, pire, que je ne provoque la mort de quelqu'un. J'aurais dû en être capable. Je devrais en être capable. C'est dans mon ADN.

Elle eut un petit rire sec qui claqua comme une gifle avant de reprendre :

— À moins que ce ne soit l'apanage du chromosome Y. Papa avait raison et je… je devrais changer de carrière. Devenir boulangère par exemple.

Cette logorrhée de reproches accompagnée de gesticulations presque convulsives stoppa net la colère de Beck.

— Je ne pense pas que le fait d'être une femme ait un rapport quelconque avec ce qui s'est passé, dit-il.

Il ne pouvait pas la laisser faire ce genre de remarque sachant qu'elle était confrontée au sexisme dans son travail.

— Merci ! fit-elle presque en grognant avant de reprendre sa diatribe autopunitive. En fait, je sous-estime mes tantes et mes grands-mères. Elles n'étaient pas cantonnées dans leur cuisine. Elles étaient journalistes. Elles relataient les exploits des hommes. Elles collectionnaient les articles de journaux qu'elles collaient dans des albums. La moitié des documents sur l'histoire locale qu'on trouve au musée de la ville vient des femmes de la famille Autry. C'étaient des scrapbookers !

— Tu as faim ? demanda-t-il dans l'espoir d'enrayer ses divagations. J'ai apporté…

— Purée ! À présent, je culpabilise parce que je donne l'impression de détester les scrapbooks. C'est faux. Je les adore. J'adorais les regarder. Même ceux que je ne pouvais toucher qu'avec des gants blancs. Simplement, je n'avais aucune envie d'en fabriquer. Je n'ai pas ce talent. Et peut-être ne suis-je pas douée non plus pour ce boulot. Je veux agir, pas être spectatrice. Ce n'est pas bien, tu crois ?

— Arrête, dit-il avec douceur.

Et pour stopper ses déambulations à travers la pièce, il alla vers elle et sentit de nouveau son odeur : à son parfum de miel et de sale se mêlait une touche de fumée qui lui rappela aussitôt ce à quoi elle avait réchappé.

— Arrêter quoi ? demanda-t-elle d'une voix soudain plus grave et calme.

— Respire et raconte-moi ce qui s'est passé.

— Quand j'ai déposé ma candidature pour venir ici, j'ai déclaré que j'avais de l'expérience en parachutisme parce que je pensais que ce serait le cas d'ici le début du stage. Mais entre la pression de ma famille et mon travail, je n'ai pas trouvé le temps de suivre la formation.

— Il n'est pas exigé de savoir sauter en parachute. Tu le sais bien.

— Pour toi peut-être !

Ce cri du cœur exprimait à présent davantage de désespoir que de colère.

— La dernière fois, mon dossier n'a pas été retenu. Alors, pour cette session, je voulais mettre toutes les chances de mon côté. Je suis allée à la salle de sport trois fois par semaine, avec un professeur. J'ai commencé des cours théoriques de parachutisme et puis j'ai très vite été obligée d'y renoncer. Quand la date limite pour les candidatures est arrivée, j'aurais dû avoir sauté pour de bon. C'était même programmé et j'avais payé quand j'ai déposé mon dossier. Mais toutes mes prévisions ont volé en éclats. J'ai manqué de temps. Ils nous ont répartis par niveau et je n'ai pas su comment faire machine arrière sans me saborder.

Désespoir et dégoût de soi emplissaient ses beaux yeux qui le scrutaient comme s'il avait eu la solution. La seule qui lui vint à l'esprit fut de la prendre dans ses bras et de l'attirer tout contre lui.

Elle se figea.

— Tu me fais un câlin…, murmura-t-elle.

— Oui.

Il inclina la tête sur le côté tandis qu'elle levait vers lui son visage maculé de boue, aux traits tirés. Toute trace des émotions qui y avaient été écrites en lettres capitales quelques secondes plus tôt en avait disparu.

— J'aimerais t'embrasser, Lauren. Mais ce serait une mauvaise idée.

À tout point de vue. Car il préférait vivre sa vie seul, sans s'imposer les problèmes inhérents à toute relation. Le célibat ne lui posait plus aucun problème. Pourtant, avec cette femme, il voulait oublier toutes les bonnes raisons de ne pas entamer une histoire.

Elle hocha la tête mais comme si elle ne savait pas à quoi elle acquiesçait.

— De toute façon, je vais être virée quand je leur révélerai la vérité.

Elle leva le bras et lui caressa la joue du bout des doigts. Elle avait envie qu'il l'embrasse. Et, pour le cas où son désir n'aurait pas été suffisamment évident, elle fixa sa bouche du regard comme si elle y attachait une corde pour l'attirer vers elle. La tactique fonctionna. Leurs bouches se joignirent pour un baiser que Beck, suivant les soupirs langoureux de Lauren et les ondulations de son corps, ne tarda pas à approfondir.

9.

La confession réparait l'âme, disait-on. Mais Lauren n'y avait jamais cru car une confession entraînait des conséquences. Pire, elle signalait un échec qui, en outre, était de votre fait. Exactement sa situation du jour.

Elle avait malgré tout eu une récompense : un baiser étourdissant qui lui avait vidé la tête et l'avait un peu ragaillardie après cette effroyable journée. Beck s'était inquiété pour elle, s'était senti coupable, terriblement honteux, et son baiser en portait la trace.

Il la tenait toujours serrée contre lui et elle en éprouva un immense soulagement, comme s'il l'autorisait à ne pas se montrer forte pour une fois, à s'appuyer sur lui et à lui emprunter un peu de sa force.

Prenait-elle ses désirs pour des réalités ? Peut-être. Quoi qu'il en fût, entre ses bras vigoureux, elle s'abandonna à l'illusion que tout allait bien et que sa survie leur apportait, à l'un comme à l'autre, l'heureux dénouement qu'il leur fallait.

Il resserra tellement son étreinte qu'elle dut batailler pour retirer son bras blessé resté coincé entre leurs deux poitrines et le poser autour de son cou. Son baiser agissait comme de l'opium. Elle oubliait presque la douleur dans son épaule et les nombreuses contusions qu'elle n'avait pas encore répertoriées. Bercée par le balancement qu'il imprimait à leurs deux corps enlacés, elle glissait lentement vers un doux et bienfaisant néant dans lequel se dissolvait la peur de ce qui l'attendait.

— Il y a quelqu'un, fit-il soudain en chuchotant contre ses lèvres.

Effectivement, elle avait entendu frapper à la porte.

— Kolinski…, dit-elle à voix basse en s'écartant. Il vient pour moi. Va te laver. Tu as la bouche barbouillée de noir de fumée.

Il la regarda avec un air tellement perplexe qu'elle en sourit presque.

— Tu n'as jamais eu des traces de rouge à lèvres ?

— Je n'en mets jamais, répondit-il avec un sérieux que démentit un imperceptible mouvement des muscles de son visage.

Enfin il plaisantait ! Elle entra dans le jeu. Un peu d'humour facilitait toujours les choses.

— Un rouge orangé te siérait à merveille, à mon avis.

Kolinski se mit à tambouriner sur la porte et Lauren poussa gentiment Beck vers la salle de bains avant d'aller ouvrir à sa destinée.

— Entrez, lieutenant.

Kolinski avança juste assez pour pouvoir fermer la porte et observa Beck qui se séchait le visage derrière Lauren.

— L'un de vous peut-il me raconter ce qui s'est passé dans l'avion ?

Beck vit Lauren lever la main, prête à cracher le morceau.

— J'ai fait n'importe quoi, la devança-t-il sans répondre à son regard médusé. Je me suis… attaché à Autry. Alors, tout à l'heure, j'ai essayé de la dissuader de sauter parce que je ne l'avais jamais vue en situation réelle.

Il s'accusait de son échec à elle ! Il la couvrait ! Elle se serait volontiers pincée pour s'assurer qu'elle ne rêvait pas.

— Et comment avez-vous procédé pour l'en dissuader ?

Pris de court, Beck toussota plusieurs fois avant de répondre :

— J'ai pesté contre elle parce qu'elle… n'était pas prête.

— Vous avez pesté contre elle parce qu'elle n'était pas prête puis vous êtes passé devant elle et vous lui avez dit de ne pas sauter ?

L'explication était tellement cousue de fil blanc que Kolinski, bras croisés sur le torse, défia tour à tour Beck et Lauren du regard. Comme il était difficile de travestir la vérité face à quelqu'un ! Beaucoup plus qu'avec un stylo, elle en savait quelque chose.

Beck se taisait à présent et elle n'avait toujours pas prononcé un mot. Tout les désignait comme des menteurs. Des menteurs que Kolinski feignit de croire.

— Si je comprends bien, il a sauté sans vous et vous avez décidé de ne pas l'écouter et d'y aller.

— Il…

Elle ne voulait ni faire porter le chapeau à Beck ni s'enferrer dans les mensonges. Elle pouvait arguer qu'elle avait besoin de prolonger sa remise à niveau ou bien demander à être mise avec les débutants. Les responsables accepteraient certainement. En tout cas, hors de question qu'elle laisse Beck tromper son supérieur.

— J'ai perdu les pédales en voyant les flammes au-dessous de nous. Beck essaye de m'aider par solidarité. Et peut-être parce qu'il s'en veut d'être sorti alors que j'étais en panique. Mais c'est son métier. Et moi, je me suis sentie tellement nulle que je me suis forcée à sauter. Je ne pensais pas avoir autant dépassé la fenêtre.

Pendant ce qui leur parut une éternité, Kolinski les dévisagea à tour de rôle.

— Si vous avez une aventure tous les deux et que cela nuit à votre travail, je vais devoir vous séparer.

— Ce n'est pas la peine, dit-elle aussitôt. Il me couvrait, c'est tout.

— Il y a juste eu un grain de sable dans l'engrenage, dit Beck, venant à la rescousse. Nous nous sommes tous les deux affolés et cela ne se reproduira plus. Je fais de mon mieux. Elle m'aide à…

— Elle est au courant ?

Quand Beck eut confirmé de la tête, le lieutenant porta son regard sur Lauren.

— Quelqu'un a examiné votre bras ?

— Oui. Blessures superficielles.

— Pas de fracture ? Pas d'entorse ?

— Non.

— OK. Je me contente encore d'un avertissement. La notification officielle sera dans vos casiers demain. Mais reprenez-vous. Un autre incident et vous êtes tous les deux virés.

Sur ces bonnes paroles, Kolinski sortit et Lauren ferma la porte à clé derrière lui avant de revenir vers Beck. Elle ne comprenait toujours pas pourquoi il s'était mouillé pour elle.

— C'est ma faute, espèce d'idiot ! dit-elle, attaquant aussitôt. Je n'aurais pas dû sauter. Je n'aurais même pas dû monter dans l'avion. Je ne peux pas te laisser mentir pour moi.

— J'ai voulu partager les torts pour t'éviter des ennuis, dit-il d'un air penaud. C'est aussi ma faute, après tout. J'ai abandonné ma partenaire.

— Pourquoi a-t-il dit « je me contente *encore* d'un avertissement ». C'était quand le premier ? Je n'ai rien reçu.

— Probablement le jour du brûlage contrôlé.

Quand elle avait dû courir à sa recherche. C'était lui qui leur avait valu ce rappel à l'ordre là. Celui d'aujourd'hui, ils le méritaient tous les deux. Elle battit en retraite vers la salle de bains car son regard était de nouveau irrésistiblement attiré par la bouche de Beck.

— Il me faut un bon bain pour me débarrasser de toute cette crasse. Et… Euh… Nous ferions mieux de… ne pas recommencer ce baiser. Nous ne pouvons pas nous permettre de nous laisser distraire.

— Kolinski semblait effectivement opposé à l'idée qu'il existe quelque chose entre nous. Je vais aller chercher les aiguilles de pin. Mais d'abord, je regarde ton bras.

— Beck…, fit-elle comme il l'empêchait de fermer la porte de la salle de bains.

— Je ne partirai pas avant.

Habituellement, elle l'aurait agoni d'injures. Mais après l'aide qu'il lui avait apportée face à Kolinski, elle soupira et ouvrit sa combinaison jusqu'à la taille.

— Tu vois ? Il n'est pas cassé. Juste un gros bleu très moche.

Avec douceur, il lui fit bouger le bras pour s'assurer que l'articulation fonctionnait correctement.

— Il faut le mettre en écharpe.

— Non, ce n'est pas la peine.

— Depuis tout à l'heure tu le gardes collé contre ta poitrine. Alors, que tu le veuilles ou non, tu as besoin d'une écharpe, Lauren. J'irai t'en prendre une à l'infirmerie demain matin.

Elle fut sur le point de protester une nouvelle fois, mais se ravisa. Peut-être son bras guérirait-il plus vite s'il était soutenu. En tout cas, l'humeur de Beck s'améliorerait certainement.

— D'accord. Pendant quelques jours, jusqu'à ce que ça aille mieux.

Il se retourna, éberlué.

— Qu'est-ce que tu as ? demanda-t-elle. Je suis capable de compromis, figure-toi.

— D'accord. Et de l'aide, tu es capable d'en accepter ?

— Je viens de te le démontrer.

— Pour sauter, je veux dire.

— Comment ça ? demanda-t-elle, déstabilisée par ce brusque coq-à-l'âne.

— Pour étudier ce que nous pouvons faire.

« Ce que *nous* pouvons faire... »

Un seul petit mot l'avait déchargée du poids qui l'écrasait. À présent, elle pouvait se redresser, sourire de nouveau. Voilà ce que voulait dire former un duo. Elle dut détourner la tête des yeux noirs qui la transperçaient pour dissimuler les larmes qu'elle sentait monter.

— Tu as une idée ? demanda-t-elle.

— En fait, c'est l'atterrissage qui te pose problème. Un de mes anciens camarades de l'armée a un avion ; il gère une petite affaire près de l'aéroport du coin. Je vais lui demander s'il peut nous emmener dans deux ou trois jours.

Le plaisir de ce deuxième « nous » enflamma pour de bon le cœur de Lauren. Beck allait l'aider après qu'elle avait refusé de le laisser porter le chapeau à sa place. Malgré... tout le reste.

Il s'activait de nouveau et parlait de sels. Une autre façon de lui venir en aide.

Elle devait trouver un moyen de lui rendre la pareille...

Lauren passa le week-end dans le brouillard. Le samedi, elle dormit si longtemps que Beck dut entrer dans sa chambre pour la réveiller et la forcer à aller dîner. Il la tira d'un rêve érotique. S'en était-il douté à ses gémissements, à son sourire niais ? Pourvu que non. En tout cas, il avait eu la galanterie de ne rien laisser paraître. Il avait seulement insisté pour lui immobiliser le bras avec l'écharpe qu'il lui avait apportée. Puis il l'avait traînée jusqu'au réfectoire en la sermonnant sur la nécessité de manger pour accélérer la guérison.

Après le dîner, il lui avait donné un autre sachet d'aiguilles de pin et des sels de bain de sa fabrication et était parti coucher dehors, sans explication. Peut-être avait-il eu besoin de grand air. À moins qu'il n'ait voulu s'éloigner pour ne pas être tenté de l'embrasser…

Le dimanche, c'était elle qui s'était échappée, le bras toujours en écharpe, pour aller faire des courses et porter ses vêtements de la veille à la laverie automatique.

Le lundi, elle s'était sentie nettement mieux. Malgré tout, on lui avait imposé un jour « allégé », sans pompes ni escalade dans les arbres, mais elle avait arraché la permission de se servir de ses deux bras. Alors elle avait couru, matin et après-midi.

Le mardi, la semaine avait pris un tour nouveau. Les journées d'entraînement étant moins longues après la « semaine en enfer », Beck s'était mis en relation avec son camarade des Marines et il avait sauté trois fois avec Lauren pour lui apprendre à atterrir sans se blesser.

Le mercredi, même programme.

Aujourd'hui, assise dans l'avion de Gavin en route vers une forêt qui avait brûlé la semaine précédente, Lauren se tourna vers son partenaire et conseiller sportif :

— Pourquoi allons-nous sauter là-bas ?

— Je trouve important pour les nouveaux pompiers parachutistes de voir de leurs propres yeux ce qu'il reste après un feu de forêt.

— J'ai été au cœur d'un incendie. Que suis-je censée voir de plus ?

— La désolation du paysage.

Ainsi, elle ignorait d'après lui les ravages que provoquait un incendie ? Elle s'indigna intérieurement avant de se rappeler qu'il percevait le feu comme un ennemi personnel, comme un monstre, et non comme un phénomène naturel. Peut-être était-ce lui qui avait besoin de cette piqûre de rappel.

Cela, elle pouvait l'accepter.

— Nous montons plus haut aujourd'hui, on dirait.

— Oui. Comme ça, tu auras davantage de temps pour t'entraîner à te diriger. À présent que tu maîtrises bien l'atterrissage, il faut que tu améliores la précision et le contrôle de la voilure. Tu as éprouvé des difficultés à virer, ce fameux jour.

— Nous y sommes ! leur cria Gavin.

— Oreillette à l'intérieur et micro intégré au niveau de la bouche, dit Beck en tendant un casque à Lauren. Je te donnerai des instructions au fil de la descente. Au moindre problème, alerte-moi.

Une minute plus tard, elle bascula dans le vide. Son parachute s'ouvrit normalement. Beck avait sauté juste après elle afin de pouvoir intervenir en cas de difficulté. Sa voix ne tarda d'ailleurs pas à lui parvenir pour lui rappeler les consignes. Une voix étonnamment intime et sensuelle… Allons ! Elle était censée se perfectionner, pas avoir la chair de poule de plaisir.

Comme ils approchaient de l'aire d'atterrissage — une parcelle de terrain noirci où la végétation se réduisait à des arbres brisés — ses pensées lascives s'envolèrent. Brusquement, au moment où ses pieds touchèrent le sol, une rafale de vent l'entraîna à travers le terrain. Elle réussit finalement à effectuer un roulé-boulé pour s'arrêter.

Après avoir replié la toile, elle se retourna juste à temps pour voir Beck se poser de l'autre côté du champ, où elle le rejoignit. Ils s'aidèrent mutuellement à ranger leurs parachutes dans les sacs qu'ils emportaient systématiquement pour faciliter la marche de retour, puis il se dirigea à bonne allure vers la forêt carbonisée. Elle lui emboîta le pas.

Elle comprit très vite pourquoi il avait tenu à l'emmener ici. Elle avait cru savoir à quoi ressemblait une forêt après le passage du feu, mais l'écorce noire et cloquée des arbres, l'odeur âcre et le silence anormal — ni bruissement de feuilles, ni craquement de brindilles sous les pieds, ni chants d'oiseaux, ni bourdonnements d'insectes — lui donnèrent froid dans le dos. Si le feu était un phénomène naturel, le paysage qu'il laissait derrière lui ne l'était pas.

Soudain, l'image du petit Beck, âgé de douze ans, se rendant dans la forêt de son enfance, calcinée à présent et où sa mère avait péri, surgit dans l'esprit de Lauren.

— C'est un spectacle comme celui-là que tu as découvert quand tu es retourné chez toi après l'incendie ?

— La nature est résiliente, répondit-il en s'arrêtant. En deux ans, la végétation avait repris le dessus et tout était vert.

— Mais la maison, elle…

— … était à moitié brûlée. Des arbres poussaient dans ses murs écroulés et dans ceux de l'atelier. Et des mauvaises herbes aussi.

— Tu es entré ?

— Il fallait que je m'assure qu'elle n'y était pas, dit-il en reprenant sa marche, mais plus lentement.

Comme elle gardait le silence, il se retourna et s'arrêta en la voyant les larmes aux yeux, la main sur la bouche de sidération.

— C'est toi qui as voulu savoir, dit-il en lui prenant la main.

— Oui… C'est juste que… Tu n'as pas trouvé son corps, n'est-ce pas ?

Il secoua la tête et se remit à marcher sans la lâcher. Au contact de ses mains vigoureuses et calleuses, elle n'arrivait plus à se concentrer. Il la tenait fermement, ses doigts serrés autour des siens à les broyer… mais sans lui faire mal. Il ne la traitait pas comme quelqu'un de fragile ou de délicate. Plutôt comme une personne assez précieuse pour qu'on s'accroche à elle.

Elle allait se remettre à pleurer !

— Pourquoi voulais-tu savoir, au fait ? demanda-t-il.

— Tu te donnes tout ce mal pour moi alors que je te connais à peine. Je sais seulement que tu es courageux, que tu es quelqu'un de bien et que ton histoire est triste. Je voulais creuser davantage.

Il lui signifia qu'il avait entendu mais ne dit rien avant d'avoir atteint un grand chêne à tan noueux, sans feuilles et noirci par le feu. Il le tapota au passage.

— Que veux-tu savoir ?

— Euh… À quoi servait l'atelier ?

— Maman était ébéniste. C'était une artiste en fait. Sculptrice. Mais la fabrication de meubles de style, que ce soit des copies d'ancien ou des créations originales, rapportait davantage que la sculpture.

— C'est dingue ! Tu as recherché des œuvres à elle ?

— Pour les racheter, tu veux dire ?

— Oui. Comment s'appelait-elle ? Elle signait ses réalisations ?

— Elle s'appelait Molly et oui, elle gravait son nom à des endroits cachés. Je n'ai jamais rien recherché. Mais j'ai chez moi une malle qui a survécu à l'incendie.

Ils marchèrent environ trois kilomètres dans les bois puis encore deux le long d'une route sinueuse, mais ni l'un ni l'autre ne vit le temps passer. Il avait dit un jour qu'il n'aimait pas évoquer sa mère. Pourtant, dans la forêt, avec la main de Lauren dans la sienne, il parla d'elle. Doucement. Respectueusement. Il parla de ce que cela représentait de grandir isolé, à l'écart du bruit et du monde. D'être scolarisé à domicile. D'apprendre à s'occuper d'un jardin et d'aider à l'atelier. Il parla de la cabane que tous les deux avaient construite dans un arbre et où il dormait quand la température le permettait. Il parla d'une vie qui enseignait l'amour de la nature, des livres et des soirées paisibles passées à regarder les étoiles. Lauren n'osait pas penser à ce que cette vie idyllique était devenue « après ». Elle savait seulement qu'il avait été placé en famille d'accueil.

Il lui lâcha la main pour héler un taxi. Avant d'y monter, elle posa une dernière question :

— Tu sais ce qu'il est advenu de la propriété aujourd'hui ? Si quelqu'un l'a achetée, y a construit une nouvelle maison ?

— Ça n'a pas été construit, répondit-il nerveusement.

— Tu y es allé ?

— Elle m'appartient toujours, esquiva-t-il. Un administrateur a été nommé. Il paie les impôts.

Il avait donc gardé la propriété depuis plus de dix ans, malgré le coût financier, mais n'y était pas retourné ? Même dans le cadre de leur nouvelle relation, elle ne se sentit pas autorisée à lui en demander la raison. Pas encore.

Dans le taxi, il fut moins loquace. Le soir, ils passèrent comme d'habitude au réfectoire prendre leurs plateaux qu'ils rapportèrent à la baraque pour un dîner en tête à tête. La conversation tourna davantage autour de Lauren et du clan Autry que de Beck. Mais le changement de sujet ne le soulagea pas.

Plus tard dans la soirée, elle alla frapper à la porte de sa chambre et la trouva ouverte. Beck enfilait un pantalon de survêtement et une veste à capuche.

— Tu as froid ?

Il s'assit sur son lit pour mettre une paire de chaussettes propres.

— Je vais dans le bois. Il y a un chêne à tan que j'aime bien…

— Celui où tu étais assis le soir du premier cross ?

Il confirma de la tête avec une expression indéchiffrable.

— Tu vas dormir là-bas ?

— Je ne risque rien.

— Je sais, dit-elle.

Elle s'inquiétait davantage pour son mental que pour son physique. Contre toute raison, elle avait envie de rester à côté de lui, de se rapprocher de lui. D'autant plus qu'elle comprenait à présent qu'en se réfugiant dans son arbre il ne cherchait pas à la tenir à distance. Il réagissait à quelque chose. À la forêt dévastée par le feu. Peut-être aux questions qu'elle lui avait posées.

— Rassure-toi, je serai à la séance de gymnastique demain matin.

Il remonta la fermeture Éclair de sa veste à capuche et se dirigea vers la porte où Lauren lui bloquait le passage. De crainte de ne plus oser, elle ne voulait pas remettre à plus tard ce qu'elle tenait à lui dire.

— Tu sais, si un jour tu voulais te rendre sur tes terres, je t'accompagnerais avec plaisir, dit-elle avant de le laisser passer.

Il s'arrêta sur ses pas et se retourna à demi, avec un regard triste où se mêlait quelque chose de plus léger qui ressemblait à de l'espoir. Puis il s'approcha et… l'enlaça. La seconde d'après, ses lèvres chaudes et douces se collaient contre celles de Lauren pour un long baiser langoureux très différent du premier, fougueux, enfiévré, le jour de son saut catastrophique. Celui-ci n'était pas nourri d'émotions incontrôlables. Il était tendre, intime, comme une reconnaissance de la proximité que leur avait apportée cette semaine.

Cette fois, lorsqu'il s'écarta pour la regarder, elle fut incapable de cacher ses larmes.

— Ça va aller, murmura-t-il avant de relâcher son étreinte et de reculer vers la porte. N'oublie pas de m'apporter un café demain. Tu sais que je ne suis bon à rien si je n'en bois pas le matin.

Ces paroles n'étaient destinées qu'à banaliser une situation loin d'être normale mais Lauren joua le jeu et hocha la tête en le regardant se glisser dehors.

10.

Quand Beck devait évacuer une tension intérieure, il se réfugiait toujours dans la paix de la forêt.

Ce jour-là, en s'endormant enfin dans le creux de l'arbre, il pensait se réveiller apaisé, comme d'habitude. Malheureusement, le lendemain matin, il était toujours aussi oppressé.

C'était indéniablement par altruisme, dans le seul but d'aider Lauren, qu'il avait proposé de lui apprendre à sauter en parachute. Mais pas seulement. Il avait aussi espéré qu'elle deviendrait autonome, une fois l'expérience nécessaire acquise. Il n'avait pas prévu que la seule perspective de la savoir une nouvelle fois livrée à elle-même au milieu des flammes le tétaniserait d'angoisse. Une angoisse totalement irrationnelle… si Lauren n'avait pas été Lauren. Elle était la seule personne qu'il ait laissée approcher depuis la mort de sa mère. La pensée qu'elle pourrait subir le même sort l'horrifiait.

Après la dernière course de l'entraînement du matin, alors qu'ils reprenaient tous les deux leur souffle, à la surprise générale Treadwell apparut.

— Il a l'air un peu plus en forme, dit Lauren en chuchotant.

Ils restèrent en retrait tandis que les autres s'agglutinaient autour du capitaine. Mais ce dernier n'était pas du genre à jouer les idoles. Il donna un coup de sifflet strident qui imposa le silence et fit accourir Beck et Lauren.

— Je ne reprends pas du service, annonça-t-il. Un message vient d'arriver demandant des renforts pour combattre un feu dans une résidence en bordure de forêt. Ceux qui se sentent prêts, filez !

Là-dessus, il s'en alla lentement.

Après un bref échange de regards, Beck et Lauren partirent au pas de course vers le bâtiment principal. À présent qu'ils formaient une équipe, Beck n'imaginait pas laisser Lauren seule face à un incendie. Plus tard, quand elle serait affectée dans une autre équipe — une perspective sur laquelle il préférait ne pas s'appesantir —, cela changerait. Mais pour l'instant, il savait avec une certitude absolue qu'elle serait plus en sécurité avec lui qu'avec n'importe qui d'autre.

Une demi-heure plus tard, dûment équipés tous les deux, ils arrivèrent devant un immeuble en feu à l'arrière de la résidence.

— On commence par en haut et on descend, dit Lauren. On reste autant que possible dans les passages couverts. Ces constructions sont conçues avec des structures métalliques. Si le sol ne semble pas solide, on marche sur les solives.

En dix ou quinze minutes, ils eurent fouillé le troisième étage. N'y ayant trouvé personne, ils progressèrent vers celui du dessous. Lauren avançait rapidement, évaluant tous les risques et envoyant Beck dans des endroits où il ne se serait pas aventuré sans elle. Bizarrement, tout en sachant que les incendies en lieu clos étaient plus dangereux que les feux de forêt, il ne ressentait pas d'angoisse particulière. Jusqu'au moment où ils arrivèrent à l'arrière du deuxième étage.

Là, son cœur se serra brusquement. Une femme criait.

Puis un bébé pleura.

Un coup d'œil à Lauren lui confirma qu'il n'avait pas été la proie d'une hallucination : elle avait relevé la visière de son casque pour mieux percevoir les sons et ses lèvres avaient blêmi.

Une femme et un enfant piégés derrière une porte en flammes. Et Dieu savait quoi encore…

— Il y a un autre moyen d'y accéder ? demanda-t-il.

Tous les appartements avaient un balcon, mais pour y grimper il fallait quitter l'immeuble, aller chercher une échelle, la rapporter, l'escalader… Trop long. Le temps pressait.

Lauren abaissa sa visière et se précipita vers l'escalier qu'elle dévala, suivie par Beck qui s'en remettait entièrement à son jugement. Elle était incontestablement plus expérimentée que lui dans ce type d'incendie. En un rien de temps, ils arrivèrent sous le balcon de l'appartement.

— Tu vas me soulever pour que je monte, dit Lauren qui n'avait gardé de tout son barda que sa combinaison.

— Toute seule ?

— Tu as une meilleure idée ?

Il ouvrit la bouche, tenté une fois encore de la mettre en garde contre le danger auquel elle risquait de s'exposer. Des propos qu'elle-même avait eu l'occasion de lui tenir mais auxquels il savait que ni l'un ni l'autre ne croyaient en ce moment précis. Une femme et un bébé… Il fallait tenter sa chance.

La sueur ruisselait dans son dos mais il se prépara pour faire la courte échelle à Lauren.

— Sers-toi du mur pour garder l'équilibre, Lauren. Quand tu seras assez haut, attrape la balustrade.

Elle retira ses gros gants et posa un pied dans les mains de Beck, qui la hissa jusqu'à son épaule. Après s'être assurée que la rambarde en fer forgé autour du balcon n'était pas brûlante, elle la saisit et, avec l'aide de Beck qui la poussait par en dessous, effectua un rétablissement. En moins d'une minute elle avait enjambé la rambarde, remis ses gants et fouillait la pièce du regard par la porte vitrée coulissante, malheureusement fermée à clé.

— Hache ! cria-t-elle à Beck qui lui lança aussitôt l'outil demandé.

Puis, en entendant un bris de verre, il courut réclamer une échelle et des renforts. La poignée de secondes qui s'écoula avant que des hommes accourent avec une échelle lui parut une éternité.

Lauren tenait déjà sous sa veste, pour le protéger du feu, un bébé hurlant dont on ne voyait que le visage.

— Il est indemne, dit-elle en se penchant par-dessus la rambarde. Il lui faut juste de l'oxygène. J'ai besoin d'aide pour la mère.

L'échelle une fois installée, Beck y grimpa prestement. À mi-hauteur, il récupéra le gamin qu'il passa à l'homme derrière lui, puis termina son ascension pendant que Lauren refermait sa veste et rabattait sa visière.

Beck jeta un coup d'œil dans l'appartement. Le salon était

envahi par un épais mur de flammes qu'ils allaient devoir franchir.

— Marche sur les solives, rappela-t-elle avant de disparaître dans le brasier.

Il lui emboîta aussitôt le pas et, à sa propre surprise, ne fut pas saisi par la peur au milieu de la pièce en feu. Dans cet endroit clos, l'incendie lui apparaissait non plus comme un monstre sournois déterminé à tuer sa famille mais comme un accident, triste et regrettable certes, mais un simple accident.

— Madame Rhodes, appela Lauren, visière relevée, en contournant un gros fauteuil pour s'agenouiller à côté d'une femme allongée par terre.

Beck s'arrêta de respirer à la vue de la victime : son haut de pyjama n'était que roussi mais son pantalon, à moitié fondu, était collé à ses jambes.

— Impossible de la transporter comme ça, dit-il. Il faut la protéger…

— J'ai une couverture antifeu.

Pendant que Lauren la dépliait, il entra dans la salle de bains, prit dans un placard deux serviettes qu'il mouilla avec de l'eau froide.

— Tiens, dit-il en revenant. Pose ça sur les brûlures pour stopper la combustion.

Lauren, qui avait déjà allongé Mme Rhodes sur la couverture, s'exécuta. À certains endroits de la jambe la plus atteinte, il n'y avait plus de peau, à d'autres elle était boursouflée par d'affreuses cloques.

— J'ai la grippe, sanglota la blessée. Je dormais… Je… Les alarmes…

— Ça va aller. Nous allons vous sortir de là.

— Mon fils…

— Il a eu très peur mais il va bien.

Lauren parlait d'une voix ferme, avec une assurance que Beck, trop bouleversé par la vue de la brûlée, était loin de ressentir.

— Nous allons vous amener auprès de lui, d'accord ?

Mme Rhodes hocha la tête et Beck et Lauren enveloppèrent la pauvre femme dans la couverture pour la transporter.

Courant sur les solives, ils traversèrent de nouveau le mur de flammes vers le balcon. De là, ils descendirent l'échelle et déposèrent la brûlée dans une ambulance.

Mme Rhodes, réveillée en sursaut par les alarmes d'incendie, s'était précipitée pour aller chercher son fils. Sans la moindre hésitation. Malgré le feu. Sans chaussures. Sans protection.

Cette histoire hantait Beck. Ainsi que les excuses entrecoupées de sanglots que cette femme leur avait adressées, à eux et au bébé. Un pareil amour, prêt à tous les sacrifices, n'aurait dû susciter que bonheur et admiration. Pourtant, encore maintenant, loin de l'incendie, une douleur transperçait la poitrine de Beck.

Lauren gérait tout. Une fois leur immeuble sécurisé, elle demanda de nouvelles directives et fila aussitôt vers un autre bâtiment en faisant signe à Beck de la suivre. Pendant tout le reste de la soirée, il s'employa à suivre son rythme forcené.

Ils travaillèrent des heures durant d'arrache-pied, inspectant les immeubles, maniant les lourdes lances à incendie, sans qu'elle ne manifeste la moindre baisse de régime ni aucune des hésitations qu'il avait constatées lors des opérations précédentes ou même lors de l'entraînement au camp. Il s'interrogea sur une telle assurance : voulait-elle devenir pompière parachutiste par amour du métier ou pour impressionner sa famille et la forcer à reconnaître ses compétences ?

— Tu as secouru cette mère et son bébé, bravo, bougonna Beck à Lauren alors qu'il les reconduisait au camp dans son fidèle 4x4, c'est très bien, mais permets-moi de ne pas partager ton enthousiasme.

— Tu es fâché ?

— Je n'arrête pas de penser à ce que va être leur vie dorénavant, dit Beck qui répondait, fait nouveau, autrement que par des monosyllabes. Aucun scénario ne se termine bien.

— Comment ça ? Si Mme Rhodes s'en tire, ce sera un dénouement heureux, non ?

— J'espère qu'elle s'en tirera mais rien n'est moins sûr. De toute façon, vu la gravité de ses brûlures, elle devra vivre avec des marques indélébiles.

— Il aurait mieux valu qu'elle y reste, c'est ce que tu es en train de me dire ?

— Bien sûr que non, dit-il sèchement sans quitter la route des yeux.

À l'arrivée au camp, il descendit de voiture sans plus s'occuper d'elle. Elle le suivit en rongeant son frein jusqu'à ce qu'ils soient entrés dans leur baraque, à l'abri des oreilles indiscrètes.

— Explique-moi, alors. Parce que j'ai beau tourner et retourner tes propos dans ma tête, j'arrive toujours à la conclusion que, d'après toi, il aurait mieux valu qu'elle meure.

— Tu déformes mes paroles. Pour le moment, le bébé ne peut pas comprendre. Mais quand il sera plus grand, même si elle survit, il se remémorera ce qui est arrivé chaque fois qu'il la regardera. Chaque fois qu'il verra ses cicatrices, il saura qu'il en est la cause. Et si elle meurt, il saura que c'est à cause de lui. Il n'y a pas de dénouement heureux. Il n'y a que la vie ou la mort.

— Et la preuve d'amour de sa mère ne comptera pas pour lui ? demanda-t-elle, affligée de constater que leur conversation dans le car avait été en pure perte.

Il la regarda, sa tension visible dans les mouvements de ses mains.

— Ce qu'il saura c'est que, sans lui, elle aurait pu s'échapper.

— C'est ce que toi tu crois pour ta mère ? Tu penses que si tu n'étais pas né, elle aurait été sauvée ? Ou que si elle avait été récupérée en premier, ce qu'aucune mère digne de ce nom n'accepterait, ta mort n'aurait pas changé sa vie à jamais ?

— Si je n'avais pas existé, il y aurait eu le temps de la sauver, oui.

Comme par hasard, il ignora la deuxième question, probablement parce qu'il n'y avait pas trente-six façons d'y répondre. Comme dans le car.

Il n'était pas prêt à aborder les choses sous cet angle ? Eh bien, elle l'attaquerait sur le front qu'il avait choisi.

— Si je n'étais pas née, ma mère n'aurait peut-être pas eu un cancer du sein ; ce sont les hormones de la grossesse qui l'ont probablement déclenché. Est-ce ma faute si elle est morte ?

— Ça, c'est une histoire médicale. C'est différent.

— Non. C'est exactement la même chose. Tu prétends que, si tu n'étais pas né, ta mère serait peut-être encore en vie. C'est pareil pour moi. Alors, je répète ma question. Est-ce ma faute si elle est morte ?

— Non, dit-il dans un souffle avant de se laisser tomber, la tête dans les mains, sur le petit canapé tout défoncé. Cette conversation est-elle vraiment nécessaire ? Nous avons bien travaillé ensemble. Nous avons fait le boulot. Tu voulais savoir à quoi je pensais. Je te l'ai dit. Pourquoi faut-il que nous nous disputions ?

— Ne raconte pas n'importe quoi et nous ne nous disputerons pas.

Après tout, peut-être avait-il besoin de tenir ces propos à voix haute pour prendre conscience de leur absurdité. Déjà, il lui parlait. Alors, peu importait la colère que cela suscitait en elle ; si elle voulait l'aider, elle ne pouvait pas rejeter ses propos en bloc.

— Ne suis-je pas là pour t'empêcher de penser de travers ? Et ne pas te laisser dire des choses dont tu sais pertinemment qu'elles ne tiennent pas debout ?

— Elles ne tiennent pas debout pour toi. Mais tu n'y étais pas.

Elle ne put retenir un profond soupir et alla s'asseoir à côté de lui.

— Tu as raison, je n'y étais pas. Alors, dis-moi ce que tu attends de moi.

Il rit d'un rire sans joie et se renversa en arrière sur le canapé, la tête sur le haut du dossier, les yeux braqués vers le plafond.

— Mieux vaut que tu ne saches pas ce que j'attends de toi, dit-il d'un ton lugubre où perçait une note amusée.

Mieux valait qu'elle ne sache pas ? Mais si ! Elle avait envie de savoir justement ! D'ailleurs elle pensait avoir deviné.

Elle observa son profil — mâchoire volontaire, pommettes saillantes, cils scandaleusement longs — puis laissa son regard descendre sur ses épaules, son torse et ses bras dont les muscles semblaient en permanence bandés.

Beau spectacle !

Il ne demandait pas qu'on l'aide à surmonter ses problèmes. Il demandait qu'on l'aide à les oublier. Aussi, ce soir au moins, elle voulait qu'il mette ses angoisses de côté et qu'il se consacre à elle, Lauren.

— Dis-le-moi, murmura-t-elle.

Il ne répondit pas mais sa respiration s'accéléra.

— Dis-le-moi, répéta-t-elle en lui caressant la joue du dos de ses doigts.

Il redressa alors la tête vers elle.

— Vous jouez avec le feu, Autry.

Elle sentit sa peau s'enflammer sous son regard et ne put résister à l'envie de le taquiner.

— C'est un phénomène naturel.

— Comme moi, répondit-il en la soulevant pour l'installer à califourchon sur ses cuisses, poitrine contre poitrine.

En retour, elle lui enlaça le cou pour attirer sa bouche vers la sienne. Cette bouche capable de proférer des absurdités, mais qui la grisait sans cesse.

Elle sentit ses larges mains vigoureuses se promener de haut en bas sur son corps, puis, tout en pétrissant ses fesses, la plaquer si fermement contre lui qu'elle devina toutes ses formes. En même temps, il se mit à l'explorer de la langue, avec une fougue qui l'embrasa tout entière et fit naître chez tous les deux le désir irrépressible d'aller plus loin.

Des vêtements furent arrachés et volèrent à travers la pièce avant qu'il la fasse rouler sous lui et commence à embrasser, lécher, mordiller chaque parcelle mise à nu de sa peau. Sentant les boucles noires de Beck lui chatouiller le ventre de plus en plus bas, elle leva une jambe par-dessus son épaule et le regarda d'un air un peu affolé.

— Si tu ne veux pas, dis-le maintenant, s'il te plaît, dit-il en haletant.

— Lit, réussit-elle à articuler d'une voix rauque.

L'instant d'après, les yeux plantés dans les siens, il l'avait prise dans ses bras et emmenée dans la chambre.

La voix de la raison avait beau interdire à Lauren d'entamer une liaison avec Beck, le mal était déjà fait. Les affres qu'il avait vécues à cause d'elle, les violentes émotions qu'il avait combattues pour se donner aux autres, tout cela la touchait profondément et elle n'aspirait qu'à s'engager plus avant dans leur relation. Oui, elle aurait menti en soutenant le contraire. Prétendre ne pas éprouver pour lui, depuis leur premier saut secret, un sentiment qui ne s'éteindrait jamais, quel que soit le nom qu'on lui donne, aurait été un mensonge.

Il la posa sur le lit mais ne la rejoignit pas tout de suite. La vitesse à laquelle il se déshabilla n'eut certes rien d'érotique, en revanche, jamais elle n'oublierait le regard qu'il promena sur elle : émerveillé, avide, débordant d'un désir qui le paralysait presque. Dès qu'il se fut débarrassé de tout ce qui aurait pu gêner le contact de leurs deux corps, il s'allongea avec elle et s'empara de nouveau de sa bouche.

Elle adorait la fièvre vorace de ses baisers. Sa manière de ne jamais sembler être assez près d'elle. Ses mains perpétuellement en mouvement, ses lèvres qui exploraient partout avant de fondre de nouveau sur les siennes comme s'il n'en était jamais rassasié. Elle adorait le côté spontané, presque rude de ses caresses. Dans leur vie quotidienne, ils se contrôlaient en permanence, obligeant leur corps à se plier aux contraintes qu'exigeait leur profession. Mais à cet instant, sur ce lit, grisés de plaisir et de désir, ils étaient tous les deux maladroits, incapables de maîtriser leurs gestes.

Il se débattit avec le préservatif et crut ne jamais le mettre en place. Il ne l'avait d'ailleurs pas complètement déroulé quand il s'allongea de nouveau sur Lauren et plongea en elle, leurs visages à quelques centimètres l'un de l'autre. Sous les ondes et les spasmes de plaisir, elle lut dans son regard la vérité renversante, incontournable, de ce qui était en train de se passer entre eux.

Ne pas lui donner de nom n'y changeait rien. Elle aimait tout chez Beck, de l'aide qu'il lui apportait à l'inexplicable et exaspérante distance qu'il maintenait, de l'homme généreux prêt à tout pour sauver quelqu'un au petit garçon encore blessé qui émergeait par intermittence. Elle aimait cet homme courageux et un peu fou. Pas très éloigné de ce qu'elle était elle aussi, finalement…

Beck avait oublié ce qu'on ressentait à se donner à une femme. À moins qu'il ne se soit jamais donné si entièrement à aucune autre. La planète entière aurait-elle été en train de partir en fumée qu'il aurait quand même voulu passer une heure de plus avec Lauren. Une minute de plus. Plus rien d'autre ne comptait. Il n'y avait qu'elle et lui, sans passé pour le hanter, sans futur plein de promesses ou de châtiments, rien que le présent, ici et maintenant. Ses mains qui l'agrippaient. Sa fougue. La façon dont elle l'appelait : dans un soupir, dans un murmure, dans une supplication. Ses yeux magnifiques qui l'observaient, le retenaient, le déchiffraient.

Il était aussi abasourdi et enivré par les liens qu'il sentait se tisser entre eux que par le plaisir de ses caresses, par ses propres gestes impatients, trop rapides, trop brutaux, sous l'emprise d'instincts primitifs aussi incontrôlables que la météo.

Depuis quand était-il là, enlacé avec elle, à plonger en elle, à donner et recevoir ? Cela ne faisait pas assez longtemps, c'était tout ce qu'il savait. Lauren avait déjà dépassé le point de non-retour. Il le voyait dans le raidissement de son corps musclé et soyeux. Il le lisait dans ses yeux qui lui ouvraient la voie de son cœur. Elle ne lui cachait rien, ni la profondeur de ses sentiments pour lui ni sa fragilité.

Soudain leurs deux regards se brouillèrent et ils s'unirent dans l'extase.

Vidé de toute énergie, il ne put ensuite que rester allongé contre elle, la tête sur ses seins. Il sentit vaguement qu'elle lui dégageait le visage des mèches de cheveux qui le cachaient et puis… plus rien en dehors de cette seule pensée : il ne pouvait pas la perdre.

11.

— Et après le stage, que va-t-il se passer ?

Beck n'avait pas encore ouvert complètement les yeux, déjà Lauren lui posait la question en lui tapotant l'épaule.

— Je n'en sais rien. Difficile de faire des projets quand nous ne connaissons pas ton affectation.

— Et quand nous ne sommes pas à l'abri d'un autre avertissement avant la fin de la formation.

Cette possibilité la tarabustait, à en juger par la tension de ses épaules quand elle posa la tête sur son torse. Dire qu'elle donnait tout pour une carrière qu'elle n'aurait peut-être pas choisie si elle avait pu trouver pleinement sa place dans la caserne de son père !

C'était un sujet qu'il était encore trop tôt pour aborder.

— Que veux-tu faire ? Aller prendre le petit déjeuner ou dormir encore un peu ? demanda-t-il.

C'était samedi. Tout ce qu'ils risquaient à passer leur journée au lit était de susciter des rumeurs.

— L'un de nous deux pourrait aller chercher de quoi manger pour nous donner des forces pour la suite.

— La suite ?

Elle se dégagea de ses bras et descendit du lit.

— De nos ébats. Tu ne crois quand même pas que je vais te tenir quitte ?

Il ne put s'empêcher de sourire. Un sourire naturel, inhabituel chez lui.

— Tu as du mal à marcher à cause de la gymnastique à laquelle je t'ai soumise cette nuit ou à cause d'hier ?

— Sans hésitation à cause d'hier. Je m'occupe du petit

déjeuner, dit-elle en sortant des habits de la commode. Toi, tu te chargeras du dîner.

— Et le déjeuner ?

— Je ne crois pas que nous aurons le temps de manger à midi. Il faudra bien dormir un peu quand même.

— Il faut aussi que nous prenions le temps de parler de quelque chose.

Elle s'immobilisa, son pantalon à mi-jambe.

— De quoi ?

— Du calme ! dit-il en se redressant sur les coudes. Après cette nuit et la journée au lit qui nous attend, tu ne crois quand même pas que je veux rompre et t'annoncer que « tout ça ce n'était pas sérieux » ?

Elle finit de mettre son pantalon, avec nettement moins d'allant.

— Si, je l'ai cru, avoua-t-elle avec un haussement d'épaules désolé.

Il se leva et lui prit le visage entre les mains pour un long baiser plein de promesses.

— Et maintenant ?

— Plus vraiment, répondit-elle d'une voix enjôleuse, les yeux de nouveau pétillants, en se collant contre lui.

De toute évidence, elle avait aussi hâte que lui de retourner au lit.

— Je peux me passer de petit déjeuner, dit-il.

— Pas moi. Mais je vais me dépêcher.

Un quart d'heure plus tard, elle grimpait sur le matelas avec nourriture et café.

— OK. Je t'écoute.

— Tu ne veux pas manger d'abord ?

— Tu as dit qu'il n'y avait rien de grave.

— J'ai seulement promis que je n'allais pas rompre. Mais ce que je vais dire va peut-être te fâcher.

— Vas-y vite alors, répondit-elle en lui tendant un sandwich.

Avec à l'esprit la façon dont elle avait géré l'incendie de la résidence, il se lança :

— Je me demande si tu veux vraiment devenir pompier parachutiste.

Elle reçut ces propos non pas comme une question mais comme un constat… qui lui hérissa le poil.

— Pourquoi me donnerais-je tout ce mal alors ?

Ne monte pas tout de suite sur tes grands chevaux, ma fille. Laisse-lui le bénéfice du doute.

— C'est moi qui ai choisi de venir ici, dit-elle plus calmement.

— Je sais. Mais tiens-tu réellement à exercer le métier auquel ce stage prépare ?

— Elle est un peu tordue, ta question.

— Tu veux quand même continuer la discussion ?

Devant l'intérêt sincère qu'elle lut dans ses yeux, elle hocha la tête.

— C'est quoi pour toi, une journée de travail idéale ? demanda-t-il en l'aidant à enlever son T-shirt.

— Un incendie.

Il lui ôta son soutien-gorge, puis s'attaqua à son short.

— Ferme les yeux. Où est l'incendie ?

Être à la fois déshabillée par son amant et interrogée sur son orientation professionnelle par cet homme qui parlait rarement et toujours à bon escient, le tout pendant qu'elle mangeait, provoquait en elle des dizaines de sensations différentes. Comme ce nœud à l'estomac causé par la teneur de ses questions.

Elle ferma les paupières, posa son sandwich et se concentra.

— Dis-moi où tu te trouves, insista-t-il comme elle se taisait.

Elle ne s'imagina pas dans un feu de forêt, dans la montagne par exemple comme ce fameux jour, ni même comme guetteuse dans un avion, mais…

— Dans une maison.

Il n'y avait a priori rien d'alarmant dans cette réponse, mais elle sentit toutes les bonnes ondes qui l'entouraient depuis la nuit précédente se dissiper.

— Est-ce que tu sauves quelqu'un ?

Elle confirma de la tête et ouvrit les yeux en essayant d'ignorer le creux désagréable dans son ventre.

— Ça ne veut absolument rien dire. J'ai été programmée pour penser comme ça depuis que je suis petite. Et puis, je n'ai plus envie de jouer à ton jeu.

Et elle ne voulait surtout pas lui dire qu'elle avait décidé de se dénoncer à Treadwell. Quand ? Après la fin de la formation, quand les supérieurs étaient plus enclins à l'indulgence et quand il serait trop tard pour lui donner un troisième avertissement.

— Tu veux savoir quelle est ma mission préférée ? demanda Beck à voix basse comme pour s'excuser d'avoir déréglé sa boussole interne.

Soulagée de ce dérivatif au nouveau cycle d'autoflagellation qui la menaçait, elle acquiesça de la tête.

— Creuser des tranchées et allumer des contre-feux, mettre au point un plan de bataille pour circonscrire l'incendie. Je déteste pénétrer dans un brasier. Je le fais parce que ça fait partie de mon boulot, mais ce qui me plaît vraiment, c'est tailler cette barrière dans le sol pour protéger les terres derrière moi, les habitations, les familles, la nature, les animaux. Servir de rempart entre les deux mondes. Voilà la journée que je préfère.

C'était une description très éloignée de celle de Lauren, pour qui le maniement de la pelle représentait une tâche certes indispensable mais fastidieuse.

Elle se rappela que la veille il n'avait pas agi avec autant de sûreté que d'habitude. Il s'en était remis à elle alors que dans un feu de forêt il partait à l'assaut seul, laissant les autres le suivre… ou pas.

— Hier, tu t'es fait violence pour traverser les flammes, dit-elle d'un air songeur.

— C'est vrai.

Il voulut ajouter quelque chose mais en fut empêché par le hurlement de la sirène. Comme le samedi précédent.

À leur arrivée — en premier — sur le terrain de sport, la question de Beck résonnait encore dans la tête de Lauren.

Et s'il avait raison ? Si sa venue ici n'était qu'un geste d'adolescente en rébellion ?

Elle se secoua. Elle devait se concentrer et se préparer à l'action. La sirène signalait une urgence. Ce n'était ni le lieu ni le moment de se préoccuper de sa petite personne.

Mais elle n'arrivait pas à évacuer cette satanée remarque

de Beck, qui remettait en cause l'objectif professionnel auquel elle travaillait de toute son âme depuis deux ans.

Oh ! bien sûr, ce premier saut raté l'avait ébranlée, mais ils s'étaient entraînés sérieusement depuis. Même s'il lui manquait encore quelques réflexes, elle avait nettement progressé.

Son père lui mettait en permanence ses échecs sous le nez et elle-même s'adressait des critiques plus sévères encore qui la poussaient à atteindre la perfection.

Kolinski la tira de ses pensées.

— Ellison et Autry, au réfectoire, dit-il sèchement en arrivant au pas de course. Nous avons besoin de renforts aujourd'hui.

— Que se passe-t-il ?

— Un orage au nord. Les éclairs ont démarré trois foyers, la pluie ne suffit pas à les éteindre. Le plus important est à la frontière du Nevada et il essaime le long du sentier Donner vers Tahoe.

— Le lac Tahoe ? demanda Lauren. Le lieu de villégiature au milieu de la forêt et des montagnes ?

— Oui. Et en raison du printemps inhabituellement doux, il y a beaucoup plus de campeurs et de randonneurs que les autres années.

— Des familles ? demanda Beck, l'inquiétude quasiment palpable dans sa voix.

— Tout est possible. L'orage a été très violent. Il s'est déclaré brusquement et il s'étend sur une zone très vaste.

Là-dessus, Kolinski regagna le bâtiment principal.

— Il a besoin de nous pour creuser ou pour sauter ? demanda Lauren autant par intérêt que pour sortir Beck de ses ténèbres intérieures.

— Les deux.

Lui qui était devenu plus loquace ces derniers jours revenait aux réponses minimalistes. Pas besoin d'être grand clerc pour comprendre ce que cela signifiait quand on connaissait sa haine du feu.

Vingt minutes plus tard Beck, au volant de son 4x4, Lauren à ses côtés, roulait vers l'aérodrome. Ils avaient dîné sur le pouce, enfilé leurs combinaisons de vol et il avait persuadé Lauren de venir avec lui plutôt que de prendre le car. D'une part pour être en tête à tête avec elle et d'autre part pour qu'elle dispose d'un véhicule pour rentrer au camp si elle accédait à sa requête.

— Tu es bien silencieux, dit-elle en se rapprochant de lui.

— Soucieux.

Ils avaient un bon quart d'heure d'avance sur le car.

— À cause de l'incendie ? demanda-t-elle du bout des lèvres.

Après leur conversation interrompue par la sirène, elle marchait sur des œufs.

Il décida de se lancer sans attendre d'être arrivé à l'aéroport.

— J'essaye de trouver un moyen de te dissuader de monter dans l'avion.

Nul besoin de quitter la route des yeux pour savoir que Lauren s'était raidie et qu'elle avait braqué son regard vers lui.

— Je parie que tu regrettes nos confidences, dit-il.

— Gagné ! répondit-elle en s'éloignant de lui. En fait, tes beaux discours visaient à me faire abandonner ? Tu disais pourtant que j'étais prête, que je me débrouillais très bien. Je ne comprends pas.

— Oui, tu te débrouilles très bien, dit-il alors qu'il s'engageait sur la desserte de l'aérodrome.

— Alors ? Tu trouves que je n'ai pas assuré hier, dans la résidence ?

Si seulement il avait eu le temps de construire une argumentation ! Mais il avait passé la demi-heure précédente à s'interroger sur l'opportunité de sa requête.

— Attendons d'être arrivés, dit-il. Cette conversation nécessite toute mon attention. Je ne peux pas conduire en même temps.

Elle ne pipa plus mot mais il la sentait tendue à côté de lui. Et dès qu'il se fut garé devant le hangar, elle attaqua :

— Alors ?

— Hier, dans l'appartement, tu as été formidable, dit-il en se tournant vers elle. Tu as un instinct pour les incendies de bâtiment que je ne possède pas. Tu sais comment ils réagissent.

Tu connais les issues les plus sûres. Et rien ne t'arrête. J'ai été très fier de toi.

— Quel rapport avec le fait que tu me déconseilles de sauter ?

Elle détacha sa ceinture de sécurité et pivota un peu vers lui… la main sur la poignée de la porte, prête à sortir.

— Tu trouves que je me débrouille très bien mais que je devrais arrêter ?

Cela était illogique, il en convenait. Mais en apparence seulement.

— Je n'ai pas eu peur pour toi hier. Pourtant, c'était un incendie violent, qui a fait des victimes.

— Mais tu as peur pour moi dans un feu à l'extérieur ? Ce n'est pas le saut ou l'atterrissage qui t'effraie, mais de me savoir seule dans la nature en flammes, c'est ça ?

— Tu m'as demandé ce que représentait le feu pour moi. Ma réponse n'était pas tout à fait exacte. En réalité, je ne considère pas tous les incendies de la même façon. Le monstre tapi dans l'ombre qui attend l'occasion de sauter sur les gens que j'aime, c'est l'incendie de forêt. Aussi irrationnel que cela soit, les incendies en intérieur, pourtant plus meurtriers, ne me font pas la même impression. Je les vois…

— Comme des choses ?

Il confirma de la tête et se risqua à lui prendre la main. Elle n'objecta pas.

— Si tu essaies de m'empêcher de m'enrôler comme pompier parachutiste, sache que tu perds ton temps.

— Je pense que tu es dans le déni. Pour être franc, je trouve que tu devrais intégrer une autre caserne que celle de ton père pour échapper à son emprise, mais ce n'est pas le sujet pour l'instant. Ce qui me préoccupe dans l'immédiat, c'est que si nous allons tous les deux dans la montagne aujourd'hui, je te surveillerai toi davantage que je ne surveillerai le feu, ce qui me rend dangereux pour les autres.

— Pourquoi ?

— Parce qu'on ne sait pas ce qui peut se passer ! Je reconnais que c'est absurde et même carrément idiot de penser que tu risques davantage à combattre un feu de forêt qu'un incendie dans un bâtiment, mais c'est plus fort que moi. Peut-être que je réagis de façon trop émotive mais la pensée… Elle me hante… L'image de toi piégée par les flammes, transformée en torche vivante… C'est… Je ne veux pas que tu viennes.

Elle inspira profondément, lentement, pour contenir la colère qui bouillonnait en elle et qui vibra dans sa voix.

— C'est ce métier que j'exercerai, asséna-t-elle en réussissant l'exploit de ne pas retirer sa main. J'ai mis deux ans à arriver là où j'en suis. Et on a besoin de tout le monde aujourd'hui. Tu as entendu Kolinski ? Il se peut qu'il y ait des gens dans les montagnes. On ne ferait pas appel à des novices si la situation ne l'exigeait pas, s'il ne fallait pas se battre sur plusieurs fronts à la fois.

— Je sais.

— Je n'ai pas fini.

Il hocha la tête et lui serra brièvement les doigts.

— Si toi tu comptes y aller, alors tu n'es pas juste avec moi, dit-elle. Je ne me retirerai pas si toi tu ne te retires pas aussi. Tu es mon partenaire. Si tu renonces, je renoncerai aussi. C'est la seule concession que je suis prête à accepter. Mais si tu y vas, j'y vais.

— Et si je disais que je t'aime ? Et que… Que je suis prêt à tout pour que tu restes au sol.

Elle dégagea sa main.

— Si tu utilises cet argument pour me faire changer d'avis, j'en conclurai que tu me traites comme mon père et mes frères. Je t'ai proposé un compromis équitable. Si tu le refuses, cela signifie non pas que tu aies peur pour moi mais que tu ne me reconnais pas le droit de décider de mon sort et ça, c'est inadmissible.

— Je ne peux pas ne pas y aller.

— Faux ! Tu es un bleu ici. Tu t'es porté volontaire.

— Non, ce n'est pas ça… Mais… Si je n'y vais pas… il n'y aura personne pour… Si Kolinski ou les autres chefs refusent de risquer une vie pour en sauver une, moi, je peux choisir de tenter ma chance.

— De deux choses l'une : soit tu leur fais confiance soit

tu ne leur fais pas confiance, riposta-t-elle en ouvrant d'un coup la portière et en descendant du 4x4.

— Je leur fais confiance, mais ils n'ont pas les mêmes priorités que moi.

Il sortit à son tour et la retint par le coude avant qu'elle entre dans le hangar.

— Je cache les clés dans le pare-chocs arrière. Si tu veux rentrer au camp, tu…

— C'est pour ça que tu n'as pas voulu que nous prenions le car ? Pour que j'aie un moyen de retourner au camp une fois que je me serai docilement soumise à tes desiderata ?

Elle dégagea son bras et repoussa Beck.

— En plus, tu continues à faire comme si ta vie à toi ne comptait pas ! dit-elle en entrant dans le hangar d'un pas rageur au moment où le car arrivait.

12.

Lauren ne supportait plus le chantage affectif dont elle était trop souvent l'objet. De la part de son père et de ses frères. De la part de son ex-petit ami. Et maintenant de la part de Beck ! Beck qu'elle avait pensé différent des autres. Beck qui l'avait aidée à devenir pompier parachutiste. Beck qui continuait à juger que sa vie à lui ne comptait pas.

Toute non violente qu'elle était, elle l'aurait volontiers bourré de coups de poing, insulté.

Au lieu de cela, elle attrapa un des nombreux parachutes prêts à l'emploi qui étaient entassés sur le sol. Alors qu'elle se redressait, Beck, la mine sombre, se planta à côté d'elle et se servit lui aussi.

— Mon père et mes frères utilisent le même argument pour me manipuler. « Si tu m'aimes, Lauren, choisis un autre métier. »

— Je ne fais pas ça.

— Je ne sais pas ce qu'il te faut ! Tu prétends m'aimer ? Alors, explique-moi : comment réagirais-tu si je t'annonçais que j'allais me jeter dans les flammes au péril de ma vie pour sauver quelqu'un ? Comment suis-je censée réagir, moi, dans la situation inverse ?

— Es-tu en train de me dire que tu m'aimes ?

— Oui, mais je ne suis pas sûre que tu le mérites. Ni que tu vailles la peine que je m'inquiète pour toi. Tu es trop bête. Tes angoisses ne pèsent pas plus que les miennes. La différence entre nous, c'est que moi je ne refuse pas de te faire confiance. Ce qui est aberrant quand on y songe, puisque c'est toi qui n'hésites pas à t'exposer à une mort quasi certaine pour sauver un chien. Par conséquent, si quelqu'un doit rester au sol, c'est toi.

— Je sais.

— Alors, n'y va pas. Et je n'irai pas non plus. Et nous réfléchirons à un moyen de régler le problème.

— Il n'y en a pas ! se mit-il à crier. Tu crois que si je consultais un psychologue j'accepterais comme par magie de laisser mourir quelqu'un que je pourrais peut-être sauver ?

— Tu ne peux pas sauver tout le monde, Beck ! Les causes perdues, ça existe. Et si tu refuses de l'admettre, tu ne dois pas y aller.

Les autres commençaient à débarquer dans le hangar, aussi mirent-ils un terme à leur dispute. Mais Lauren ne s'était pas débarrassée du sentiment d'impuissance qui l'oppressait.

Elle s'équipa de son parachute et prit un en-cas supplémentaire par sécurité. Beck s'approcha d'elle sous prétexte de resserrer ses sangles.

— Dis-moi ce que je suis censé faire, dit-il tout bas.

— Bon sang, Ellison ! Ce n'est pas sorcier. Tu es censé nous appliquer les mêmes règles à tous les deux. Au lieu de cela, pour toi c'est « ma vie ne compte pas » et pour moi « fleur fragile à protéger ».

— Je ne te prends pas pour une fleur fragile. Et puis n'oublie pas que, si tu n'avais pas menti dans ton dossier de candidature, tu ne sauterais pas aujourd'hui de toute façon.

Voilà qui ressemblait fort à une menace ! Une onde glacée courut le long de sa colonne vertébrale.

— Nous en parlerons plus tard, répondit-elle plutôt que de céder à sa colère et de se faire du tort. La file avance.

Pourquoi fallait-il qu'elle attire toujours des crétins qui la tenaient en si peu d'estime ?

Au moment où il arriva devant le lieutenant, Beck s'arrêta et lança un regard appuyé à Lauren. Même après que Kolinski eut vérifié son équipement, Beck, au lieu d'embarquer, continua à fixer Lauren. Plus exactement à la transpercer d'un regard si noir qu'il en devint presque effrayant.

— Qu'est-ce que vous attendez ? demanda Kolinski.

Beck se tourna vers son supérieur. Plus il serrait les

mâchoires, plus le ventre de Lauren se nouait. Il allait tout révéler à Kolinski !

Elle se figea. Elle avait prévu de soulager sa conscience à la fin du stage seulement. C'était à elle d'avouer la vérité et de décider du moment où elle le ferait.

— Il y a un problème entre vous deux ? Je croyais que c'était réglé.

— Ça l'est, lieutenant, répondit-elle d'un ton sans appel.

Quand elle tourna la tête vers Beck, il soutint son regard pendant plusieurs secondes angoissantes puis, sans un mot, monta dans l'avion.

— Vous êtes certaine que tout est réglé ? insista Kolinski en vérifiant la tension des sangles de Lauren.

— Absolument certaine, répondit-elle avec beaucoup plus d'assurance qu'elle ne l'aurait fait le matin même lorsque Beck et elle s'étaient donnés sans retenue l'un à l'autre.

Car elle était certaine... que tout était fini. Il ne l'avait pas dénoncée, mais il avait été à deux doigts de le faire. Si leur relation débutait de cette façon, elle se dégraderait inévitablement et n'avait aucun avenir.

Kolinski accepta sa réponse et elle alla prendre sa place dans l'avion.

Lauren sauta et atterrit parfaitement. Beck était sorti de l'avion juste après elle pour s'assurer qu'elle se dirigeait là où il fallait et se posa de l'autre côté de la petite zone qu'elle avait visée.

Il aurait été fier d'elle, s'il n'avait été aussi furieux. Contre lui-même de se montrer aussi irrationnel. Contre elle de ne jamais tenir compte de ce qu'on lui disait. Contre le feu... d'être un feu.

Vingt minutes plus tard, une pelle et une scie sur le dos, il marchait avec Lauren et quatre autres collègues vers l'endroit où ils devaient creuser des tranchées et couper des arbres. Ils formaient une ligne étirée au maximum à cause du nombre important de départs simultanés de feux.

Lauren monta dans un arbre pour en scier les branches

avant de l'abattre. Les flammes étaient suffisamment proches pour qu'elle les voie dévaler le flanc de la montagne à l'ouest. Beck, lui, commença à creuser une tranchée tout en surveillant sa partenaire du coin de l'œil.

Soudain, quelque chose de dur rebondit sur son casque. Un morceau de bois. Qu'on lui avait délibérément lancé.

Il leva la tête. Lauren lui indiquait une petite clairière.

— Quoi ? demanda-t-il d'un haussement de sourcils, le bruit des scies couvrant les voix.

— Chien, articula-t-elle.

Quoi ? Un chien ? Encore ! Et c'est elle qui le lui signalait ? Il aperçut en effet un pelage noir et blanc au nord.

En une seconde, il avait pris sa décision : il allait essayer d'attirer l'animal vers lui, puis il l'attacherait avec une corde pour qu'il reste avec eux pendant leur progression.

Beck avait parcouru la moitié de la distance quand le chien, un border collie, se retourna et fonça vers lui en aboyant. Beck enleva son gant et tendit la main vers lui pour qu'il le renifle, mais l'animal la lui attrapa à deux reprises, sans enfoncer ses crocs, avant de reprendre ses aboiements et de repartir en courant sur quelques mètres.

— Beck ! hurla Lauren par-dessus le vacarme en le rejoignant. Il t'a mordu ! Fais voir !

— Non, juste mordillé. Il est agité…

Elle effleura de ses doigts la peau quasiment intacte et leva la tête vers l'animal qui accourait de nouveau vers eux. Alors Beck remarqua la plaque d'identité à son collier et se décomposa. Un chien de race avec une plaque d'identité, seul dans un parc national et qui essayait d'attirer son attention…

— Il est avec ses maîtres, dit-il.

Il s'agenouilla et saisit adroitement l'animal par le collier.

— Qu'est-ce qui est écrit sur la plaque ?

— Henderson. Et un numéro de téléphone.

— Et zut !

— Nous savions qu'il risquait d'y avoir des touristes dans la montagne.

— Tu crois qu'il joue à Lassie ? Que ses maîtres sont en danger et qu'il veut nous emmener vers eux ?

— Oui.

— Que comptes-tu faire ?

— Tu le sais parfaitement.

Lauren regarda vers l'ouest, là où l'incendie faisait rage puis vers le nord-ouest, là où le chien voulait les conduire.

— Il n'y a qu'à espérer que le feu au nord ne se dirige pas vers ici. Autrement, nous serons piégés si nous suivons le chien, dit-elle avant de sortir sa radio pour informer leurs supérieurs de la situation et de leur décision d'y aller.

La permission leur fut accordée étonnamment vite.

Beck aurait de loin préféré ne pas emmener Lauren, mais il n'avait pas le choix. Il aurait aussi voulu s'excuser d'avoir failli la dénoncer à Kolinski, mais ce n'était ni le lieu ni le moment. Plus tard. Il lui dirait plus tard qu'il était désolé.

Derrière Beck et le chien, Lauren monta presque au pas de course une pente si raide qu'elle devait se servir du tronc des arbres pour avancer. Ils ne pouvaient chercher un chemin alternatif puisque Lassie les guidait.

Au fur et à mesure qu'ils grimpaient, une masse inquiétante de lueurs orangées envahissait la montagne.

— Tu vois trois ou quatre foyers ? demanda Lauren sans interrompre son ascension.

Tout en courant pour ne pas se laisser distancer par le chien, Beck réussit à jeter un coup d'œil à travers les arbres… et alluma sa radio.

— Ici Ellison. Besoin d'un point sur l'incendie. Position. Taille. Déplacement.

Cet appel étonna Lauren, car elle savait depuis le jour où elle avait dû courir partout à sa recherche qu'il ne communiquait pas avec ses supérieurs quand il était sur le terrain. Essayait-il de changer ?

Les guetteurs répondirent très rapidement. Il y avait trois feux. Celui du nord, qui s'était étendu en contournant un sommet par l'arrière, donnait l'impression qu'il en existait un quatrième. Quant à celui qu'ils avaient combattu, il les empêchait à présent de rebrousser chemin.

Elle cessa de poser des questions pour ne pas laisser voir sa peur à Beck. Surtout après l'incident avec Kolinski. Comme toujours, elle était contrainte de cacher ses points faibles à ceux qu'elle aimait de crainte qu'ils ne les utilisent contre elle.

Elle n'accordait plus la moindre confiance à Beck. Certes, elle avait gagné aujourd'hui, puisqu'elle n'était pas restée à terre et qu'elle avait suivi le chien avec lui, mais la prochaine fois ? Car même quand elle aurait révélé la vérité, il y aurait probablement des « prochaines fois », vu la cadence à laquelle se déclaraient les incendies cette année-là. Elle se ferait peut-être taper sur les doigts mais ils avaient besoin de tous les bras disponibles.

À bien y réfléchir, sa bourde à l'inscription était une faute moins grave que de ne pas signaler les difficultés de Beck maintenant qu'elle les connaissait. Cela dit, comment révéler ses failles à lui alors qu'elle-même cachait obstinément les siennes ? Tout avait beau être terminé entre eux, elle ne lui souhaitait pas du mal pour autant.

Soudain, il lui fit signe de s'arrêter et sauta par-dessus une barre rocheuse derrière laquelle le chien venait de disparaître.

« Monsieur ? » l'entendit-elle appeler avant de le rejoindre.

Un homme était allongé par terre, sans connaissance, une jambe couverte de sang. Son fémur gauche trouait la peau de sa cuisse. Le chien se coucha à côté de son maître avec des gémissements pitoyables.

— Il est en vie ? demanda-t-elle, inquiète de voir des mouches agglutinées sur la plaie.

Beck hocha la tête.

— Tu crois qu'il va revenir à lui si je le soulève ? demanda-t-il. Cette fracture…

— Il va souffrir le martyre si tu le mets sur ton épaule, dit-elle en sortant déjà le brancard pliant de son sac à dos.

— Malheureusement, il n'y a pas d'autre solution. La pente par laquelle nous sommes arrivés est beaucoup trop raide pour la descendre avec un brancard.

— Pas si nous faisons des traversées.

— OK, dit-il en commençant à monter le brancard. Il faut se dépêcher. Le feu progresse.

— On ne peut pas laisser l'os à l'air libre, dit-elle en cherchant le pouls du blessé. Et nous ne pouvons pas non plus le remettre en place. Nous risquerions d'aggraver les choses. Appelle. Dis que nous avons trouvé Henderson. Que son pouls est beaucoup trop rapide et qu'il a de la fièvre. Tu as une bouteille d'eau qui n'a pas été ouverte pour rincer la blessure ?

Les fractures ouvertes s'infectaient rapidement. Or Henderson était là au moins depuis la veille, avec des habits couverts de boue qui lui collaient à la peau.

— Dommage que je n'aie pas de sérum, ce serait préférable, dit-il en fouillant dans son sac pour sortir l'eau et sa trousse de premiers secours. Tiens. De la gaze et des pansements aussi.

Henderson était toujours inconscient. Elle appliqua la compresse sur le morceau d'os apparent avant d'enrouler la bande élastique autour de la cuisse du blessé pour limiter les risques d'infection.

Pendant ce temps-là, Beck appela la base sur sa radio. Il résuma la situation à Treadwell, indiqua leur position et reçut les consignes : descendre jusqu'à la rivière et la suivre. Une ambulance attendrait un peu plus loin.

Et là, leurs chemins se sépareraient, songea Lauren déterminée à ne pas se torturer inutilement en continuant à travailler avec Beck.

— Il faudrait peut-être lui mettre une minerve ? dit-elle.

— Non, répondit Beck après un rapide examen de Henderson. Il a rampé jusqu'ici. Sa tête ne semble pas avoir souffert. Et puis le temps presse. Le vent forcit. Le feu va aller de plus en plus vite. Il faut partir.

— Alors, en route !

À la moitié de la descente, Lauren aperçut quelque chose de blanc sur le bord de la rivière.

— Beck ! Je crois qu'il y a un bateau…

— Pourvu que ce soit vrai !

Le parcours s'avérait encore plus éprouvant que la marche commando. Mais au moins, là, il y avait une récompense au bout. Henderson allait probablement survivre.

Tandis qu'ils avançaient aussi vite qu'ils le pouvaient sans perdre l'équilibre, Beck ouvrit régulièrement sa radio pour faire un rapport et donner leur position. Une petite victoire, mais une victoire quand même ! se réjouit Lauren.

13.

La marche de trois kilomètres se transforma en un parcours du combattant de trois heures dans un terrain particulièrement accidenté et escarpé.

Beck fut à plusieurs reprises tenté d'abandonner le brancard pour prendre le blessé toujours inconscient sur son épaule afin d'avancer plus vite.

À l'approche de la rivière, leur progression serait devenue plus aisée s'ils n'avaient dû franchir une étroite corniche en surplomb du cours d'eau tumultueux pour éviter un gros détour. Derrière eux, le feu se rapprochait. Au-dessous d'eux, ils entendaient le fracas de l'eau sur les rochers.

— Nous n'avons pas le choix, dit Beck.

— Allons-y, alors ! dit Lauren sans enthousiasme.

Beck, assailli par la pensée de sa mère qui, elle aussi, avait dû choisir entre le feu et l'eau, ne regardait pas où il mettait les pieds sur ce passage plein d'embûches. Par deux fois il glissa, manquant entraîner Henderson et Lauren dans sa chute.

— Arrêtons-nous une seconde que je m'essuie les mains, dit-elle quand ils eurent traversé et trouvé un espace où poser le brancard. Elles sont trempées de sueur et… Où est le chien ?

Beck se retourna. Aucun signe du border collie.

— Et zut ! J'y retourne.

— Sois prudent et appelle en cas de problème. Je ne te verrai pas derrière la courbe de la corniche.

— Si je ne reviens pas, traîne la civière jusqu'à l'eau, par cet autre passage beaucoup plus large, là-bas. Si je me rappelle bien, le bateau est juste après.

Elle renonça à protester. De toute façon, quoi qu'il arrive, elle s'en irait quand le feu arriverait. Elle n'était pas suicidaire.

Beck parcourut le chemin en sens inverse, mais plus vite qu'à l'aller, et trouva le chien qui tournait en rond en gémissant. De toute évidence, il n'osait pas s'aventurer sur la corniche.

— Viens, mon coco, ça va aller.

Il se forçait à parler gentiment car si le chien s'enfuyait, il devrait l'abandonner. Un cauchemar pour lui !

Il siffla doucement, s'accroupit, tendit la main... Quand le collie s'approcha, Beck l'attrapa, le prit dans ses bras et s'engagea sur la corniche. Mais il n'avait pas pensé à le tenir museau contre lui pour lui cacher la vue de l'eau. Pris de panique, le chien se mit à se débattre. Beck dut lutter de toutes ses forces pour ne pas le lâcher et ne pas perdre l'équilibre. À mi-chemin, le collie réussit malgré tout à se dégager en partie, donnant involontairement un violent coup de tête dans la tempe de Beck, qui se sentit vaciller. Avec ses mains occupées, impossible de se rattraper. Rien non plus pour reprendre pied. Il lança devant lui l'animal glapissant et tomba à la renverse.

Il sentit un étau glacé l'enserrer, puis une douleur fulgurante... puis plus rien.

Un aboiement sinistre parvint à Lauren alors que, accroupie, elle prenait le pouls du blessé toujours inconscient. Au moment où elle se relevait, le chien déboula vers elle, la queue entre les jambes, visiblement terrorisé.

Et Beck ?

— Beck !

À peine eut-elle crié son nom qu'elle aperçut quelque chose d'orange qui, telle une boule de flipper, rebondissait d'écueil en écueil dans les rapides. Son cœur s'emballa. En un éclair elle escalada un rocher qui avançait dans la rivière, s'y accrocha d'une main et tendit l'autre bras aussi loin qu'elle put au-dessus de l'eau.

Elle le vit encore heurter des rochers. Avec quelle partie du corps ? Impossible à dire. Mais une chose était sûre : il ne bougeait plus et il avait la tête sous l'eau.

Il approchait ! Elle allait l'attraper…

Mais le courant forcit brusquement. Ses doigts glissèrent sur l'encombrante tenue antifeu… Il lui échappait…

Ouf ! Au dernier moment, elle réussit à saisir son col.

— Beck ! hurla-t-elle de nouveau tout en s'efforçant de l'extirper de la rivière.

Mais sa combinaison gorgée d'eau l'alourdissait. Elle parvint malgré tout à le tirer suffisamment pour lui sortir la tête de l'eau.

— Allez ! Réveille-toi ! Réveille-toi ! hurla-t-elle, suppliante, suffoquée par les sanglots.

Il toussa. Le premier signe de vie, enfin ! Mais il n'avait toujours pas repris connaissance.

Prenant appui d'un pied sur un bloc de pierre plus proche, elle le hissa le long du rocher jusqu'à ce que ses épaules émergent et lâcha une main pour le gifler, au risque d'être entraînée avec lui dans le courant.

À la deuxième gifle, il toussa de nouveau et commença à agiter les bras. Elle dut hurler son nom encore et encore avant qu'il reprenne suffisamment ses esprits pour l'aider à l'arracher définitivement à la rivière.

De son cuir chevelu s'échappait un filet de sang qui coulait le long de sa joue, et son nez avait changé de forme.

— Tu peux te mettre debout ?

Il ne répondit pas mais accepta les mains qu'elle lui tendait et se releva en titubant.

— Pars, dit-il après avoir jeté un coup d'œil à la corniche et vu le feu qui gagnait du terrain.

— Pas sans toi.

— Tire-le jusqu'au bateau. Je vais me débrouiller. Ne reviens pas. Vas-y.

Il avait le souffle court et respirait bruyamment. À travers le vacarme de la rivière, elle entendait des bruits d'eau dans chacune de ses inspirations et expirations.

Négligeant une fois de plus ses instructions, elle resta pour le débarrasser de sa combinaison.

— Vas-y, répéta-t-il.

Se rendant alors compte qu'elle ne pouvait pas secourir à la fois Beck et Henderson, elle obtempéra.

Elle traîna Henderson avec le brancard qui commençait à se disloquer sur la cinquantaine de mètres qui les séparaient d'une petite plage de galets où le bateau avait été échoué. Le chien les y attendait !

Sans perdre de temps, elle déposa le blessé dans l'embarcation avec autant de ménagement que possible et, à force de cajoleries, persuada le chien de monter lui aussi. Il était grand temps : elle sentait la chaleur du feu qui dévorait les broussailles sèches.

Le ventre noué d'angoisse, elle courut rejoindre Beck. Il avait dû se cogner violemment la tête. Était-il toujours debout ? Marchait-il ? Respirait-il ? Il avait certainement de l'eau dans les poumons et quelques côtes cassées, après tous ces chocs. Mais, aussi cruel que ce soit, elle devrait l'obliger à avancer.

À la sortie du coude de la corniche, Lauren manqua entrer en collision avec Beck. Elle se glissa sous son bras, pivota, et lui entoura la taille pour qu'il s'appuie sur elle.

— Je t'ai dit..., commença-t-il mais il s'arrêta net en voyant les larmes qu'elle ne pouvait retenir ruisseler sur ses joues.

— Si tu crois que je vais te laisser là, tu es trop bête pour exercer ce métier, répondit-elle, avant d'être brusquement secouée par un hoquet qui les surprit tous les deux.

En levant la tête, elle venait de voir le voile d'épouvante qui brouillait les yeux noirs de Beck et le flot de sang rouge vif qui lui sortait du crâne et dégoulinait sur sa joue.

— Tais-toi ! ordonna-t-elle alors même qu'il n'avait rien dit, et elle accéléra l'allure, avançant à marche forcée.

Beck souffrait le martyre à chaque pas. Lauren l'entendait à sa respiration et au spasme qui le paralysait quand elle le serrait un peu plus fort pour le maintenir debout lorsqu'il menaçait de s'écrouler.

Elle eut l'impression de mettre une année entière à atteindre le bateau. Après une brève dispute — il voulait aider à le mettre à l'eau ! — ils embarquèrent tous les deux.

— Je ne sais pas comment démarrer cet engin.

— C'est… comme… une tondeuse, répondit-il entre deux râles. Tire le cordon. Ne va pas vite.

Bien sûr qu'elle n'allait pas foncer ! Si elle les écrasait contre un rocher, c'est l'eau qui aurait leur peau. Pas le feu.

Après une dizaine de mètres, la rivière s'élargit et le courant faiblit.

— Ta radio fonctionne, Lauren ?

Treadwell répondit. Grâce aux miracles de la technologie, le capitaine avait suivi leur parcours et il expliqua à Lauren vers où se diriger.

Heureusement, la navigation entre les écueils fut de courte durée. Au bout de trois kilomètres environ, ils arrivèrent à un pont où étaient garées des voitures de police et deux ambulances, gyrophares allumés, portes ouvertes. Des équipes d'urgentistes attendaient sur la rive.

Beck n'opposa aucune résistance quand on le sangla sur une civière, ce qui alarma un peu plus Lauren.

Il était blême. La pâleur de ses lèvres trahissait l'intensité de la douleur qui le déchirait et ses difficultés à respirer indiquaient une capacité pulmonaire réduite.

Treadwell et Lauren montèrent avec lui dans l'ambulance. La police prit en charge l'héroïque border collie et les secouristes embarquèrent Henderson, toujours inconscient, dans la seconde ambulance.

Lauren raconta à Treadwell ce qu'elle savait : Beck était retourné chercher le chien et, pour une raison qu'elle ignorait, il était tombé dans le torrent et elle l'avait repêché.

— Capitaine, j'ai quelque chose à vous dire, ajouta-t-elle quand elle eut fini.

Oui, elle avait pris sa décision. Non parce que Beck avait essayé de la dissuader de venir aujourd'hui, non parce qu'elle hésitait sur son avenir — les questions qu'elle avait pu se poser étaient résolues à présent — mais tout simplement par honnêteté.

Beck ouvrit d'un coup les yeux et la transperça du regard.

Elle était assise au pied de la civière et Treadwell la fixait lui aussi. Elle tourna la tête vers ce dernier, l'homme qui déciderait de sa carrière.

— Quand je me suis inscrite, je n'avais pas terminé ma formation de parachutiste. Je n'avais jamais sauté…

14.

Lauren avait eu le privilège, sur ordre de Treadwell, d'être raccompagnée au camp par un policier et, se sachant sur un siège éjectable, elle profitait de l'instant présent.

À l'hôpital, le médecin qui l'avait examinée n'ayant diagnostiqué qu'une légère déshydratation, on ne l'avait pas retenue. Beck, lui, avait dû être hospitalisé. Treadwell, ému de voir Lauren faire les cent pas devant la chambre de Beck dont l'accès lui était interdit, avait eu la prévenance de la tenir informée de l'état de santé de son binôme : commotion cérébrale, côtes cassées, pronostic vital non engagé. Mais il était hors service pour la saison.

Maintenant, à 5 heures du matin, elle prenait un bain en attendant une heure décente pour appeler son père. Pendant les longues heures passées à espérer des nouvelles de Beck à l'hôpital, elle avait eu le temps de réfléchir, elle ne réintégrerait pas la caserne familiale de San Francisco, qu'elle soit ou non admise à poursuivre son stage. Elle voulait l'annoncer à son père. Tout lui raconter, en fait. Pas pour pavoiser, ce n'était pas dans sa nature. Simplement, elle avait à présent acquis la certitude qu'elle devait suivre sa voie, celle que le destin lui avait réservée.

Il était l'heure de mettre de l'ordre dans sa vie, d'être heureuse et de prendre les bonnes décisions, aussi dures fussent-elles. À elle de mener sa barque sans craindre le jugement des autres et en particulier celui de son père. Elle ne voulait pas se fâcher avec lui ni avec ses frères, parce qu'elle les aimait. Il fallait simplement qu'elle trouve comment établir une relation saine avec eux.

Et avec Beck ? Ils n'avaient pas discuté de ce qu'ils feraient après le stage, mais elle avait espéré qu'il y aurait un « après ». Aujourd'hui hélas, elle ne s'imaginait plus rester avec un homme qui ne la laissait pas libre de ses choix et qui était, de surcroît, suicidaire.

« Suicidaire », le terme était un peu exagéré. Beck ne s'était pas laissé mourir. Il avait marché avec elle malgré la douleur, malgré sa blessure à la tête qui lui faisait perdre l'équilibre. Il avait plutôt « tenté de mourir en martyr ».

Cherchait-il à donner un sens à sa mort ? Un sens à sa vie ?

Quand l'eau du bain refroidit, elle sortit, enfila un peignoir et alla prendre son téléphone.

Son père décrocha à la première sonnerie et Lauren, avec un calme qui la surprit elle-même, lui raconta tout. Sa journée éprouvante. Son mensonge. Le risque d'être virée avant même d'avoir été recrutée. Sa décision de ne pas retourner travailler avec lui.

— Si je comprends bien, tu me demandes de t'aider à être mutée dans une autre caserne ?

— Non, papa, je ne te demande rien.

Ce fut alors que l'idée lui vint.

— En fait, il y a quelque chose que tu peux faire pour moi, si tu le souhaites.

— Quoi ?

— Il y a une quinzaine d'années, la mère d'un ami est morte, emportée par la rivière lors d'un incendie pas loin d'ici. Elle n'a jamais été retrouvée, apparemment. Si je récupère l'ADN de mon ami, pourras-tu demander à un de tes copains flics de le comparer à celui des femmes décédées non identifiées il y a quinze ans ?

— Je ne sais pas si c'est possible légalement, mais je vais me renseigner. J'ai quelques relations.

Évidemment ! Le capitaine Richard Autry connaissait tout le monde.

— Merci, papa.

— Tu me diras où on t'envoie, ma puce.

La lèvre de Lauren se mit à trembler mais elle réussit à répondre :

— D'accord. Je t'aime, papa.

Elle raccrocha avant d'éclater en sanglots.

Beck, habitué à l'odeur des bois, supportait difficilement celle de désinfectant de l'hôpital.

Et l'absence de visites de Lauren, dont il préférait ne pas chercher la signification, rendait son séjour encore plus pénible. Comment avait-il pu en arriver, en si peu de temps, à dépendre à ce point de cette femme ?

Treadwell, présentement endormi dans le fauteuil à côté de son lit, l'avait maintenu éveillé pendant les vingt-quatre premières heures : il avait joué aux cartes avec lui, l'avait obligé à faire des mots croisés, à regarder des jeux à la télévision, l'avait tenu en haleine avec le récit d'une partie de pêche et avait fait la sourde oreille lorsque Beck lui avait répété pour la millième fois de rentrer chez lui.

— Heure de la prise de tension, annonça une infirmière en entrant dans la chambre.

— Il sort aujourd'hui ? demanda Treadwell, tiré de son sommeil.

— Il faut attendre la visite du médecin, mais ça m'étonnerait, dit l'infirmière avec un sourire qui se voulait encourageant. Vous êtes un des pompiers qui a sauvé M. Henderson, n'est-ce pas ?

— Oui, répondit Beck. Comment va-t-il ?

Il aurait préféré avoir des nouvelles de Lauren, mais Treadwell avait obstinément refusé de lui répondre chaque fois qu'il s'était enquis d'elle.

— Il s'est réveillé, dit l'infirmière avec un large sourire tout en notant la tension et la température de Beck. Il est entre de bonnes mains.

— Tant mieux ! dit doucement Treadwell. Autry et vous avez formé une bonne équipe.

« *Avez* formé » Fallait-il comprendre que Lauren ne souhaitait plus travailler avec lui ?

— Vous acceptez de parler d'elle ? demanda Beck après le départ de l'infirmière.

— Vous allez mieux.

Suffisamment pour apprendre de mauvaises nouvelles…

— Vous vous êtes entretenu avec elle ?

— Chaque fois que j'ai quitté votre chambre, jusqu'au petit matin.

— Elle va bien ?

— Elle n'est pas blessée. Pour le reste, je n'en sais rien.

Comment aurait-elle pu aller bien ? Elle avait eu très peur pour lui. Il en avait pris pleinement conscience en la voyant pleurer lorsqu'elle l'avait forcé à avancer. Lauren en train de pleurer… Lauren qui laissait enfin couler les larmes qu'elle retenait toujours. Il ressentait comme un coup de poing chaque fois qu'il évoquait cette image.

— Elle va rester ? ne put-il s'empêcher de demander.

Treadwell hocha la tête.

— Oui. Je le lui ai fait savoir hier soir, mais je la renvoie parmi les bleus. Plus de sauts jusqu'à la fin du stage.

— Mais elle a appris à sauter maintenant. Il est inutile de la rétrograder.

— Oui, je sais. Comme je savais que ce stage ne vous servait à rien dans l'exercice de votre métier. Malgré tout, il vous a profité.

— Je n'en suis pas si sûr.

— Pourquoi ?

Beck aurait pu raconter au capitaine tout ce qu'il « méritait de savoir », selon l'expression de Lauren. Quitte à lui ôter ses illusions sur l'utilité de ce stage.

— Elle n'était pas obligée de vous le dire, maintenant que nous avons réglé le problème, répondit-il, préférant botter en touche.

— Les personnes qui sont sous mes ordres doivent savoir que je les soutiendrai en cas de besoin, que je prendrai la meilleure décision pour eux et pour les autres.

Une déclaration qui, peut-être à l'insu de Treadwell, trouva instantanément un écho en Beck.

En avouant sa faute au capitaine, Lauren avait pris plus de risques que lui-même n'en prendrait en parlant maintenant ouvertement à Treadwell.

Il ne se supportait plus tel qu'il était. Il voulait évoluer. Il voulait mériter Lauren et ne pas se contenter d'être une pâle copie de cette femme courageuse.

— Est-ce que vous débarrasserez le plancher si je vous explique ce qui m'est arrivé ?

Après une journée fatigante, Lauren entra dans la baraque en trébuchant sur la petite marche mais trouva la force de se rattraper au chambranle de la porte.

Beck, assis tranquillement sur le canapé, l'observait.

— Salut, lança-t-elle avec désinvolture, comme si neuf jours ne s'étaient pas écoulés depuis la dernière fois qu'ils s'étaient vus.

— Salut, répondit-il doucement en se redressant. J'espère que tu ne vois pas d'inconvénient à ce que je sois entré en ton absence. Ce n'est plus vraiment ma baraque.

— Pas de problème. De toute façon, tes affaires sont toujours là.

Alors qu'elle montrait la chambre qu'il avait occupée, elle aperçut le sac de voyage qui en maintenait la porte entrouverte.

— Avec tes côtes cassées, tu devrais me laisser le porter, dit-elle.

— Oui, peut-être. Tiens, dit-il en tapotant un bocal sur la table basse devant lui, j'ai pensé que des sels pourraient te servir. Et effectivement tu as l'air crevée.

— J'ai prolongé la séance de sport.

— Pourquoi ?

— Pour être le plus affûtée possible, répondit-elle, consciente de mentir.

Bravo ! Elle qui s'était juré de cesser toute dissimulation, de ne plus masquer ses faiblesses ! Allons ! Même si cela s'avérait particulièrement difficile face à Beck, elle devait tenir sa promesse.

— En fait, j'ai fait du rab d'exercice tous les jours pour mieux dormir.

— Tu as des insomnies ?

— Pas vraiment. Mais j'ai du mal à m'endormir.

Il la dévisagea entre ses paupières mi-closes et ce fut alors qu'elle remarqua…

— Tu as les yeux au beurre noir ? Des deux côtés !

— Bah oui ! Je me suis cogné plusieurs fois la tête contre les rochers. D'après Treadwell, ça m'a mis un peu de plomb dans la cervelle. Mais je ne suis pas sûr qu'il faille en remercier les rochers.

— Tu as heurté autre chose ?

— Toi ! Comme si un camion de pompiers m'avait renversé.

— N'importe quoi !

— Et pourtant, c'est la vérité, dit-il si bas qu'elle dut lire sur ses lèvres. Pourquoi cherches-tu à t'endormir rapidement ? Pour ne pas penser au gâchis que j'ai provoqué ?

Il n'aurait pas été juste qu'il porte seul la responsabilité de leur fiasco. Elle aussi avait déraillé. Ils étaient tous les deux perdus.

— Plutôt pour ne pas penser à ce qui aurait pu exister.

Sa gorge se noua et sa voix se brisa sur le dernier mot.

Par crainte de s'effondrer, elle avança vers la petite cuisine où elle avait mis des boissons au frais dans la glacière. Ses mains tremblaient si fort que la bouteille en plastique de jus vitaminé lui glissa entre les doigts et roula à travers la pièce derrière elle.

Quand elle se retourna, Beck avait ramassé la bouteille, l'avait débouchée et la lui tendait, dans un geste de conciliation. Elle se contenta de fixer les yeux noirs et graves de l'homme qui hantait chacune de ses pensées.

— Tu peux accepter la bouteille, tu sais, dit-il doucement. Ça ne t'engage pas à me reprendre.

« Ça ne t'engage pas à me reprendre. »

Était-ce ce qu'il souhaitait ? Dieu savait qu'elle, elle le souhaitait. Mais il y avait une énorme différence entre désirer quelque chose et être capable de l'obtenir. En outre, ce qu'elle désirait était à double tranchant.

En général, elle gérait par des sarcasmes les situations lourdes d'émotion. Elle excellait à l'exercice, qui lui permettait de tenir les autres à distance. De se protéger. Mais à cet instant, la bouche sèche et les yeux humides, elle resta sans voix. Pour masquer son trouble, elle attrapa la bouteille des mains de Beck et en but d'un trait presque la moitié. Le tout sous l'œil scrutateur et triste de Beck.

— Je ne sais pas quoi dire, Beck. Si quelque chose te chagrine, tu n'as qu'à…

— J'ai parlé à Treadwell, coupa-t-il, éludant la question de leur relation pour aborder un sujet moins épineux.

Elle serait contente d'apprendre ce qu'il avait fait et qu'elle l'avait poussé à entreprendre. C'était un terrain nettement plus confortable.

— Que lui as-tu dit ?

— Tout.

— Mais encore ?

— Ce qui est arrivé à ma mère. Pourquoi j'ai perdu les pédales l'année dernière. Pourquoi je peine encore à reprendre pied.

— Qu'est-ce qui t'a fait changer d'avis ?

— Il s'était incrusté dans ma chambre, répondit-il en pouffant. Il dormait à mon chevet. Impossible de me débarrasser de lui. Il m'a eu à l'usure, en quelque sorte.

Donc, rien à voir avec leur épopée dans la montagne. Ni avec elle.

— Il t'a harcelé, c'est ça ?

— Non. C'est moi qui ai ouvert le feu en lui demandant s'il allait te garder.

Il la scruta, comme s'il craignait d'avoir commis un impair. Essayait-il de préserver leur amitié ? Leur relation professionnelle ? Davantage ?

— Il m'a dit qu'il en avait déjà discuté avec toi et que tu restais. Il était content que tu lui aies avoué parce qu'il lui importe que les recrues sachent qu'il les soutient.

— C'est l'impression que j'ai eue. Simplement, il lui a fallu un peu de temps pour digérer. Sans compter qu'une ambulance n'est pas l'endroit idéal pour recevoir une confession. Le principal souci, c'était toi. J'aurais certainement dû attendre, mais une fois ma décision prise…

— Quand l'as-tu prise ?

Elle dansa quelques instants d'un pied sur l'autre, tentée une fois de plus de cacher la vérité. Décidément, il lui restait beaucoup de progrès à faire ! En l'occurrence, elle hésitait par peur de le blesser, lui. Elle frôlait un sujet dangereux.

— Dans le hangar, dit-elle finalement. Treadwell m'a annoncé qu'il me prendrait volontiers dans son équipe après le stage. Mais je lui ai dit qu'il fallait d'abord que je t'en parle. C'est aussi ton équipe…

— Aucun problème ! dit-il aussitôt. Accepte ! J'en serais heureux. Et pas pour te contrôler, mais pour avoir une chance de me racheter à tes yeux, pour te prouver que je ne suis pas si nul. Pour que tu cesses de me rejeter.

— Beck…

— Je t'aime, Lauren. Je l'ai compris ce fameux matin de notre dernière mission. J'ai failli te dénoncer et je n'ai aucune excuse, mais il faut que tu comprennes comment j'en suis arrivé là et comment j'ai pu te déclarer mon amour de cette façon-là la première fois. C'était moche de ma part. Je sais que tu ne me crois probablement pas…

— Si, je te crois. Mais ne va pas si vite. Pour quelqu'un qui ne parle jamais, tu dis beaucoup de choses d'un coup. Je crois que j'ai pris l'habitude d'un débit plus tranquille.

Il sourit et avant qu'elle n'ait le temps de dire ouf, il lui avait pris le visage entre les mains et l'embrassait tendrement sur le front.

— Ce n'est pas ce que j'appelle plus tranquille, dit-elle dans un souffle, les larmes aux yeux.

— Je suis désolé… Je suis désolé… Qu'est-ce que je disais déjà ?

— Que tu étais un imbécile de m'avoir déclaré que tu m'aimais pour me manipuler et me dissuader de sauter.

— Ce n'était pas de la manipulation, mais un plaidoyer. Laisse-moi t'expliquer. Lors de ton premier saut quand, en me posant, je t'ai vue dans les airs en train de descendre vers les flammes, la possibilité de tout ce qui pourrait t'arriver s'est transformée en la certitude macabre que c'était ce qui allait réellement arriver. Plus je m'attachais à toi, plus ces images me hantaient. J'ai conscience que ma réaction est disproportionnée, irrationnelle. J'ai conscience que… En fait, depuis peu, je vois régulièrement une psychologue pour essayer de me remettre la tête sur les épaules. Je lui parle, mais c'est à toi que j'ai envie de parler.

Du concret, enfin ! Il voyait une thérapeute. Il avait expliqué à Treadwell les raisons de son comportement. Il lui parlait à elle sans qu'elle ait besoin de lui tirer les vers du nez.

— Et toi que j'ai envie de câliner.

Il était trop craquant. Cet homme habituellement renfrogné, fermé, cassant, semblait avoir rajeuni de dix ans, avec ses mains enfoncées profondément dans les poches de son jean pour s'empêcher de la prendre dans ses bras.

— Tu ne m'en veux pas de ne pas t'avoir rendu visite à l'hôpital ?

— Je sais pourquoi tu n'es pas venue, ma chérie. Mais sache que ce n'est pas ton absence qui m'a fait changer d'avis sur ce que je devais faire.

— Le capitaine alors ?

— Non, tes larmes, dit-il en raidissant les bras pour laisser ses mains là où elles étaient. Le désarroi et la peur sur ton visage. Le souvenir de ce que tu m'avais dit dans le car sur ce qui se serait passé si c'était ma mère qui avait survécu. Tout ça, je l'ai lu dans tes yeux quand tu es revenue me chercher.

La respiration de Lauren s'accéléra et sa vision se troubla. Elle allait se remettre à pleurer.

— Je ne veux pas que toi aussi tu endures ce que j'ai vécu.

Renonçant à parler, elle se contenta de lui tendre les bras. Aussitôt, les mains de Beck jaillirent de ses poches et il l'attira contre lui dans un élan qui lui arracha un gémissement.

— Tes côtes ! s'écria-t-elle d'une voix suraiguë.

Mais il ne desserra pas son étreinte.

— T'inquiète ! murmura-t-il. J'ai une réserve de sels de bain.

S'abandonnant alors, elle posa la tête sur son torse, les mains sur ses hanches, et libéra ses larmes.

Malgré son nez bouché, elle sentit sur lui l'odeur de l'hôpital.

— Tu as effectivement besoin d'un bain, dit-elle, taquine, en renversant la tête en arrière pour le regarder. Moi aussi d'ailleurs.

Il fixa longuement sa bouche.

— Je suis sur le point de t'inviter à prendre un bain avec

moi alors que j'hésite encore à t'embrasser… Comme tu vois, j'ai encore du pain sur la planche question relations !

Elle tendit les lèvres vers lui. Quand leurs deux bouches tremblantes se joignirent, un soupir de regret et de soulagement s'échappa, accompagné d'un espoir chaud comme le premier rayon plein de promesses du soleil matinal. Si lumineux qu'il en était presque aveuglant.

— Tu pleures encore, dit-il en lui essuyant les joues de ses doigts quand il s'écarta.

— J'ai failli mourir étouffée à force de ravaler mes larmes, plaisanta-t-elle. Mais ça va mieux maintenant, et un bain achèvera de me calmer.

Avec un sourire coquin, il alla prendre les sels sur la table.

— Tu as de très bonnes idées, ma chérie.

— Ça m'arrive, répondit-elle, prise, pour la première fois depuis une éternité, de l'envie de sourire et de rire. Si tu comptais faire l'amour dans la baignoire, oublie. Tu es blessé. Il faut te ménager.

— Pourquoi ? Tu n'as pas l'intention de me ménager ?

— Tu ne dois pas faire d'efforts. Ce sac, par exemple, pas question que tu le portes. Au fait, tu allais le mettre dans ton 4x4 ?

Il s'arrêta à la porte de la salle de bains, la main de Lauren toujours dans la sienne, une lueur d'inquiétude dans les yeux.

— Si tu n'es pas prête, oui.

— Et voilà que tu remets ça, dit-elle en se hissant sur la pointe des pieds pour l'embrasser. Tu continues à me prendre pour une girouette.

Épilogue

Deux ans et trois mois plus tard…

Dans la maison en bois récemment reconstruite, Lauren Ellison, debout devant la fenêtre de la cuisine, rêvassait, le regard perdu sur l'atelier flambant neuf où son mari venait de s'éclipser. Ils étaient revenus depuis deux heures de la cérémonie funéraire — enfin tenue ! — de sa belle-mère.

Deux mois plus tôt, le service des personnes disparues du sud de l'Oregon les avait appelés. Des restes humains échoués sur la côte des années auparavant venaient d'être analysés et comparés positivement à l'ADN de Beck. Molly Ellison n'avait donc pas péri dans les flammes, elle s'était noyée. Après quelques semaines de bagarres administratives, sa dépouille avait été rapatriée.

Après la cérémonie, très sobre, Beck avait semblé tenir le choc, au milieu de sa nouvelle famille qui n'avait pas connu sa mère mais voulait rendre les derniers hommages à la femme qui avait offert au clan Autry son quatrième fils.

Cela faisait maintenant deux heures qu'il était enfermé dans cet atelier, l'unique endroit dans lequel Lauren avait promis de ne pas entrer. Mais après tout, rien ne lui interdisait d'aller s'assurer de l'extérieur qu'il n'avait pas de problème et de lui faire savoir qu'elle était là en cas de besoin.

Elle alla donc frapper à la porte de la tanière de son homme, son meilleur ami, son partenaire, son amant, avec qui tout pouvait être dit du moment que c'était dit avec amour.

— Tu es toujours là, mon chéri ?

Il apparut presque aussitôt, vêtu de l'élégante chemise blanche qu'il avait portée en l'honneur de sa mère. Il ne paraissait pas effondré mais ses yeux d'encre étaient empreints de tristesse.

— Je n'ai pas l'intention de partir.

Il se pencha pour un baiser volé.

— Je voulais juste vérifier que tu allais bien. Tu veux que je m'en aille, c'est ça ? dit-elle lorsque la main qu'il avait posée sur sa taille se resserra pour lui faire effectuer un demi-tour.

— Non, pas du tout. J'ai préparé une surprise dans l'atelier. Mais ferme les yeux. Elle n'est pas emballée.

Il l'invitait à entrer dans son antre mystérieux, son troisième lieu de prédilection après la forêt et… leur lit ? Elle n'en revenait pas. Depuis des mois, elle se demandait ce qu'il y fabriquait. Des chaises ? Des tables ? Un joli coffre pour ranger le monceau de papier décoratif qu'elle avait accumulé pour confectionner des albums relatant leurs exploits à l'intention de leurs enfants à naître ?

— C'est un meuble ? Mais en général, on ne fait pas de paquet-cadeau pour ce genre de choses. En tout cas, c'est volumineux, n'est-ce pas ?

— Tu verras bien.

Il lui cacha les yeux avec une de ses grandes mains chaudes et la poussa doucement par-derrière de l'autre.

— Avance.

Elle obéit. Elle lui faisait confiance mais tendit malgré tout les bras devant elle.

Au bout de dix pas à peine, il s'arrêta et la plaqua contre la chaleur de son torse.

— Prête ? lui murmura-t-il à l'oreille.

— Oui ! Tu sais bien que ni les devinettes ni la patience ne sont mon fort.

Elle retira doucement la main de Beck. Au fur et à mesure que ses yeux s'habituaient à la pénombre, elle distingua des ombres, puis des formes et enfin les détails.

Patins incurvés. Pieds. Barreaux en bois fuselés. Matelas sur lequel trônait un ours en peluche Un berceau ! À bascule. Pour les enfants qu'ils n'avaient pas encore programmés.

Elle s'approcha, posa les doigts sur la surface soigneusement polie du bois. Mais elle ne parvenait pas à croire à la réalité de ce petit lit.

— C'est là-dessus que tu as passé tout ton temps libre ?

— Ça ne te plaît pas ? Je n'ai pas voulu te le montrer avant d'être prêt.

Avant d'être prêt ? Voulait-il dire que… ?

— Quand as-tu terminé ?

— Ce matin.

— Quel bois est-ce ?

— Du chêne à tan.

Il répondait à toutes ses questions mais il y en avait une qu'elle n'osait pas poser. Finalement, elle n'en eut pas besoin.

— Ce matin, en y mettant la peluche, j'ai compris que j'étais prêt.

— Tu es prêt ? répéta-t-elle en s'éloignant de l'adorable berceau, qui continua à se balancer, pour rejoindre son non moins adorable mari. Êtes-vous en train de me dire que vous vous verriez bien attendre un enfant, monsieur Ellison ?

En souriant, il la serra dans ses bras.

— Je veux bien essayer. Le premier de nous deux qui réussit le test de grossesse sera dispensé des gros travaux.

— C'est bon à savoir, parce que tu sais quoi ?

Elle renversa la tête en arrière pour l'observer et ne pas perdre une miette du bonheur que la vie avait à offrir.

— J'ai déjà gagné.

Blanche

Le bébé de mon meilleur ami, d'Alison Roberts - N°1448

Maggie adore son travail au Service de Secours Aratika de Wellington. Mais il manque quelque chose à sa vie. Non seulement elle est célibataire, mais ses chances de devenir mère s'amenuisent. Bientôt, il sera trop tard, à moins qu'elle ne mette en application l'idée folle qui lui est venue récemment... Celle de demander à Joe Wallace, son partenaire et meilleur ami, d'être le père de son bébé...

Un bonheur nommé Annalisa, de Tina Beckett

« C'est ta fille. » Prononcés par la belle Elyse, ces trois petits mots causent un choc à Luca. Treize mois plus tôt, en effet, la jeune femme a brutalement mis fin à leur aventure. Ils s'entendaient pourtant à merveille au lit, tout en travaillant en harmonie à la clinique d'Atlanta. Si, depuis leur séparation, Luca n'a jamais compris les raisons qui ont poussé Elyse à le quitter, il est résolu aujourd'hui à prendre ses responsabilités dans la vie de la petite Annalisa...

Gravé dans le cœur, de Carol Marinelli - N°1449

Pendant quelques heures, dans les bras de Rory dont elle était amoureuse en secret, Ally Jameson avait été la femme la plus heureuse de la terre. La chute, le lendemain matin, avait été douloureuse : celui auquel elle avait tout donné était parti aux États-Unis sans même dire au revoir ! Aujourd'hui, trois ans plus tard, non seulement Rory est de retour en Australie, mais il est également le patron du service d'obstétrique du Bay View Hospital où elle est sage-femme...

Un bébé, tout simplement, de Lynne Marshall

Même si elle n'a toujours pas, à trente ans passés, rencontré l'homme de sa vie, Sarah ne peut renoncer à devenir mère. Aussi conclut-elle un accord avec Jon, son collègue au centre médical de Santa Barbara : il lui donnera l'enfant qu'elle désire tant, mais s'éclipsera après la naissance. Un arrangement on ne peut plus clair qui, croit-elle, leur convient à tous les deux. Sauf qu'à mesure que son ventre s'arrondit, elle voit l'amitié qu'elle a toujours nourrie pour Jon faire place à un sentiment différent, plus fort...

Un trouble inattendu, de Marion Lennox - N°1450

Le Dr Jake Hunter est bouleversé. Alors qu'il a rompu avec Tori Nicholls après seulement quelques semaines d'une liaison passionnée, persuadé qu'ils n'avaient aucun avenir ensemble, celle-ci lui annonce qu'elle est enceinte. Une fois le choc passé, Jake comprend que s'il veut jouer son rôle de père auprès de cet enfant, il n'a pas d'autre choix que d'épouser la jeune femme...

L'enfant du Dr Lombardi, d'Amy Andrews

Puéricultrice à la garderie de l'hôpital de Brisbane, Nat s'attache très vite au petit Julian, profondément affecté par la récente disparition de sa mère. À tel point que le père de l'enfant, le Dr Alessandro Lombardi, lui propose de s'installer chez lui pour s'occuper à temps plein du jeune garçon. Tentée, Nat hésite cependant : ne risque-t-elle pas de souffrir cruellement en vivant auprès de cet homme qui l'attire – mais dont tout la sépare ?

HARLEQUIN

Leur mission : sauver des vies.
Leur destin : trouver l'amour.

HARLEQUIN
www.harlequin.fr

Composé et édité par HarperCollins France.

Achevé d'imprimer en juillet 2019.

CPI
BLACK PRINT

Barcelone

Dépôt légal : août 2019.

FSC
www.fsc.org
MIXTE
Papier issu de sources responsables
FSC® C108412

Pour limiter l'empreinte environnementale de ses livres, HarperCollins France s'engage à n'utiliser que du papier fabriqué à partir de bois provenant de forêts gérées durablement et de manière responsable.

Imprimé en Espagne.